跳锅庄舞的女人

刘晋寿 著

敦煌文艺出版社

图书在版编目（CIP）数据

跳锅庄舞的女人 / 刘晋寿著. -- 兰州：敦煌文艺出版社，2017.11（2022.1重印）
　　ISBN 978-7-5468-1402-5

Ⅰ.①跳… Ⅱ.①刘… Ⅲ.①长篇小说－中国－当代 Ⅳ.①I247.5

中国版本图书馆CIP数据核字(2017)第295704号

跳锅庄舞的女人

刘晋寿　著

责任编辑：王　倩
装帧设计：蔡志文
封面插图：蔡志文

敦煌文艺出版社出版、发行
地址：（730030）兰州市城关区曹家巷1号新闻出版大厦
邮箱：dunhuangwenyi1958@163.com
0931-8159371（编辑部）
0931-8120135（发行部）

北京一鑫印务有限责任公司印刷
开本 880 毫米 ×1230 毫米 1/32　印张 8.75　插页 1　字数 203 千
2018 年 1 月第 1 版　2022 年 1 月第 2 次印刷
印数　1 001~3 000 册

ISBN 978-7-5468-1402-5
定价：50.00 元

如发现印装质量问题，影响阅读，请与印刷厂联系调换。

本书所有内容经作者同意授权，并许可使用。
未经同意，不得以任何形式复制转载。

第 一 部

一

  这个操场在旧城区的中心地带,来这里锻炼身体的人很多,每晚不少于五六百人。除了走步的,还有四五摊子跳舞的,影响大的要数足球场南边的那一拨人,他们大都是退休教师或干部职工,年龄都在四十至六十岁左右,还很精神,腰腿还很柔软,手脚也灵便。有的女人还留着披肩长发,衣着打扮讲究。经常跳舞的那些人一律是红上衣、绿短裙,裤子则不统一,黑色的较多,也有红色的。每晚大约从七点半开始,九点多结束。这拨人当中,女人为主,男人只有几个。

  操场南边是体校的教室和相邻的体育馆、篮球场,东面是高墙,墙那面原是市政府机关,现在搬迁到新城区去了。北面和西面用铁栅栏围起来,东西两面是碗口粗的白杨、柳树和槐树。东面的树算得上是大树了,枝叶伸到跑道上空,洒下一片片阴凉,下雨的时候,来不及回家又没有带伞的人们就躲在树下。

前些年这个操场还是炉渣跑道,中间的足球场是土筑的。刮风的时候,尘土就飞上天空,行人躲避不及,只好转过头去,蒙着眼睛走路。新市长来了之后,足球场种上了小草,光秃秃的土地变成了绿油油的草坪。不过,草坪并不平坦,而且草过于茂密,踢足球是不行的,没见有人踢过足球。跑道是塑胶的,早晨和傍晚对外开放,允许锻炼身体的人在操场内活动,其他时间是体校学生训练,外人不能入内。健身的人本来就多,最近好像又增加了一些。

守护操场的是一位老人,头发花白,方脸,穿着灰色的保安服。起初老人按时关门,后来遭人抗议,就延长了时间。跑道上放着两个纸盒,上面写着"锻炼的人走四道以外",但无人遵守这条规定,老人无奈,只好两眼看住小孩,不让他们在草坪上欢奔。也有人骑自行车进来,还有人带狗进来,老头就大声嚷嚷起来,等那些骑自行车的人逃走了,他才安静下来。锻炼的人朝逆时针方向行走,而他却按顺时针行走。老头儿瞅见那些穿高跟鞋的妇女,冲着她们吼一嗓子,那些妇女便不好意思地离开了。

吴丹青三十九岁,中等身材,长得不够帅气,但还说得过去。他非常聪明,毕业于西北师范大学中文系,喜爱文学,文笔很好。吴丹青性格内向,但心里盘算的事情并不少。他的理想是在四十岁之前当上正科级干部,然后再根据情况谋求发展。他至今没有结婚,独身一人。他的家世简单,出身农民,老家在临洮北乡,父母亲已经去世,弟弟妹妹都是农民。他毕业后被分配到渭源县一所乡镇中学当了四年中学教师,后考到地区行政单位,因材料写得好被调到某机关,他现在是秘书科的副主任科员。过去有不少追求他的女孩子,有个女学生给他写过许多情书,就是现在每年过春节的时候还从山

第一部

东潍坊给他打电话、发短信,关心他的生活。可是现在她们的孩子都小学毕业了,还有的上了初中,吴丹青还是单身一人。在最近一次体检中查出他心脏跳动缓慢,在办公室坐得太久,身体先抗议。大夫提醒他加强体育活动,尤其要锻炼心脏功能,建议他多走路、做引体向上,在单杠上前后悠荡。他一进操场就沿跑道朝逆时针方向行走,每晚坚持走六圈。走路只是个快慢问题,自己能掌握,好办。过了一个秋天和冬天,腿上不仅有劲了,而且感冒之类的疾病也没了。引体向上却不好做,方法他会。记得在中学念书的时候,他就能做十多个,那时是正手做。现在不行了,反手连一个也拉不上去,挂在单杠上,身体就往下沉,挣扎着拉一下,胳臂就疼,晚上睡觉也难受。

可坚持过一段时间后,居然能拉八个引体向上了,他正向十个努力。胳臂疼过一阵后也不疼了,手上却起了茧。

他没有跳过舞,但即使是走圈,有音乐相伴,也格外轻松。南边这拨人跳锅庄舞,播放的是藏族歌曲,大多数用藏语唱,也有用汉语唱的。听得遍数多了,熟悉了,走圈时也踏着节拍,有时他还跟着哼哼两句。他觉得藏歌用藏语唱最好听,可惜他不懂藏语,但优美的旋律强烈地感染着他。从跳舞的人们身边走过时,他不免瞅上两眼。看着他们那份认真的样子,吴丹青暗自笑笑。

靠近舞场的跑道边上竖起两根灯柱,灯上面有灯罩,灯光落在跳舞的场地上,照着一块塑料布,上面放着大伙的衣服。音响放在灯柱旁,跳完一曲,就有人跑过去,换上另外一曲。他们先跳广场舞,需要近半个多小时。跳完广场舞,才开始跳锅庄舞。跳舞跳热了,有人把脱下的外衣放在舞场中间,围着衣服跳。

有一天晚上,吴丹青来到灯柱旁边,看见一个年轻的女子正对这里的站长刘姐说着什么,之后她又拿出五块钱交到刘姐手里。常来这里跳舞的人是要交活动费的。她是新来的，叫白文娟，二十七岁，在一家保险公司工作。后来吴丹青发现她舞跳得好，就称她舞女，不叫她的名字，也不叫"小白""小娟"之类的。白文娟还有个妹妹叫白玉娟在妇幼医院工作。白文娟的父母都是下岗职工，靠打零工过日子。白文娟个头高，有一米七，体态丰满。她长得漂亮，圆脸，一双大眼睛，鼻梁高高的，皮肤白净，留着短发。她性格活泼，落落大方，说一口定西普通话。由于身体略有些胖，所以她来大操场跳锅庄。定西城里跳锅庄的地方不多，大多数舞场跳的是广场舞。

还没有跳一曲舞就先交费用，这样的人不多。事实上，很多人来跳舞，跳了几个月也不交费，刘姐会在跳舞结束时吆喝几声，说："没有交费的把钱交上，没有带的，明天晚上一定带上！"

白文娟交钱的时候还有点不好意思，那么谦虚和矜持，刘姐自然欢喜，接过钱的时候，在她的肩头轻轻拍了一下。

等吴丹青再一圈转过来的时候，舞女已经站在人群中，跟着大伙跳起舞来了。吴丹青没费多大劲儿就看到了她。她并不熟悉他们跳的锅庄舞，急急地跟着前面的人跳，脚手有些忙乱。不过，她极为认真，腰弯得深，臂伸得直，腿抬得高，动作有力。

只几天时间，舞女就完全能跟上大队人马了。每次结束时，舞女还要向刘姐请教一番。刘姐个头不高，但人精明伶俐，也很热情。她很喜欢这个新来的跳舞女子，热情地教她，拉着她的胳臂转体、扭腰、抬腿，每当这时，吴丹青就站在远处痴痴地看着她们。

时间过去了两个多星期，舞女一天也没有耽误过，每晚必来。她已经跳得熟练了，不再跟着那些穿红线衣的女人们跳了，而是随着乐曲翩翩起舞。因为跳得有力，浑身发汗，她脱下白色的皮肤衣系在腰间，像一条短裙子，使她的舞姿更加精彩绚丽。脱去皮肤衣，

第一部

里面只是贴身的黄背心,两条修长的胳臂露在外面,灯光落在臂上的时候,黄皮肤就多了几分白嫩,圆润而有光泽。向后轮臂的时候,她的胸脯就凸出来,高高挺起。她的腰也弯得很低,臀部抬得高,背上形成一条优美绝伦的曲线。她是天生的舞女,均匀的身材、灵巧的四肢展示出一个少女的美。

吴丹青看得着迷,因觉得这样直直地看人家跳舞不礼貌,常在灯光照不到的地方看她,他想这样她不会发现,别人也不会注意。

二

自舞女跳舞之后,吴丹青也加入到这支队伍中来跳舞,笨拙地在外圈伸手抬腿,无论如何也跟不上前面的人。他们行云流水般地从眼前飘过,他被落在后面。他只好不跟大伙转圈,而在原地跳。经过一段时间后,吴丹青前进了一圈,在第三圈里跳,偶尔也到第二圈里跳一曲。不过,他远离舞女,怕她看到有这么一个男人混在队伍里凑热闹。

每当舞女跳过来时,吴丹青就自动往后退去,躲在一旁看她跳舞,只随便伸伸手、踢踢腿,并不专注于跳舞。看她跳舞,要比自己跳舞好多了。他本来就是为看她跳舞而来的,自己生来愚笨,动作不连贯,哪是跳舞的料!从小学到中学,他从未跳过舞。

但吴丹青没有忘记锻炼身体,每天在走够六圈、做完引体向上之后再去跳舞。他发现舞女也是先走几圈,等刘姐她们跳锅庄舞的时候才走进舞场。有一次,转到操场东面的时候,吴丹青发现她就在前面,身边跟着一个穿红衣服的胖女孩儿,个头小一点,和她一起走步,她们嘀嘀咕咕地说着什么。他听到她说"饺子",再听时,一群锻炼的人从后面赶上来了，将他和她隔开。舞女跳舞的时候，那个女孩儿也常常在她的后面紧追不舍，跳得很起劲儿，手脚放得开。

跳完舞，她们一起走出操场的大门。不远的地方停放着一辆白色小轿车，白文娟打开车门，坐在驾驶的位子上，那个红衣女孩儿也从另一边上了车，"砰"的一声关上车门。车的尾灯亮了，闪耀着。车子向解放路开去。车号是甘JK1876。

有一次，跳完舞，舞女和红衣女孩儿沿文化路向北走去。她们不走人行道，而是沿马路的边子歪歪斜斜地往前走，一副满不在乎的样子。她俩走到丁字路口，过了马路，又向定西宾馆那边走去。她们小声说着话，捏在舞女手中的那件白皮肤衣闪动着。

此后的几天，舞女没有开车来，那个红衣女孩儿也没有来。舞女跳完舞，一个人走了。那件皮肤衣捏在手中，走一段路，换一下，从右手换到左手，又从右手换到左手。她走得较快，走直路，走在路边上，不占别人的道，不绕弯子，也不回头看，走得自然而轻松。走到友谊路，那里还灯火辉煌，人声鼎沸，她走进一家新开的内衣店，店牌上粉红色的灯光映出"都市佳人"几个字。

有天晚上，舞女的服饰稍有变化，上身穿一件绿底白花的衬衣，下面是蓝色短裙，但裤子和鞋没有变，还是经常穿的那一条牛仔裤和橙色运动鞋。

吴丹青仍是先走路，完成六圈的任务后做引体向上。现在他已经能做十个了，做完后在单杠附近转转，放松一下胳臂，再吊在单杠上悠荡，前后也能甩二十下了。等他去跳舞时，他们已经跳了两曲。他插到队列中，跟着大伙一起跳，不再那么自卑和羞怯。

跳舞的人可真不少，仅里圈就有三十多人。舞女在最里圈，而吴丹青一会儿在第二圈，一会儿在第三圈，一会儿在第四圈，有时还

第一部

沦为零散的舞者。上百人在一起翩翩起舞,很有气势。他盯着前面的人跳,否则就跟不上,精力得集中。但只要眼睛有空闲,就往舞女那边瞅一眼,他能在第一时间找到她,迅速发现她的位置。

吴丹青觉得舞女总在他的前面跳,和往常一样,她还是那么专注、那么有激情。她的舞姿实在太优美。就在他边跳舞边欣赏的时候,有人忽然插了进来,挡在他前面,东躲西闪,几个回合下来,他早已乱了步调。跟着舞女跳,当然是他最愿意的,就是跳错了、跟不上,他也不怕。吴丹青想:舞女绝对不会耻笑他的。她的动作到位,速度是快了些,但与曲子合拍,一起跳,他的水平会很快提高。间歇的时候,她回头向他这边看了一眼,借助微弱的灯光,吴丹青看清了她的脸,一对明亮的大眼睛含着微笑,齐耳的短发正好与她的脸型相匹配。

跳完一曲,间歇的时候,舞女不时地从肩膀那里往上提一下衬衣,看得出来她因跳得太起劲,后背上湿了一片。吴丹青这个不爱流汗的人已经汗流浃背。跳最后一曲的时候,舞女走了,吴丹青没有发现。终场时没有看见她,他急急地出了大门,那辆白色小轿车也不见了,街道上空荡荡的,街灯冷清而孤独。她的影子在他的脑海里回旋着,久久不能消失,一点一点往他的心里嵌去。一开始他是抵触的,但没有低挡得住。

这天晚上,开始的时候人好像稍少一些,他们围了一个大圈。在行走的过程中,吴丹青并没有看到舞女。她是不是没有来?他去跳舞的时候,却发现她在人群中,和往常一样,在最里圈。她跳得依旧很认真,不一会儿,她独自到了中间,不知不觉成为大伙的领舞者。因为她领舞大伙跳得格外起劲,人也多起来。吴丹青还以为他们在排练节目,又要参加什么活动了。

吴丹青在最外圈,前面一个矮个女人老是挡来挡去,他只好退到后面,一有机会就上前一步。有段时间,他就跟在舞女的后面跳。他发现自己的舞步根本不到位,几乎全是错误的,他跟着她矫正。只有动作到位,才能跳得优美。可是,那个矮个女人又到他前面来了,刚绕过她,却出现了一个小男孩子。吴丹青不得不防,小心翼翼地在人群中穿来穿去。有一阵他到一个穿绿短裙的女人前面跳。穿这种服装的是这里的会员,经常参加演出活动,舞跳得很好。吴丹青在她们前面觉得很不自在,就退到后面去了。他与舞女的距离拉大了,看不清她的舞姿,心里有些急。

　　超过九点钟,一部分人回去了。舞女突然停下来,跑到刘姐那里说了几句话,刘姐在说话的时候仍踏着节拍。很快,舞女消失了,不知去了哪里。她一离开,吴丹青顿时觉得没有一点意思了,人员稀少,个个无精打采。那个穿酒红色裤子的中年妇女转过来了,她不紧不慢地做着舞蹈动作,没有一点错误,也没有一点激情。她叫秦许,五十多岁,是一位退休干部。她有一对小眼睛,表情严肃。她的漫不经心与准确无误透着一种冷漠,这冷漠好像一股阴气从她身上向外辐射,让人无法靠近。

　　舞女走后,吴丹青也离开舞场,来到大门外面。常常停在附近的那辆白色的小轿车已看不见了,但在军分区大门口右侧有一辆相同的小轿车,车号却是甘JK8999。他又回到操场,灯已经熄灭了,里面黑乎乎的,他只好转身出来,往回走。

三

　　晚饭后下起了雨。外面响起了沙沙的雨声,叮叮当当地响个不

第一部

停,汽车在雨中行进的声音拖得很长。雨点并不大,但它稠密。吴丹青穿上外套,换上胶鞋,拿起一把伞出了楼门。雨下得正紧,犹豫片刻,他向小区的后门走去,在巷口却愣住了。那里积了一滩雨水,他刚一迈步,一只鞋子就湿了。

他只好返回,走前门,大门口流水湍急,另一只鞋子也湿了。看来是出不去了,他只能返回。回到屋子里,没有心思看电视,什么都不想做,在屋子里踱步,走来走去,心神不定。这一晚,他失眠了。不是一开始就睡不着,而是半夜醒来,再合不上眼。天亮了,却又迷糊过去,错过了上班时间。

数天的阴雨天气过去了,跳舞的人们也恢复正常了,刚吃过晚饭,都朝大操场汇聚。吴丹青也去了,但行走的行列中没有舞女,跳舞的队伍中也没有她。如果她在里面,吴丹青很快就会发现的,但今晚他瞅了几次也没有看见她的影子。每一圈转过来的时候,他都要把目光朝舞场这边射过去。

跳舞的人分成两部分,一部分在排练节目,他们多是一些老手,另一部分是跳锅庄舞的,里面也有老人手,但大多数是跟着跳舞的新手。他们散乱地拥挤在一起,胡乱转着圈子,动作不一致、不协调,杂乱无序。秦许没有去排练,还在里圈,依旧一板一眼地跳锅庄,但跟她的人没有几个,整个队伍失去了中心。

有个头发稀疏的老年妇女也挤进里面的一圈,她根本不会跳锅庄舞,但紧跟着前面的人,别人放下手了她才举起来,别人收回腿了她才伸出去,别人向左她向右。她身后的人纷纷离去,空出一大片地方,好像一个孤独的缺口。

吴丹青没有心思跳这样的舞,本来里面男人就不多,他夹杂在其中格外别扭。这么多人,这么热闹的场面,他却觉得非常失落,孤寂的情绪弥漫在他的四周。他觉得身上有股寒气在涌动。天色阴沉:孤寂仿佛从天边开始,弥漫的云雾突然使天色暗下来,要将他包围。文化路上的灯亮了,树叶的声音也有一种孤寂的感觉;天色已经完全黑了,更多的灯光亮起来,灯光也是孤寂的感觉;新建的那栋高层被涂成枣红色,楼顶的那个小房子却是白色的,白色的孤寂。跳舞的那些人在乐曲里摇晃着,孤寂在人群中,它无处不在。

在这些人中间跳舞已经没有任何意义,吴丹青悄然离开。出了操场口,向马路两边停放的车辆看了看,没有舞女的车。

吴丹青沿军分区门前的围墙往回走,来到舞女先前常去的那个叫都市佳人的内衣专卖店,他走进去。一个穿红裤子、刮光了头的店主迎上来,他说:"先生,你要买件什么?"

"你这里全是女人的东西啊?"

"有男人的呀!内衣、袜子,不都有吗?"

柜台后面有位女士,短发、圆脸,她瞅着吴丹青,没有说话。

吴丹青看一眼就离开小店,回去了。他还去操场,照旧转圈、跳舞。他在等待,失落和孤寂春潮似的一阵阵袭来,他不时地被淹没、涤荡和沉浮。人群中有许多留短发的年轻女人,每当碰到她们,吴丹青就要多看一眼。有一次,他几乎要确认眼前的那个女人就是舞女了,再看时却不是。他也就不再去注意她们,而是低头走自己的路、转自己的圈。

跳舞的那拨人继续在自我陶醉和欣赏。吴丹青无奈地跟在他们后面,无精打采地践踏着旋律和节奏。它们被他踩踏得不成样子,可惜那些优美的藏曲,此刻在他心里什么都不是。

吴丹青回想着那一晚的情景,舞女跳得那么起劲儿,舞姿那么优美,节奏那么准确,她的肢体柔软而有力,像一条在大海里游动的

第一部

鳗鱼。尤其在旋转的时候,她弯曲的腰身就像一个漩涡在急速打转,线条是那么迷人。吴丹青看得着魔了,忘记了跳舞,竟然停下来,站在一旁专心致志地看她跳舞。舞女正好跳到他面前,正好是旋转的动作,她就在离他只有两米远的地方跳舞。在他面前,舞女全神贯注,不慌不忙,从容流畅。光线暗淡,她弯着腰,因而他看不清她的表情,她内心的快乐与喜悦都表现在肢体上,那么活泼,那么激情奔放。她的肢体仿佛在燃烧,内心的激流汹涌澎湃。她的美不只是线条的流畅和丰富,更是内在的活力与热情,她的炽烈把他的灵魂化为云烟,化为沸腾的大海,化为飞翔的音乐与光芒。但他沉静地站在那里,一动不动。他被她的舞姿深深震撼了。

来自照明灯的光圈隐退到远处,舞女跳出了光晕,昏暗的光照不到她身上,她背对着灯光,面朝黑暗中的草坪。她的手举过头顶,像风中的树枝那样剧烈摇动,双脚交叉跳跃,俯首低眉,浑身都在颤动。音乐戛然而止,当她转身离去的时候,吴丹青还站在那里发愣。

吴丹青记起来了,就在前两天晚上他走圈的时候,看见舞女身边跟着一位中年男子,他的头发很短,前额发光,身材瘦小,很像一个生意人。那男人伸出胳臂,想揽住舞女的肩膀,却被她推开了。另一圈转过来的时候,她却揽着男人的肩,像揽着一个小弟弟。男人把右手伸过来,从后面搂着她的腰。跳舞开始的时候,男人却不见了。

那晚,舞女跳到了最后一曲,还不想走,像是在等待什么。直到刘姐收拾起了音响,她仍有几分留恋,走远了,还回头向舞场这边望了一眼。

那个印堂发亮的中年男人待在轿车里玩手机,见舞女来了,也不下车,她还没有关上车门,车就启动了。她关车门的声音,像是一声沉闷的叹息。

吴丹青看着这些,心里有说种不出的滋味。他的眼圈湿润了,泪水潸然滚落。人们还照常走圈、跳舞,用不同的方式健身。人群中剪成蘑菇发型的年轻女孩真不少,但相似的发型后面是不同的脸、不同的心思和不同的表情。吴丹青提醒自己不要再去注意她们,那样不礼貌。但在路上遇到了,他会不由自主地看一眼,每当发现不是舞女时心就纠结一下,酸楚的感觉袭击他。他感到从未有过的难受与凄楚。

四

吴丹青还去大操场,在那里走圈,做引体向上。做完这一切,该去跳舞了,来到南边的舞场,但他离他们远远的,看一眼就失望地离去了。那拨人完全分成了两派,人影相撞,各跳各的,有各自的音乐和舞蹈。除了混乱和杂音之外,看不出这伙人还有什么吸引人的地方。

大操场门外停放着不少轿车,其中有几辆是白色的,吴丹青不看车号,也知道那辆甘JK1876的轿车没有在其中。

不用去看,他能感觉到。他的心里黑暗极了,浓浓的夜色都倾注到他的心里。天上有一堆堆的乌云,越往东越黑,西边的天际稍微亮一些。

此后的一段时间里,与往常没有什么区别,日子过得平淡无奇,人们习以为常地生活着。吴丹青照常走圈子,六圈够了,引体向上完成了,但南边那帮人还在跳广场舞,锅庄舞尚未开始。他把蓝色

第一部

夹克搭在左胳膊上,又散步似的走了一圈。再转过来时,跳舞开始了。

吴丹青在离灯光最远的地方选定了位置,跟着大伙跳舞。今晚的队伍格外整齐,那个圈也具有凝聚力,像一个巨大的漩涡,紧紧抱成一团,人们跳得非常起劲。他发现队伍中来了一个穿白色皮肤衣的年轻女子,她的到来立刻使死气沉沉的队伍活跃起来。她的加入带动了整个队伍。她就是白文娟,他的舞女。

已经有四个星期没有见到她了,不知她去了哪里。舞女的出现使吴丹青云天一样昏暗的内心充满了光亮,手脚也有劲了。他上前一步,加入到第二圈内,随着大伙小跑起来。这是一曲小跑的舞。

舞女跳了一曲,就觉得热了,脱下外衣系在腰间。这件白色皮肤衣像是一件新的,在灯光下格外鲜艳。脱去外衣的舞女穿着一件新短袖衫,下面是灰色的裙摆,上面是黄色的背心,印制了两种图案,看起来像是两件,其实是一件。舞女穿了一条全新的蓝色牛仔裤,脚上是红底白面的运动鞋,整个人焕然一新。不过她头发没有剪,比以前更长了,跳舞时飘起来。

舞女像一股激流的潮头,带动了整个舞场的律动;像是站在风头的树,剧烈摆动着。她肢体的弧线在旋转,又划出无数优美的弧线,把跳舞者一次次带进欢快的高潮。这普通的锅庄舞,却被她跳出了舞蹈的优美与高雅。

那个红衣女孩也出现了,她的服装也更新了。她紧随白文娟身后跳动着。

吴丹青加入到了第二圈的行列,在离舞女不远的地方用心跳起来。她比以前跳得更洒脱、更自如、更优美,她更美了。

精气神又回到了吴丹青身上。所有在场的人都有了精神,跳完最后一曲,人们还不想走,刘姐又放了一曲,跳完之后,才恋恋不舍地离去。

刘姐对舞女说:"明晚一定来呀!"

她和女友出了操场大门,嘀咕了几句才分手。她的白色小轿车就停放在不远处,原来是一辆上海大众。她掉转车头,向北驶去。

吴丹青从军分区门前经过,街道两边停放着许多车辆,有不少白色小轿车。但是他要找的那辆不在其中,他有这种感觉,舞女没有来。

等他去跳舞的时候,那帮人已经跳了好几曲。舞圈很小,人们几乎是拥挤在一起。奇怪的是,平常领头的那几个中年妇女在第二圈,一伙不会跳舞的中年妇女挤进了第一圈,她们胡乱在那里扭动着,一会儿空出一片地方,一会儿挤在一起,混乱得难以形容。

吴丹青躲得远远的,一个人在那里伸伸手、举举腿,活动身体。

那一帮排练节目的人也早早结束了,她们回到这边的队伍中跳起舞来。往常她们是要回到最里圈的,见她们来了,里圈的人自动让出位置来,在这个舞场中,她们有绝对的权威,受到新手们的尊重。里圈就是广场舞的主席台,仅她们这些人就能占一大圈。今晚,那些占中的人却不让位,她们只好在外圈跳。刘姐也在外圈,那个穿酒红色裤子的农行职员汪小华也在外圈,她在原地跳舞。吴丹青暗暗高兴,正好跟她学学舞。

刘姐跳得很好,胳膊伸得直,腿子抬得高,转身灵巧,动作协调有力。可惜,她的个子矮了些,从她的舞姿中感受不到那种梦幻般的美来。

秦许个头倒不小,身材也瘦,她跳舞的动作同样找不出毛病,可

第一部

吴丹青觉得还是少了一点什么。他跟着她们跳,跳得气喘吁吁,出了一身汗。

刘姐又开始收费,对一个胖乎乎的女人说:"今晚没拿,明晚来了就带上。"

最后一曲刚开始,外圈的人就走光了。吴丹青无趣地往回走,来到友谊路,来到那家烧烤店门前,一股焦煳味迎上来。有一次舞女跳完舞,曾到这里吃烧烤。

这一天,吴丹青心里都不踏实。上午,他们单位秘书科的陈科长给他一份"问责监督检查办法",让他从文字上把把关。他厌烦这种公文,讨厌这种做法。在文稿上胡乱改了几处,就交给了陈科长,又觉得改得不合适,想取来重新修订,却犹犹豫豫,最终还是坐着,没有再做修订。

"世界太庸俗了!生活多么无聊!"吴丹青这样想着,没有一件事能提起他的精神来。

他回想着这些年走过的路,突然悲伤起来,一种可怕的孤独正向他袭来。他想写一首像《嚎叫》那样的诗。只可惜他不是诗人。

一个在渭源的老同事打来电话,说吴丹青很长时间没有去渭源了,一块儿的老朋友都惦记他,如果到渭源了,就来转转。的确,他们已经两年多没有见面了,过去是好朋友,如今却这么淡漠。这两年他也不是没有去过渭源,而是他没有心思去见他们。

接完电话,他想起渭源的朋友曾要他帮助发一篇论文,评职称用。几年了,他联系过《当代教育》的一个记者,但要价太高,时间又长。他觉得事情不好办,就拖下来了。后来又碰上定西师专的一个教授,专管学报的编辑,跟他说过,答应发这篇论文,但是也拖下来了。吴丹青很不满意自己这种慵懒的状态,可是,自己拿自己没有办法。这一回,他觉得不能再耽误人家了,即刻问明了教授的邮箱,发给了渭源的朋友。

下午,陈科长递来一份工作意见表要吴丹青提出意见和建议,他看到这类文件就头晕,审阅时必须十分仔细和认真,不仔细就看不出其中的问题。他被这类文章压得喘不过气来,空闲时间只有星期六和星期天,却被它们占去了。

五

吴丹青翻了一下当日的报纸,有范冰冰拍摄完电影《杨贵妃》的消息,说她了却了一桩多年的心愿。

电视上正播放电视连续剧《西游记》四大主角拍摄该剧时的情形,他看得认真,连新闻联播也错过了。他们当年拍摄《西游记》费了不少工夫,那时的演员真的跟现在的不同,他们很能吃苦,不讲条件。吴丹青佩服他们的敬业精神。

吴丹青到操场时比往日晚了半个小时,圈子还没走完,跳舞就开始了。他发现舞女在里面,但他还是坚持走够了六圈,做完了引体向上。每圈转过来的时候,他都向舞场望望,看她还在不在,熟悉的旋律又开始激荡他的心。

奇怪的是,那帮排练节目的人也早早结束了排练,回到舞场,跳起舞来。舞女不在里圈,而是在第二圈,这是从来没有过的现象。

人太多了,今晚的舞圈又大又整齐,里面一片宽阔的空地,队形圆圆的,舞步也一致。穿红线衣的主力们自然跳得起劲,她们熟练地跳着,好像在表演。舞女那件白色的皮肤衣依旧被当作裙子系在腰间,露出短袖。短袖的前面是蓝色的条纹,后面是黄色的背心图案。背心经灯光一照,格外鲜艳,闪动金黄色的光亮。她穿了一条短裤,小腿肚子露在外面。短裤是蓝色的,裤缝上是两道白条纹,它更清晰地勾勒出舞女优美的曲线。鞋子是红底浅口的白布鞋,平底。这种打扮不仅年轻,也更加时尚,引人注目。

舞女依旧认真地跳舞,不虚设一个动作,看来这是她做事的习惯。她一伸胳膊就比别人长出那么一些,她的胳膊柔软而灵活,自身的曲线和勾画出的虚线糅合在一起,无数线条在他眼前晃动、旋转,织成一幅幅绝妙的画图,令他眼花缭乱。

在换曲子的时候,舞女双手叉腰,伸出左脚休息。有一次,她蹲在地上休息,等舞曲响起时,继续跳舞。她跳舞的天分很好,腰身柔软得跟丝绸一样,她弯腰时背部形成一个小窝,漩涡一样地旋转。那些弧线在她的背上不断流淌,像是潺潺的水波。"真是奇妙!"吴丹青想。

舞跳完之后,刘姐又放了一曲轻柔的曲子,她让人们缩小圈子,然后教起了新舞。新舞节奏缓慢,动作似乎是前面跳过的舞蹈动作的节选的组合舞。吴丹青先看他们跳,后来也跟着跳。动作并不难,但要一下子记住也不容易。他想,女人有一片美妙的天地,她们在不断地更新自己和这个被她们宠爱的生活。

舞女自然学得认真,她很快就学会了。跳第二遍时,她已经能跟上刘姐了。就在大伙跳得兴致勃勃的时候,灯光突然熄灭了。

舞女还围在刘姐那里。吴丹青走到草地边上看广告牌。"'蓝宝信杯'·2015'爱我足球'中国足球民间争霸赛"甘肃定西赛区要在大操场举办,周围摆放了不少广告牌,挂起了许多赞助横幅。球门被刷新,草坪也被修剪整齐,两支球队已经开进球场进行训练。孩子们在草地上尽情地奔跑着。

今晚,月亮差不多有半个了,天上有云彩,但是个大晴天。月亮在远处微笑着,很幸福的样子。吴丹青的心里舒畅极了,想起今天的新闻报道说:美国发现了一颗类似于地球的星球。不过它太远了,有一千五百万光年的距离,且年龄也比地球的大十五亿岁。

宇宙多么广阔!吴丹青望着夜空,心潮起伏。这些年他也在寻找一颗星,他不知道她的位置,她有多远,有没有水和空气,有没有草木和鲜花,能不能居住?他为此而惆怅,常常陷于忧郁之中。与人谈话,就说到宇宙。尤其到了晚上,他就一个人望着星空。它是那么浩瀚,无边无际,这让他兴奋,也让他忧伤。它太辽阔了,到哪里去寻找属于自己的那颗星?人类太渺小了,人的智慧还没有开发出来,他们对大自然知之甚少。

吴丹青热爱春天,还在冬天的时候就站在探春树前眺望,他发现迎春的花蕾是在冬天孕育的,一到春天,它就最先绽放。可是,去年入冬以后天气暖和,迎春的花蕾快速生长,居然在冬天开花了。他感到非常吃惊,也替它们担忧。果然一场寒流突然袭来,那些绽开的花朵被冻死在枝头。春天来了,该是开花的时候了,而被冻死的花瓣还枯在枝头,新的花朵寥寥无几。

吴丹青在定西是孤独的,这里他没有亲人,没有真诚的朋友。他的家在洮河边上,他的大部分时间在定西度过。他的母亲五十九岁的时候突然去世,就因为这,他大病一场,在专医院住了三个月。

这些年,他失去的太多了。每当感到寂寞的时候,他就一个人出去,去山沟里,那里没有吵吵闹闹的人,野草野花就是他的知己,他与它们对话,说出自己的苦闷。他也望着嘎嘎叫的乌鸦出神。在定西见不到别的鸟了,就乌鸦飞得最高。它常常被人误解,被人嫌弃,被人诅咒,而它们是多么善良的鸟!

第一部

吴丹青爬上山头。山顶上有许多古堡,他就登上去,坐在废墟上看夕阳。

他也到谷底,那里有小溪,但它是苦水,盐碱的含量太高,地面上是一层白花花的碱。

吴丹青常去原先的那个政府大院,房子早被拆除了,现在是一片荒凉的废墟。但那里的花园还在,松树还在,春天里它们还开花。牡丹未开就被人折光了,他就为它们感到悲哀。

因而,吴丹青就想宇宙是什么样子?另一个星球上是什么样子?要是有一颗星星跟地球一样该多好!他就这么幻想着。

吴丹青羡慕起诗人来,他也想写诗,想干起这人间的美差,可是他只是一个忠实的诗歌读者,不会写诗。况且吴丹青知道写诗的人是受不欢迎的,他的一个女朋友就因为诗歌写得好而倒了大霉。"难道你也要步其后尘?"他在心里问自己。

他就这么一天天地耗着自己,耗着生命。他来跳舞也是在安慰和消解自己的孤独。

月亮钻进云层了,地上一片黑暗,而灯光则更加明亮和璀璨。舞女的女友也来了。她们好像约好的一样,一个不来,另一个也不来。女孩穿着浅灰色的运动裤,跟着舞女跳舞,像是她的保护神。女孩的男朋友也来了,跳完舞,领着她回去了。舞女一个人从友谊广场这边走,她手里捏着揉成一团的皮肤衣,迈着碎步,走得很快。她走在灯光下,走在汽车旁,走在树丛里。这时的她年轻了,像个小女孩,身材也娇小了,端端正正。她把双手叉在腰间,回味着新学的舞姿。那么一叉手,立刻就变得不一样了,姿态美好了许多。吴丹青发现,不跳舞时她也平常,可是一旦跳起舞来就像仙女一样。上帝赐给她的美,在舞蹈时最绚丽。

跳锅庄舞的女人

第一部

舞女从吴丹青得视野中消失了,而他在街头徘徊良久,才回去。

六

"焦点访谈"节目完了,可是吴丹青还守候在电视机前,不想起身去操场。当他来到操场时,他们的广场舞已经开始了。吴丹青按部就班地走圈,做引体向上,做完这一切,他们的广场舞也跳得差不多了。他希望白文娟不要来,这样沮丧的心情,他不想见到她。

她果然没有来。那帮人又乱作一团。吴丹青想:刘姐怎么就没有一个女孩的影响力呢?她不是领头羊吗?这阵子她却悄无声息地站在外圈无力地跳着。

吴丹青就在离刘姐不远的地方跳起舞来。天早都黑了,黑得一塌糊涂。西天有一大片云彩,严严实实挡住那边的光。东边本来就黑,西边一黑,整个世界都模糊起来。

这正好给月亮创造了机会。它只有半个,可它那么明亮,而且还有光华向外辐射。它白得跟雪一样,与吴丹青内心的暗淡形成鲜明的对比。这白仿佛升腾起一股股思念,将吴丹青推到某个荒无人烟的地方。他想念她。

跳完舞,刘姐又教起新舞来。教了两遍,吴丹青出了一身汗。他们又要学一个新舞,吴丹青没有心思再跳下去,悄然离开。操场上已没有几个人了。

吴丹青来到友谊广场上,那里还灯火通明,音乐响亮而杂乱。跳舞的分了几摊,各自为政,不停地蹦跶着。还有人在搭起的舞台上表演魔术,有一伙人围成圈子唱小曲,小摊贩们也在吆喝。闲散的游人享受着混乱与嘈杂,呼吸着混浊的空气。

跳锅庄舞的女人

他从人丛中穿过,来到友谊路。一个秦安人坐在自己的小推车旁边,推车上是两纸箱桃子,他把大的和红艳的挑出来,放到最上面,吸引顾客。空气中弥漫着鲜桃的味道,但没有一个人去买。夜深了。

店铺一家家地关门,卷闸门发出刺耳的声音。

月亮好像还是一半,但它明亮,今晚云彩极少,月亮旁边全是蓝天。但不一会,不知从哪飘来一抹淡淡的云彩,它们挡不住月光,反而被月光照得透亮。

这一天,吴丹青读了一位女诗人的几首诗,被她的成熟和创造力震撼。她在诗中写道:

"我站在拐弯的桥头,有点恍惚
——真的可以遇见吗
那个前世在这里等我的人"

他觉得她的诗传递出他的某种情愫,或者说某种朦胧的意愿被她言中。自从认识舞女后,吴丹青的幻想多起来,往往浮想联翩,多愁善感,易喜易悲,心思飘忽不定。

"爱一件事物是容易的,可是要放手就难了,"他在心里对自己反复说,"爱是顽固的东西,不会轻易改变。"

不知怎的,今晚排练节目的那拨人也先跳舞,可能是人员不齐吧。队伍站得整整齐齐,他们一加进来,跳舞的阵势就大了。

天气太热了,跳舞的人少了一些。老年人受不了酷暑的煎熬,他们绝大多数没有来。气温三十八度,天气有点极端。走圈时,吴丹青就发现白文娟在跳舞的行列中。他匆匆走够圈,预备时间不够

第一部

就做引体向上。他从单杠上跳下来,把露在外面的衬衣装进裤腰,系好裤带,就急急地赶往舞场。

他们已经跳了好几曲。排练节目的人又去一边排练,跳舞的人只围了两圈多。这些人都是一些年轻的,他们把舞圈围得圆圆的,就像在演练。吴丹青站的位置在第二圈,跟在汪小华的后面。她剪了短发,舞姿优雅,节奏踏得很准,从容自如。跟着她跳,不吃力。有个胖女人也跟着汪小华跳,他们二人彼此相让。有位个头矮矮的老年妇女不时地出现在他的前面,吴丹青只好灵活地绕过去。

今晚,吴丹青跳得格外起劲儿,也极为舒畅,内心充满力量。他自信而胆大,不再腼腆矜持。舞女总在他的对面,依旧是那件短袖、短裤和红底白鞋。系在腰间的外衣低了些,衣襟像裙摆,起伏着波浪,她的头发甩到了后面,面部全露了出来,红润的脸庞含着一丝微笑。不过受灯光影响,他还是没有看清,她的脸上有汗水的光泽。一曲结束时,她习惯性地从肩上提提短袖的领子,透透气,让身体松弛下来。

吴丹青汗湿了背心,为了散热,把衬衣的袖子高高挽起。他们都跳到了最后一曲,他前面的那个女子还想跳,同伴喊她,只好结束。舞女回头看了他一眼,暗淡的灯光下,她的那一瞥显得格外美丽,意味深长。

一个穿红上衣蓝裤子的妇女和舞女走在一起,她们一起出了操场的大门,向友谊广场那边走去。

"你住哪?"

"我住得很远。"

转弯时,舞女轻轻回了一下头,吴丹青在她们身后。到广场时,她们分手了,她消失在西边演唱歌曲的舞台后面。人们在欣赏节目,用手机拍照。这么热的天,他们挤得不紧,彼此间留有空隙。她从人群中穿过。他看不到她了。

"她住得很远,一个人害怕吗?这么远,还常来跳舞!"他喃喃自语。

舞女在他心目中的形象抹不去了。

那些镂空的云彩移动到月亮前,半遮半掩,有着朦胧的美。

今晚的月亮有大半个了,天上没有一丝云彩,抬头看到的只有月亮和几颗隐约的星星。也不知怎的,月光并不明亮,没有光彩,显得单调而疲惫,没有生机。大概是浮尘影响的缘故吧。

吴丹青只走了四圈,减少了两圈,因为昨晚跳得太久了,右腿有点疼痛,加上天热睡不好觉,一夜都没有休息好。少走两圈也是为了多跳一会儿舞。今晚,他想选一个会跳舞的,好好观摩一下。

他想:舞女也许不会来。她离这儿那么远,跳完舞一个人回去让人担心,他不希望她来,休息一两天,过几天来一趟就行了。

果然,舞场上没有她的身影,吴丹青安心地跳舞。

昨晚的那个女的不见了,本来他就没有认清楚,只记得她穿一条蓝色裤子,短发。他跟着汪小华跳。她是舞者中跳得最好的之一,也被选去排练节目,但她一直跟大伙跳锅庄舞,去排练的次数不多。的确,那种排练几乎是一种折磨。汪小华跳舞很安静,生怕弄出一些响声。她身材端正,头发剪得很短,圆脸,个头高,身体丰腴。吴丹青跟在她的后面有一种安全感,舞步不那么慌乱,心里也平静了许多。今晚,她依旧穿一条酒红色裤子,一件黑短袖,已经有很多天都是这样了,没有变过。

汪小华早注意到吴丹青了。曲间休息的时候,她说:"你也来

第一部

了?"

"你的舞跳得很好!你认识我?"

"你不记得我了?你在政府机关。我在农行中华路营业点。五年前在大十字营业点,你常来取钱。"

她记得这样清楚,让他吃惊。吴丹青来这里跳舞希望谁也不知道,可偏偏被她认出来了。他觉得有点难为情。他不是跳舞的料,但上班处理的文字材料太多,头脑发胀,不休息是不行的。去年体检时发现心脏跳动缓慢,因而他要加大活动量。

汪小华的体力好,跳舞不成问题,一两个小时不在话下。

吴丹青发现前面有个小个子女孩儿跳得起劲,长发,戴着眼镜,胖乎乎的。她是舞女的那个女朋友。

"难道她要来?"

跳舞的过程中,胖女孩接了一个电话。不久,白文娟果然来了。时间已经过去了一大半,她出现在他身后,一转身就看见了。他向她投去微笑的目光,以此表示欢迎。她满面红光,情绪饱满。

"咱们到那边去跳。"白文娟说。

她和女友朝着灯光发亮的地方走去,在明晃晃的灯光下跳起舞来。

吴丹青心里热乎乎的,继续盯着那条红裤子跳舞。不过,只要有空,他的目光就投向舞女。与往常相比,她的力度减小了,动作柔和,舞姿多了几分温婉与妩媚。

舞女和女友一直在第二圈跳,始终没去里圈。

有一阵,吴丹青一点跳舞的兴趣也没有了,停下来从对面望着她,静静地观看。她那么美好,通体都是光亮,但不是刺目的灯光,而是月光,半个月亮发出的光。月亮,这地球忠实的伴侣多好!他就那么痴痴地望着她。

刘姐也在跳舞,今晚她没有向人们收费。她脸色蜡黄,烫过的长发扎为一束,戴着一对玉石耳坠。她一身黑,鞋子却是红的。她把自己打扮得很时尚。

另一个领舞的人红衣裳黑裤子,她戴着手表和项链,与刘姐的服饰有些相似,像一对姐妹,只是稍稍胖一点。人们称呼她姚姐。她的舞技高超,动作娴熟,优美洒脱。

排练节目的人不知什么时候散了。

九点多,有人回去了,但农行的另一位女职员王小丽没有走。刘姐说还早,再跳两曲,所剩无几的人又跳起来。已经走开几步的吴丹青,见舞女又跳了,也回到舞场中。这是个新舞,给大伙教舞的是一个五十刚过的男人,一身浅灰色,上身是夹克,裤子是牛仔的。大伙叫他姜老师。舞女也挤过来了。他们跳到了最后。灯关了,大家散伙了。可是舞女没有往外走,而是和女友沿着跑道走,吴丹青也远远地跟随其后,到第二圈的时候,她们居然跑起来了。

转到大门口的时候,舞女的朋友停下来,犹豫了一下,朝大门外走去。舞女却去了黑灯瞎火的舞场。足球门那里有一个人影,他们很快抱在一起,那个黑影将她背起来,向前跑去。

"不要跑嘛!"她说。

操场里已经没有几个人了。绿色的草坪也显得幽暗,五颜六色的广告牌模糊不清。文化路上的路灯无力地照过来,大门还敞开着,那位看门老人不知去向。

七

第一部

不知为何,吴丹青不希望舞女来跳舞了。也许是他忧郁的毛病又开始作怪了,悲伤的情绪控制着他。它一降再降,一天比一天低落下去。

月亮的缺口很小,但在吴丹青看来即使圆了也没有实际意义。圆圆的明月只能增加他无尽的惆怅,除此之外,还有什么呢?

现在,月亮是左边缺,过了十五又是右边缺,它们从两边蚕食他的心。这等于反复折磨,变换着花样折磨,吴丹青的心更痛、更难受了。他已经陷入这种折磨之中,无力挣扎,也不愿挣扎。

舞场上挤满了人。这种场合就是这样,忽冷忽热,难有定数,有一天寥寥无几,有一天却挤成了堆。吴丹青不经意地往舞场上看了一眼,那是没有目的的瞭望,只是习惯了。此刻,舞女却在跳舞,连服饰也没有变。她的那件两色背心,经灯光一照发出黄绿的光,灿烂夺目。舞场上穿红着绿的人不少,可是唯独她的衣服显眼。尤其那衣裙飘起来,比真裙子还好看。她的黑头发也格外抢眼,随着音乐的节奏飘来飘去。

"多美的黑头发!"他在心里惊叹道。

她双手叉腰的姿态更像一位仙女。吴丹青后悔自己为什么要看这一眼,那道忧伤的防线崩溃了,他即刻去跳舞了。今晚,他只走了四圈,单杠上的锻炼也草草了事。

场地被跳舞的人占着,他从草地边上走过去。晚上,也有人练足球,孩子们踢着各种球在草地上滚动。有一个蓝色的皮球滚到吴丹青脚下,他飞出一脚将其踢远,那个男孩高兴地向皮球追去。

吴丹青被挤到最外圈。前面是几个老太婆,她们扭动着身子,笨拙的肢体根本不听自己的使唤。他无法前进一步,像一根稻草被激流荡在水边。他想在离白文娟不远也不近的地方跳,但这简直是痴心妄想,几次尝试都失败了。

汪小华却出现在离白文娟不远的地方。"要不就跟着她跳。"吴丹青想着就挤进去了,不料又被她们挤出来,无奈地在圈外跳着。对他来说许多舞还是夹生饭,没有一个会跳的人在前面领舞,他乱了舞步和节奏。优美的乐曲与他的心绪难以协调。

吴丹青连一曲舞也没有跳好,抬头看看月亮,它正在高处哧哧地窃笑。

"咣当"一声,一个广告牌倒在地上,沉浸在舞曲中的人们没有注意到,他们潮水般涌过来,就要碰到它了。吴丹青迅速将广告牌扶起,将脱了的铆钉安上。

等他起身回转过来,发现跳舞已经结束。舞场已经空出来,跳舞的人们散开了,有的已经往回走。他们要排练节目了,姚姐正在吆喝着,开始组织她的队伍。吴丹青找到了白文娟,她无趣地站在球场边上,但他没有勇气走过去。

一个足球滚到他的脚下,跟来三个小男孩儿。

"我跟你们一起踢。"

"叔叔,我跟你一组。"一个小孩儿跑过拉住他的手说。吴丹青跟着孩子们奔跑起来。

他们向球场走去,拿到球的那个孩子把球踢出很远,等吴丹青追上他时,已经到了北边的球门附近。吴丹青终于抢到球了,飞起一脚,把球踢远。三个孩子高兴地追过去。等回到舞场,白文娟不见了。

姚姐她们在排练一个藏舞。开始时,十六个人在中间低头围成一圈,四角有四人一组的四支队伍垂手等待。领头的检查了几遍,最后说声:"开始!"

第一部

姚姐按下音响的开关,音乐响起来了,中间的人开始转动。等他们转身朝反方向转动时,那四支队伍也低头甩手上场了,在轻柔的舞曲中,他们合在一起,分成四个长队,欢快地跳起舞来。动作还是弯腰、甩手、抬腿、转身、穿插,小跑着向前,又慢慢地摆动着后退。汪小华在中间一排的最后面,娴熟的动作、高高的个子,使她的形象突显出来。

"她既然是其中的一个,为什么平常不和他们一起去排练呢?"吴丹青想。

音乐停止了。他们最后的队形是一个桃型,或者是心的形状。姚站长还在察看队形。

"没有盯端。"

她一行行看过去,目光唰唰地响,落在谁身上,就挺一下胸,像风落在枝头,叶子先动起来。她穿着红上衣、黑裤子、烫发,微微发胖,走路时昂首挺胸,脚步缓慢,看来很有派头。

"再跳一次。"

音乐又响起来。他们已经排练了四边,这样排练近一个月了。

吴丹青向大门口走去。他想念舞女,沿着往日的路线往前走。明知她早回去了,还是来到友谊广场上。这里的舞也结束了,一群中年妇女正在排练节目,播放着一首军歌。

这些天北方气温大幅上升,兰州高温已达38℃。定西低不了多少,最多差两度。吴丹青来到文化路,脊背上汗涔涔的。

他不去跳舞,而是走进足球场,与两个小男孩踢起足球来。他要试一试自己究竟能踢多远,有没有准确性。结果是:他最多只能踢二十多米,方向不够准。他是足球爱好者,每逢世界杯就看半夜球赛。自己一出脚就明白其中的奥妙了,免得以后看球老是埋怨球员。凡事自己做了才有体会。来回跑了两趟就开始喘气,他跑不过孩子们。踢了一阵球,他汗流浃背地去跳舞。跳舞比踢球轻松多了,简直是休息。

天并没有阴,但天上有云彩。日落的时候,一片片云彩发出红光,给单调的天空带来一些生机。从傍晚到天黑的这段时间里,吴丹青的心情也和天空一样越来越暗。

他不止一次地抬头仰望,今天是六月十四日,月亮就差那么一点了,是该圆的时候了。此刻却看不见月亮,东边的天际一片灰暗,什么也看不见。

过了一阵,那里露出一团白,模模糊糊的,看上去让人犯愁。

进门的时候,吴丹青碰到汪小华。

"你也吊单杠?"

"不,我刚来。"

汪小华打一个优雅的手势,示意他继续行走。她依然穿着红裤子,黑短袖。她是定西人,吴丹青原以为她是渭源人。她走向排练节目的那伙人。

跳了一阵舞,吴丹青又抬头,看见那团白略微缩小了一点,比以前清楚了,更像月亮。但它还是模模糊糊。那些老年妇女已经回去了,舞场里空出一大片,气氛突然冷清下来。白文娟来了,留下来的人们还在跳舞。

"我向你学。"吴丹青对站在圈外的刘姐说。

"这支舞我不会,你跟那个男的学。"刘姐用手指指那个穿白短袖的男人,他朝前挪挪。

姜老师教的是几天前已经教过的那个舞。虽然是个男人,但他的锅庄舞跳得还真不错,非常娴熟。白文娟也没有学过这个舞,她跑去前面学。之后,大伙就跳起来,转过圈来,吴丹青正好在她的后面。吴丹青发现姜老师的手指是伸直的,并拢的五指稍稍弯曲,非常好看。

这么近的距离,虽然是夜晚,光线不足,但还是看得清楚多了。舞女穿了一双淡蓝色的白底胶鞋,系在腰间的皮肤衣的衣角垂得很低,跳舞的时候格外好看。她跳舞不偷懒,只要她跳,就有个样子,就有激情。

舞女的腰身太柔软了,只要一动就水一样地流动起来。衣褶就跟水纹一般,抚平了,又涌起来,举手抬脚如同浪花飞溅。她像水波一样地荡来荡去,又似漩涡在打转。她的脸色格外红润。"她真美!"吴丹青想。

吴丹青不能确信自己是在梦中还是在现实当中,眼前的她可是真的。因为梦中的她就是这样,优美的舞姿和流淌的意蕴使他如痴如醉。他清楚地记得,当他思念到她的时候,她就是这个样子。她的短发、她的衣裙、她的手臂,构成一幅完美无缺的图画,浑身上下淡雅的色彩,也增添了无穷的魅力。

他疑心她就是自己心中的那一个,她的存在既是一种幻觉,又是一个真实。她时而隐藏在他的心中,时而从心灵深处走来,扑朔迷离的感觉使他难以确定自己是在梦中,还是在现实生活中。

跳完舞,灯即刻熄灭。舞女的另一个女友也来了,穿着红衬衣、红短裙。这个女友不是戴眼镜的那一个。女友拉舞女去草地上,她却停下来。

吴丹青走到音响那边,问小汪:"农行几点上班?我明天早上存一笔钱。"

"七点半。"

"有那么早？我是说何时能存钱？"

"喔，是八点半。"

吴丹青往回走时不见舞女了。他走到大门外，还是看不见人影。路边上停的车也都开走了。但他觉得她今晚没有开车来。他又折回到操场，走了两圈后才离开。

月亮仍被薄云遮着，它也好像挣扎了许久，但就是无力从云后面浮出来。朦朦胧胧的看不清楚，月亮就像从背后看他一样。

这会儿，她真的回家了吗？要是走过去，可要许多时间。他回想着她对红衣女友说的话："要是大家都穿一样的衣服，有什么意思？"

八

月亮是黄的，月中的图案非常清晰，他觉得它就是一幅古画。他一次次仰望着浩渺的夜空，凝视着月，它那么美。在这空旷辽阔的天宇，还有哪一颗星体能与人类息息相关呢？还能让他如此眷恋、如此肝肠寸断呢？月中的那个图案渐渐变为一个人，她从里面走了出来。

今晚舞女来得早。不知为什么，吴丹青总以为她不会来的，然而，她来了。他对她充满感激，在心里悄悄说："谢谢你！"

白文娟的到来使吴丹青原本丧失的信心一点点得到恢复，那些早已灰飞烟灭的梦想又熊熊燃烧起来。枯萎的生命之枝萌发出几个嫩芽和花蕾，她身上洋溢着春天浓浓的气息，晚风将其吹送到他身上，他有一种死而复生的感觉。

第一部

人的生命源自于一种深刻的追寻,它的存在是爱的萌发。

吴丹青进到第二圈,有个很瘦的妇女挤在他的身边,她想挤走他。他们前面是姜老师,他跳自己的舞,根本不去理会别的人。她终于自己退下去了。

在跳了两曲之后,舞女来到离吴丹青不远的地方。她的左右也挤着两个人,手臂根本无法甩开,腿也抬不起来。他们迫使她停下来,很想退出来。白文娟身边那个矮个女人总往前冲,她无奈地站在那里。还好,朝后转的时候,那个矮个女人被姜老师挤出去了。舞女有了立锥地,但她的情绪一时还转不过来。她的动作和舞姿过于勉强,直到下一曲才有所恢复。

此刻,白文娟就在吴丹青的眼前。为了能让她尽情地舞蹈,吴丹青留出足够的空间,他自己也伸长胳膊,踢远腿子,控制住周边范围,但她始终难以进入佳境,把美妙的一面展示出来。

吴丹青离她这样近,发现她的肢体总是带着弧线,无论哪个动作,柔婉都多于刚劲,尤其是她的手腕在转动时格外妩媚。他一边跳舞,一边尽情地欣赏着。他觉得自己太幸运了。抬头看看月亮,发现它的颜色变成了白的。月中的图案虽没有先前清晰,但明亮多了。多情的明月放射出一些灿烂的光华。

排练节目的那伙人一开始就在旁边不停地折腾,这会儿又加进这边来了。几十个人挤进来,热闹多了,也拥挤不堪,像一股洪流闯进一条宁静的小河,人群中顿时掀起了浪花。吴丹青紧跟在舞女的后面,以免被挤掉。只跳了一曲,姚姐走过去"啪"一声关掉音响,她宣布说:"来来来,排练节目!"

跳舞的人都散去了,排练的那帮人又占据了舞场。你看月亮:起初它是黄色的,像一枚熟了的果实,散发出诱人的清香,其中的图案也一目了然,后来它一点点变白,越来越接近雪的颜色,用一种柔和的光照耀人间。吴丹青不知道白文娟在什么地方。这期间,落日下沉,时间由傍晚到黄昏再到夜晚,经历了昼与夜的转换,万物必须接受的事实,由光明的炽烈到黑暗的温存。这期间,一片红云褪去色泽,一只飞鸟飞过头顶,再没有看到它的身影。音乐一直在响,更多的人从内心深处走出来,更多的人在某个剧情中跌宕起伏,也有开始为梦准备的。一颗心的等待终于成为现实,草地和树木送来一片凉意,在人群散去的地方,心依然在跳动,激烈地……

　　舞女的形象在睡梦中也清晰,只要一闭眼,吴丹青就看见她,以及她的短发与衣衫。他不能确定自己究竟是在梦中还是在现实中,他不断地想到月光。一年多来,一直如此,尤其是现在,对它的思念一点也不比对一个人的思念差到哪里去。其实,月光有时昏暗,跟一只全色的黑猫没有多少差别,仿佛它也有一身发黑的皮毛,不需要夜色就可以披在身上。这么一想,月光逃走的速度就更快了。吴丹青知道不借助小巷和绿苔,不借助井台和柳枝,就难以找到月光的足迹,那钟声一样的轰鸣是月光借助胴体,狠狠地敲打一下自己还没有生锈的许诺。月光之外的那些光,都进过精神病院……

　　萦绕在他脑海里的一个问题是:"还要不要去跳舞?会不会给她形成一种压力,影响她的锻炼与活动?"

　　在月亮出来之前,天空是深灰色的,尤其是东面,什么也看不清楚。西天有几朵黑云,若无其事地飘浮在那里。这和他的心情没有什么两样,既无亮色,又无黑暗。他以为她不会来,可她偏偏来了,来得又那么迟。跳不了两曲,排练节目的人又占去场地。他们只能深深地看一眼彼此就分离了,这对吴丹青是一种折磨。要命的折

第一部

磨,让他喘不过气来。

舞场乱极了,圈子不仅围得非常小,而且偏离中心。几乎是乱作一团,姜老师也束手无策。有一阵,姜老师一个人被挤进圈子中心,脱离了轨迹。他无奈地退出来。人们为何要往中间挤呢?不得而知。

新来了许多年轻的女子,她们衣着华丽,打扮得很时髦,身上喷着香水。有的穿着薄薄的白纱,肌肤在灯光下看得分明。但她们很少往前挤,挤的是几个年长的妇女。吴丹青被挤到边缘。

月亮还没有上来,舞场里光线不足。有个年轻女子酷似舞女,但她穿着裙子。有几次,吴丹青都分辨不清她到底是谁,难道她换装了?吴丹青很疑惑。但从个头上看,还是略微小了一点。在跳完一曲后,他才确定下来:她不是舞女。

可是舞女还是来了,只跳了一曲,那帮排练节目的人又拥了过来,关了音响,吆喝起来。舞女在跳的时候就因为走神而停下来,此刻仍转不过神来。她家里有事,来得太迟了。"这么晚了,就不要来了。"他想。肯定她有来不了的原因。吴丹青出现在离她不远的地方。但曲子一停,她就站到明亮的地方。

月亮升上来了。它今晚很圆,比昨天晚还圆,今天是六月十六日。月亮是淡黄的,其中的图案很清晰。吴丹青一次次地抬头望月,脑子里萦绕着那个纠缠不清的问题。

舞女不见了。吴丹青在跳舞前只走了四圈,现在得补够六圈。他在跑道上走起来。天气闷热,一走动就流汗。他的背心早已湿透,贴在身上。人群散去,留下那帮排练节目的人,操场里清静多了,足球场上开始喷水,水龙头吱吱地叫着,银亮的水花喷射开来。一股凉风吹来,吴丹青感到非常舒畅和凉快。他一个人走,一圈圈的,心里却翻腾着巨浪。

"锁门了!锁门了!"守门人吆喝起来。

月亮依旧是黄的,还没有变白。"明晚的月亮上来得就更迟。"他想。

今晚是这段时间以来最冷清的一晚,舞场内没有几个人。除了大部分老人员,其余的人接到通知似的,都没有来。汪小华也没有来。

吴丹青在昨天晚上就给自己定了,今晚不进舞场。他已经预感到将要发生什么,早有准备。现实是冷酷的,但必须接受。

在吴丹青出门之前,刮起了大风,下起雨来。雨点又大又急,打在窗玻璃上噼里啪啦地响着。但暴风雨很快就过去了,也没有下多少雨。风雨由西向东刮去,西天晴了,东方却是黑沉沉的一片暗色。

月亮呢?他抬头看了看东方的天际,树木和楼房挡住视线。

今晚播放的是老曲子,这是大伙喜爱的。今晚,他们不排练节目,专心跳舞。可是没跳几曲,突然断电了,音乐戛然而止。电灯也灭了,舞场一片漆黑。吴丹青在操场上转了一圈半,才恢复供电。

那些熟悉的乐曲传来,吴丹青听得清清楚楚、明明白白。什么曲子该跳什么舞了,他大都能想起来。舞女的形象也随着舞曲不断地出现与变幻,但吴丹青尽量不去想她。"也许我们今后会越走越远。"这么想时,他的心就有被刺扎的感觉。走够了圈,做完引体向上,又慢慢走了一圈。他披着夜色,听着乐曲,想着多日来的情景,心里难受起来。

几个孩子在踢足球,他跑进去主动给他们当守门员。他们机智地踢进了几个球,高兴地呼喊起来。吴丹青怕踢得多了关节痛,就回到跑道上。

第一部

吴丹青走到那几棵大槐树的旁边,回头时看见舞场上的人又走掉了几个,所剩无几。往日大伙要跳舞时,他们却要排练节目,今晚怎么就不排练了呢?

今晚怎么了?

这时不知从场外哪个方向飞来一件不明之物,击中吴丹青的头部。他突然倒在地上,晕了过去。

黑暗中有人发出一声尖叫。

九

伤势好了之后,吴丹青依旧去锻炼。但他不愿走进舞场,就在篮球场那里做广播体操。白文娟来了,一如既往地跳舞。他看到了她飞扬的裙子和摆动的手臂,甚至看到了她的半个脸。但他不愿意去跳舞,他想起那天晚上跳舞的情景,她在他前面,发现他在身后,突然停下来。舞曲停下的时候,她头也不回地走了。

吴丹青不想影响到别人。

"能做什么呀?"他这样提醒自己。

吴丹青有些悲观,情绪低落极了。他想起一年多来的变化,很奇怪:为何爱上了诗歌?为何爱读郁达夫的作品了?那种淡然的性情、写实的笔法、真挚的情感、郁郁的哀愁都非常适合他的胃口。在郁达夫的作品中,吴丹青学到了不少东西,受到很大的启发,并逐渐接受了郁达夫的文艺观和艺术手法。

吴丹青专门到新华书店买了一本蓝皮的《郁达夫文集》,里面收集了他的六篇小说和五十篇散文。这本书在几个月时间内已被他翻得卷了页。而过去他爱的一直是契诃夫的作品,有段时间也读川端康成的小说。不知为什么如今他竟爱上郁达夫的作品，一有空就读，连睡午觉前的几分钟也不放过。

吴丹青还花大钱买了一套高校教材，书中对郁达夫的行旅散文有专题分析。他觉得自己虽然和郁达夫所处的时代完全不同，但总觉得在性灵上有相通的地方。眼前的这个世界其实离自己很远，他虽然身在其中，其实是个局外人。

别人吃羊肉，他不过能嗅到一丝膻气味罢了。

吴丹青耳边不断响着熟悉的乐曲，这使他更加烦躁。走圈的时候，他都不愿朝舞场看一眼。他看见了那个穿红色运动裤的女子，她就是汪小华。她踩着节奏，动作协调优美，可他心里很烦乱，无心欣赏。

吴丹青今天应该去临洮参加一个活动，有顺车，可他没有去。一个人为何突然间心灰意冷，就对什么也失去信心呢？

雨下得够多了，但天没有晴的意思，不过云层并不厚，因而吴丹青心头的苦闷也有淡薄的地方。不知什么原因，舞场的灯亮着，但没有音乐。排练节目的那帮人喊着口号跳舞。北边健身的那帮人有音乐，是录音机本身的，音响哑巴了。

吴丹青不想知道舞女来了没有，却向那边看一眼，又把目光收回来；收回来，又投过去。他只绕着操场走了一圈就去东门口买桃子。操场口那个水果摊有卖秦安桃子的，北京7号也有，但要价六块钱。据说东门口那里便宜点，他去一打问，那里卖七块钱。他只好空手回来。再到操场口时，卖桃子的已经将桃子装车了。他只好趴在车上捡了几斤。吴丹青的二姐去年从青岛来，碰巧他给家里买了一箱北京7号，非常好吃。今年她又来了，他想为她买一些，但价钱

第一部

涨得很高,因为上市的北京7号还少。

吴丹青提着桃子到操场,绕跑道走了一圈,根本没有往舞场看一眼。

不一会儿,舞场上的音乐响起来了。排练节目的那帮人却拥了过去,他们要排节目,跳舞的人无趣地散了。

吴丹青的心绪还没有从下午败坏的状态下剥离出来。明天一大早要去渭源下乡,得作准备。

已经下过两场大雨了,短短的数天内,天气在不断地变化。距离立秋的日子已屈指可数,风一天天地凉了。

好几天不进舞场了,但路过的时候,吴丹青还要向那边望一眼。舞女也几天没有来了。每晚,那帮人还在摆弄队形和排练,跳得不多,说得不少。

汪小华又从排练场回到舞场上,还是黑短袖、红裤子,她跳舞时的脚步还那么稳健,从容不迫。那边排练的节目她早都熟练了,根本不需要再练,可是姚姐一遍又一遍地温习,她耐不住了,就到这边来跳锅庄舞。

一连几天没有看到月亮了,夜空死一般的沉寂。足球场内没有人,孩子们不知去哪里了?吴丹青一走进草地,无数蚊子就围过来,他的两条胳膊满是发红的肿块。从不使用香水的他,这会才明白香水的作用和意义。

吴丹青买了两个郁金香甜瓜,立秋后,他那不顶事的胃就吃不成这些东西了。

前天下雨时落下来的树叶,没有人打扫,被众人踩踏着,直到变成粉末。走过时,吴丹青的鞋底有些黏。谁在跑道上呕吐了,他屏住呼吸,把头扭过去。

今晚没有跳舞,姚姐他们在排练节目。足球赛接近尾声,操场里冷落下来,吴丹青锻炼结束就回去了。生活复归了平静,他乐意保持这样的平衡。

安定区在灯光球场里进行全民健身比赛。操场里格外清静,没有一摊跳舞的,他们都去灯光球场比赛了。

吴丹青从南面的门口走进去,坐在第二台上看比赛。比赛在乐曲《爱我中华》中开始,参赛队伍一支支地上场。他们服装华丽,精神抖擞,表演精彩。中老年人能达到这个水平可真不容易。

天气已经不那么炎热了,表演到最后,吴丹青有点吃不消了,想回去,可是姚姐他们还没有表演。他已经把自己当成其中的一员了,一定要看了再走。

汪小华他们是最后上场的。从灯光球场的东北角入场,大队人马在中间站成圆圈,又在四角分出四个小队。领头的环顾全场,然后举起右手,《跑马山上的情歌》响起来了。中间的那一组人开始旋转,在旋转中列好了队形,四角的也在小跑中与主力会合。

吴丹青在寻找汪小华。他记得她的位置在后排,她个子高,他能找到她。可是,哪里想到她们穿着统一的服装,一律是橘红色的藏裙,短统红皮鞋,头发卡起来,又化了妆,动作协调统一,哪里能认出她。有三个男人站在队伍的最后面,吴丹青从个头和动作分辨出那个给大家教舞的姜老师。他不够投入,跳错了,别人左转的时候,他却向右转,发现自己跳错后即刻停下,看看前面的才踏上节奏。

吴丹青还在寻找汪小华,不知怎的,今晚,他们的臂都伸得直,个头一下子都长高了,他还是没有找到她。他们的表演赢得了热烈的掌声,观众们怀着喜悦的心情散去,有人边往外走,边议论着比

第一部

赛。

"就他们的好!"

听了这话,吴丹青心里美滋滋的。

在军分区门口,有一两白色小轿车从他眼前开过去,他看了一眼车牌,好像是白文娟的车,他回头又望了一眼。车好像被刹了一下,慢下来,尾灯闪烁着,但很快就飞奔而去。

当吴丹青走进小区,突然听到从灯光球场传来的舞曲,那是他们平日里跳舞时经常播放的《青海西宁锅庄舞81号》。他的心里顿时一酸,泪水情不自禁地流下来。

高音喇叭的声音传得很远,声音像海水一样地动荡着。各县区的业余健身队也来表演,外县来的几乎都是女的。男人参加的很少。通渭的一身白,她们跳天鹅舞,太难了。渭源的白裤子,红短袖缝子是白的,下面是蓝色的。她们跳的是健身操,整齐有力,干净利落,非常出色。

大操场里,足球场北面的那帮人又开始跳广场舞了,但南面仍空寂无人,她们都去参加比赛了。

吴丹青走够了圈,也去灯光球场看了两三个节目,往回走的时候,右腿关节忽然疼起来,疼得非常厉害,他坐在路边的一段水泥墙上,揉了一阵腿子。疼痛似乎有些缓解,他站起来,一瘸一拐地往回走。

这几天,吴丹青去了趟平凉,回来时发现操场里冷清了许多,足球场上静悄悄的,那些被踩踏过的小草,正在休养生息。主席台前的那帮人不在了,听不到他们拍打身体的声音。走圈锻炼的人也少了。天气稍凉了一些,年轻人还是短袖裙子,就是怕冷的,也只加了一件外套。他走了三圈就把外衣脱了,脊背上汗涔涔的。

　　看不见月亮。他走过南面的时候,他们在跳广场舞,他只向舞场那边习惯性地瞟了一眼。熟悉的音乐响起来了,他跟着哼了几句,也在行走中做了几个跳舞的动作。他想到了舞女,但觉得很遥远了。走过那里时,他又没有忍住看了一眼。"她该来了。"他想。

　　走到第四圈的时候,他看了一眼,发现舞女真的在其中。她还是那件短袖,白鞋蓝裤,只是腰间系的不再是那件白色皮肤衣,而是一件绿色皮肤衣。衣服系得很低,像穿着裙子跳舞。他继续走自己的路,不愿多看。他想起那晚她跳错舞后,突然停下来的情景,心里异常悲伤。那回头一瞥如风落春草搅得他失魂落魄。他不愿作践自己,这对一个人来说,多么重要啊!

　　"你要记住!"他提醒自己。

　　"爱一个人太难了,可这又是由不得人的。"他这么想着,走够了六圈,又去做引体向上。还好,这些天没有锻炼,仍能做十二个。他觉得自己双臂有力量,要保护好心脏。

　　吴丹青离开时,他们又开始跳新教的那个舞,舞曲是《酥油灯花》。跳舞,对吴丹青没有吸引力了,舞女在他心中的位置有倾覆的危险。他想以后的事情,心绪难以平静下来。

　　"下一步该怎么走?"他念叨着,走出了大操场,音乐慢慢淡去,尘埃一样落在他身后。

十

　　天阴。风疾。气温下降。得穿外套了。

　　跳舞的人只有南边的这一伙,其余的都没有来。天气稍不好,

第一部

他们就不来,操场里走步的人也不多,看来锻炼也是自我安慰。

很多天不见月亮了,它去了哪里?

南边这帮人也不多,穿短连衣裙、黑裤子的两个中年妇女在前排中间的位置上领舞,她们跳得兴致勃勃,乐在其中。右边的那个年纪更大一点,烫发,脸色虽然发黄,但气质高雅,仪态富贵,路过的人都要侧目看她。她跳广场舞不假思索,浑然天成,如行云流水,一举一动中包含无穷的韵味,但她很少跳锅庄舞。她来这里跳广场舞也有几年时间了,主要是和刘姐一起领着大伙跳广场舞。跳完广场舞就回去了,她很少跳锅庄舞。她是区人大的干部,叫王槿珍,退休了。跳舞的人们叫她王姐。她男人在市直部门某机关工作,本来常来看她们跳舞。有一次被单位的同事撞见了,开了几句玩笑,他就不来了。

跳完广场舞等跳锅庄舞的时候,圈子有了一个大缺口,连两圈人也站不满。吴丹青朝那边看了几次,但没有发现舞女,她今晚没有来。

本来他是不想看的,但头不由自主地转过去了。他一直在想一本书的命题:"如果——可能——"他这样假想着。也许想得太多了,他的头有点疼。

走了几圈稍有好转,但还是在疼。

跳舞的人还没有散。吴丹青往回走,但到了大门口又折回去了,他沿顺时针方向漫步,快到舞场跟前了,又掉头走。

小草又长起来了。秋天的小草还要繁荣一回,它们绿得流油。草丛中有流水的声音,张师傅在给草坪浇水。吴丹青走进草地,站了站,才下决心往回走。

熟悉的音乐在他身后响着,渐渐听不见了。

跳锅庄舞的女人

第一部

这些天吴丹青跟随邱处长去漳县调研精准扶贫工作。三岔、金钟、新寺、东泉都去了。漳县生态很好，特别是山区，到处都郁郁葱葱。农民们在打碾麦子，如今没有场院，他们就在公路上打碾。麦衣和尘土飞起来，这是很危险的，浪费也严重。但是，看看农民们辛苦的样子，你就会产生同情心，就会原谅了他们。"吃饭毕竟是头等大事呀。"

寨子村有个困难户，一家三口人，女主人叫包玉女长期患神经眩晕症，睡不着觉，站不稳，走路拄着拐棍。她身材高大，皮肤黑里透红，说话缓慢。她的丈夫是个税务干部，在三个孩子还很小的时候就去世了。她拉着邱处长的手不肯松开，不停地说"谢谢"。

"没有人做主，我的病就拖到了今天。"她哭诉说。

看来她的病是在经受了沉重的打击之后得的。长期孤儿寡母式的生活，使包玉女备受煎熬。三个孩子已经长大成人，但她被病折磨倒了。她四处求医，吃的药不计其数，家里有限的收入都用来看病了。但她有低保，女儿帮她劳动，大儿子虽然分开过，但也能照顾她，小儿子去新疆打工，吃穿没有问题，她一心想治好自己的病。

神经性眩晕是非常痛苦的病，吴丹青在二十年前也得过。病发时当场晕倒在地，住院后仍找不出病因，大夫以为是脑膜炎，抽脊髓化验也查不清，两个内科大夫束手无策。后来，还是渭源县医院的院长王寿柏给他诊治，确诊为神经过敏引起的眩晕症，开了一个处方，只有三样药：安定、泼尼松、甲氯芬酯，吃了三天就好起来了。后来又开了两次药，一次开的是刺五加胶囊、安定，一次是甲氯芬酯、多种维生素粒丸、刺五加胶囊，吃过之后就好了。药价很便宜。

他把这件事告诉了同行邱处长，经他同意，回定西后，吴丹青买了药送到寨子村的包玉女家里去。她吃的是第二个处方，定西市各大医院和药店没有甲氯芬酯。只吃了三天,不用再拄拐杖了,睡觉也好多了。他还想买些药送去,市医院的大夫看过处方后直摇头,说:"我从医三十年,没有见这样配药的,这真是给人看病呀!"

吴丹青沿跑道快步走着,心里想着十多天来发生的事。

白文娟来了,她穿着黄短袖,白皮肤衣。裤子是新的,深蓝色,腿肚在外面。皮肤衣穿在身上,没有系在腰间。天已经没有前些日子热了。她在外圈跳。她跳舞也没有以前用力了。

吴丹青并不认真去看她跳舞,只要往那边看一眼,就会想起那一晚的情景,他的心里就难受起来。

"何必呢?"

吴丹青继续行走。做完引体向上,就在草地边上走来走去地看月亮。它虽然只有半个,但明亮,放射出银光。因为它的存在和照耀,天空格外美丽。草地上也有若明若暗的光,它们是从远处照过来的灯光与月光的混合体,你无法把它们分开。他的内心也是这种混合体,他爱她,然而……

舞曲从那边传来,就是在一百多米远的地方,吴丹青也能辨认出她的位置,能看到她,但是他极力克制自己不往那边看。他残忍地虐待着自己,心里一阵阵地发痛,眼里噙满了泪水,抬头看一眼月亮,几乎要哭出来。

吴丹青在与她告别。他们之间还没有靠近的距离在迅速拉大。他们无法走近了,今生今世不会。

跳舞的人已经寥寥无几,白文娟的形象非常明显。吴丹青不愿走过去,也不愿多看她一眼,就在最后一支舞曲响起来的时候,悄然离去。

月亮只有半个,但月光是透彻的。

第一部

吴丹青记得从漳县回来的那天晚上,他走到军分区大门口时,给那位定西师专的音乐教师打了一个电话,接电话的却是一个粗声粗气的男人,他恶狠狠地问:"你找谁?"

"我找贵老师,她的电话怎么在你手里?"

"我是他男人。"

贵亚丽是吴丹青的一个好朋友,她离婚多年,未续弦。她说过,为了孩子,她在几年内是不结婚的。他以为她真会那样做,可是她再婚了,也没有告诉他一声,严密封锁了消息,他一点也不知道。"可是人家为什么要告诉你?"吴丹青自问道。

打完这样一个晦气的电话,他转身来到操场里,碰巧跳舞的人刚刚散伙。他只好往外走,马路边上停着那辆白色小轿车,他迎着车走过去。那个红衣女孩儿坐进了车,关上车门。他朝前看,车窗玻璃的反光使他看不清里面的人,但他看清了车号。没错,就是白文娟的车。

吴丹青左手提着照相机,右手拎着包。他下乡后还没有回家,是直接到大操场里去的。他踉踉跄跄地着往前走,几乎要碰到车上了,在车前车晃来晃去,用右手摸摸车灯,还用额头碰了三下车头。车没有启动,也没有开灯。那天,他真的喝了不少酒。还好,他安全地走上人行道,待他走到车后面,车子才启动,尾灯闪耀着,它轻轻开走了。

"你看那月亮,为什么只有半个呢?"他忧伤地想。

月亮圆了。

它身边有一些黑云,飘来飘去,时而被淹没,时而浮出。云后面的天空是深蓝色的,月亮白白净净,光华四射。

跳锅庄舞的女人

周末,跳舞的人不多。他们一如既往地跳完广场舞,才开始跳锅庄舞。锅庄舞是最后一道菜,好菜留到最后面,人们才有盼头。

吴丹青出来得早,走够了六圈,做完引体向上,正好赶上他们跳锅庄舞。从第一曲开始,他就加入到跳舞的行列。

"明晚去跳舞。"这是他昨晚就决定好了的。刚一到舞场,舞女就发现了他。但他不愿多往那边看一眼,他的内心在激烈地斗争着,两种力量在厮杀。

吴丹青在那里跳舞,谁也看不出,一场暴风雨已经过去。

"谢谢!谢谢!"他在心里对自己说。

跳舞的人在那个漩涡里激荡着,人越来越少,出现了空缺。每晚都是这样,跳到后面,人就不多了。舞女转到了他的前面,在乐曲转换的时候,拉着红衣女孩的手走到灯光明亮的地方,这是给他看的。很多天没有来跳舞了,他的出现使她欣喜。然而,她哪里知道,他的心死了。还有一曲没跳,他悄然走了。

一一

这天晚上舞女没有来。吴丹青感到轻松,站到最外一圈跳,不过他还是没有跟随着漩涡转动,基本上在原地跳。汪小华在里圈,她还是那身装束,黑短袖,红裤子,白球鞋。她的身材还是那么端正,从容不迫地跳舞。跟着她学,动作就准确,也不那么忙乱。吴丹青远远地学习她的舞步,也欣赏着她优美的舞姿。她不艳丽,但她端庄,美丽,浑身散发着一种令人难以拒绝的魅力。

天气闷热,跟夏天一样,跳一曲舞身上就有了汗水。几乎一个月没有下雨了,吴丹青今天去通渭调研精准扶贫,沿途见玉米叶子

第一部

卷起来了,有的已经干枯。洋芋秧子也开始干了,秋季作物在苦苦挣扎着。活在世上的生命都不容易,哪怕是一棵小草,一朵野花,一只蚂蚱。

在襄南,有个五保户老人叫李尚荣,七十多岁了,是个老光棍。他人精明能干,面目清瘦,住着七代人的老房子。一辈子没有娶妻生子,自己说家里困难,没有哪家愿意把闺女给他。邻人却说,年轻时家里光阴并不比别人差,眼高,看不起一般女子,挑来拣去,错过了时机。

途中,同行的人说,加拿大允许犯人过性生活。可以剥夺政治权利,剥夺人身自由,剥夺财产,但他们的法律规定,不剥夺性生活权利。当然这是在加拿大,那是发达国家,法制化国家。"在中国肯定无法实行,短期内是不行的,人的素质提不高,文明与进步的程度就高不了。"吴丹青回想着。

经常来这里跳舞的那个老头一边跳舞,一边在嘀咕着什么,自言自语,深深叹息一声。他的蓝帽子常常歪在一边。

还有两曲了,吴丹青无心再跳下去。他抬头看一眼月亮,感到异常孤单,退出了舞场。

灯光球场里有演出,彩色光柱照在旁边的建筑物上,音乐和歌声在夜空里回荡。从里面爆发出欢叫声、口哨声、鼓掌声和一片热闹刺耳的嘈杂声。

来跳舞的人少多了,许多人去看演唱会。舞女没有来,吴丹青走进旋转的舞圈,跟着前面的人跳起来。汪小华换上了绿裤子,白鞋,黑短袖。穿红裤子和穿绿裤子没有什么区别,她的身材不胖不瘦,穿什么都合体,哪种颜色都适宜。她一如既往地跳舞,看起来动作缓慢,但到该快的时候,她比别人灵巧多了。

汪小华的头发剪得真短。特别是后面,脖颈露出来了,可是前面留得又长,把眼睛要遮住了。吴丹青很少见过这样的发型。在昏暗的灯光下,跳了两圈舞他才认出她来了。吴丹青并没有跟在她的后面跳,而是远远地照着跳。她那伸臂抬腿的动作有着另外一种美,有着特殊的魅力,离得近了会晕,吴丹青经受不住那种强有力的感染。

月亮圆圆的,像一个婴儿的脸,白白胖胖。天上只有几抹淡淡的薄云,在离月亮不远的地方安静地飘着,它们借月亮的光,也是白白净净的。

灯关了,乐曲停止了,跳舞的人散去了。操场里安静下来,落在草地上的只有月光,没有别的光掺杂进来。

吴丹青不时地抬头看月亮,怕突然从哪里飘来一堆云彩将它遮住。他爱它柔和的光,无声无息地洒向人间。但他觉得它一定也很累。此刻有多少人也在抬头望月,想着自己心爱的人,想着遥远的故乡?

没有比它更白的光,这么柔和地照耀人间的夜晚。此刻一定有许许多多的人,抬起头来仰望和思念。它白得出奇,没有一丝污点;它白得完整,没有一点瑕疵;它白得透彻,一览无余。"这已经足够了。"他想。但它辐射到更远的地方,它的白无处躲藏,让人畏惧,让人战栗。

这世上还有哪种光跟它一样白?如此之白,绝无仅有;如此之白,仿佛在一盏灯的内部;如此之白,就像霜铸就的;如此之白,就像是银子打造的,他的想象在它面前山穷水尽。羊群、棉花、雪都比喻过了,但都不生动,也不形象。"世上没有完全相似的两种事物,比喻只是一种极为笨拙的手段。"吴丹青想。

第一部

可它依然在人们头顶发亮。时间尚早,灯光球场的晚会还没有结束。月光静静地源源不断地洒向人间,一栋高楼上的窗户全亮着,但它们的光,总是有些黑,或者红。另一栋楼上的窗口全部黑着,月亮的光柳丝一样地垂下来,朦胧的草地上有一些疏疏淡淡的影子。白月亮已经无所顾忌,那赤裸裸的白扑进夜晚的怀抱里,一只不安的兔子就要在他的心里跳起来。

白月亮,它真美!吴丹青写下一首诗,叫《白月亮》:

曲终人散去,月落声无息。
相爱无一言,疏影皆成语。

奇怪的现象又出现了,舞圈内部扩展开来,留出一片空地,跳舞的队伍也格外整齐,人们尽情享受着舞蹈的快乐。不用去看,舞女一定在里面。

此刻,舞女转到了灯光下,那件橘黄色的短袖在灯光的照射下格外醒目。

她的出现却很短暂,刚刚跳了两曲舞就走了。她是和另外一个女友来的。女友穿着短裙、白衬衣,披着长发。她们亲密地交谈,一起跳舞。跳舞的时候,舞女把白外衣脱了,放在舞场中间的空地上,那里堆放着大伙脱下来的衣服。她穿着背心跳舞。不知怎的,今晚,她的个头显得格外高,但跳舞并不安心,女友看起来也不感兴趣。不一会儿她们就走了,她的目光有几次投过来。吴丹青感觉她是像某个领导检查工作那样,亲临了一下现场,之后飘然而去。

此后很多天不见她的踪影,今晚她来了,还有她先前的那个矮个子女友。她穿着红运动鞋、牛仔裤、灰色短袖,绿色的外衣系在腰间,又像是裙子。

"我很多天不来了,不会跳了。"舞女诚恳地对刘姐说。

她的头发长长了,已经垂到脖子里,好像染成了棕色的,灯光下不太清楚。她认真地跳起舞来,但吴丹青不再用眼睛盯着她,他要认真跳舞。他前面是汪小华,她也换装了:上身是绿线衣,线衣的下半截是黑色的;下身是黑裤子,红色运动鞋,黑裤子没有红裤子好看。她这么一变服装,吴丹青一时没有认出来。与她穿同样服装的还有数人,在夜幕下很难分辨。

汪小华跳舞头总是低着,不看别人。吴丹青在她身后,她也没有回头看一眼。离得这样近,她的一举一动都在他的眼里。她的肌肤在运动中成块颤动着,线条有些僵硬,缺少柔嫩与鲜活。衣服贴着肌肤颤动,不像舞女的衣服在身上滑动,水一般流淌,变幻出无穷的曲线。她弯腰的时候,脊背像一块平板。她的胸脯也不高,大部分青春已经从她的身上悄然溜走,她端正的身材缺乏活力。汪小华身边是那个戴帽子的高个子男人——高峰。

吴丹青尽量不去看舞女,专心学习舞蹈。不过她抬脚的时候,他看见了她的运动鞋,还是先前的那双,白底红帮。她的灰短袖、牛仔裤,也闪现在他眼前。她系在腰间的绿外套更是明亮闪光。她的头发遮住她的脸。只有露出的胳臂,划着数不清的弧线。她的胳臂并不那么白嫩,而是有些黝黑。

在曲间,舞女换了一次位,与吴丹青只隔两个人。他发现她跳舞没有先前那么投入了。这些天一定发生了什么事,是什么事呢?他无从知晓,无端地猜想没有任何意义!她抬腿的时候像漩涡一样打转,弯腰的时候前倾的身子有着悬崖峭壁的魅力。她的形象总能唤起他无穷的想象和联想。她的美深深地打动他,他难以抵御美的

第一部

侵袭。她的身上有着强大的磁性,他像一根银针被吸引过去。

他们都坚持跳到了最后一曲。舞女和她的女友一起向操场外走去,那个红衣女孩换上了浅色衣服,她的男朋友走在她的身边。

这天晚上,吴丹青梦见自己要结婚了。在一个房间里,居住着三个年轻的女子,她们的衣衫薄如蝉翼,其中的两个露出白嫩的胳臂和秀美的脖子。要跟他结婚的那个女子就在他身边,却看不清她的面目。他几次都想看看自己的情人,可就是看不清楚。她们在议论他。其中一个问她为什么要跟一个三十八岁的男人结婚,嫁给他合算吗?她回答说:

"他能买来米面。"

但吴丹青还是没有看清她的面目,即使他抚摸到她的胸脯。醒来后,他写了一首诗,但内容并不涉及这位梦中的情人:

> 你的背影正在远去
> 春天正在远去
> 花朵已经开败了,但它还在开
> 爱情也是如此……
> 他回想起去年的情景
> 悲伤的心情悠然而生
> 此刻,他们走在各自的路上
> 孤独陪伴着他
> 他没有明天
> 它已被昨天所替代
> ……

吴丹青回想起昨晚的情景,感到非常疲惫。新的一天开始了,但生活并未发生什么变化,重复,还是重复,生命就这样日复一日地在重复中走向衰亡。

人生的悲哀就是对于这种重复无可奈何。

月亮还没有升上来,它属于后半夜。因而,吴丹青看不见它。天气真的凉了,他感到脊背发凉,要打喷嚏的样子。他把脱下的白色夹克又穿上了。

一切仿佛已经成了过去,他不再去想舞女。可是,有时候还是身不由己地回想往事。每当此时,他的心里总是沉沉的,淡淡的忧伤袭上心头。特别是听到那熟悉的乐曲,他的心就难受起来,感觉自己正在失去了一件最宝贵的东西,而且是无价的。

一二

吴丹青还常去大操场走圈和做引体向上,还去跳舞。不过跳锅庄舞的兴趣不高,去了也只是随便跳跳,不等结束就先走了。

舞女的再次出现是许多天后的事。吴丹青虽然念念不忘,但对此已经想开了,心里沉静了许多。那种凄凉的感觉没有经历过的人是无法体会的。每当听到熟悉的音乐,他的心就往下沉,既兴奋又难受。它究竟要沉到什么地方去,吴丹青自己也不知道,那是一个万劫不复的深渊。

只要有时间,天气允许,吴丹青就去锻炼。一天之中身体几乎比弦绷得还紧,它应该得到更多的放松。他本对跳舞无太大的兴趣,经过这个夏天的荡涤,已经到了不可或缺的地步。跟着大伙伸伸臂,弯弯腰,踢踢腿,身体的各个部位就觉得舒服了,回去睡觉就

第一部

没有问题。

　　舞场内的纷乱已难以改变,十月以后又增添了不少年轻的女子,她们不仅不会跳舞,还没有中老年妇女那么矜持与谦让。她们理所当然地挤进内圈,但踏不上节奏,有时挤成一团,有时空出大片空地。

　　一天晚上,在昏暗的灯光下,在杂乱的人群中,吴丹青看到了一个熟悉的身影,不用仔细打量,凭直觉就判定她一定是舞女。她穿一条蓝裤子,白球鞋,毛衣外套件黄绿相间的冲锋衣。跳了一阵舞,感到热,就将外衣的扣子解开。

　　一个明显的变化是她跳舞不再那么投入了,像是在替别人跳。以前的那种美只剩余一点点。在跳舞的过程中,吴丹青不时地看她。她也留意他这边。但彼此内心的抵御还是超过诱惑。自始至终,他都离她远远的,当彼此就要靠近的时候,他则迅速地往前赶几步,走到几个人的前面去。

　　有一圈跳过来的时候,恰巧到了灯光下,本来他们之间还隔着几个人,可是突然那几个人"哗啦"一下散去,她们不跳了。吴丹青和白文娟之间出现一大片空白,他们赤裸裸地暴露给了对方。吴丹青感觉到自己的脸"唰"一下子红了,舞女的脸似乎也红了,娇艳无比。灯光明晃晃地照着那一片空地,那好像就是他的内心,没有遮挡地暴露在众人的眼皮底下。他感到极度不安,离开那个豁口,跑到前面去。

　　吴丹青咳了起来。几天前,他还没有穿线裤,丝毫没有感到冷,可是那晚风大,呼呼地迎面吹来,他迎风走着,像被吹散了的一粒沙。第二天他觉得嗓子有点痛,赶紧用盐水涮了涮,天黑居然发起烧来,他感冒了。

已开始供暖,屋子里很热,但外面并不寒冷。吴丹青的感冒被这种内外不一的气温打乱了,十多天也好不利索,时重时轻,接着就咳,那咳埋得很深,得吃点异烟肼了,多年来都这样。

吴丹青多想在离她近一点的地方跳舞,但这个念头一产生,马上就有另一个声音站出来反对,他的内心裂变为两种力量,它们各不相让,彼此厮打。他感到为难,只好选了一个不远不近的地方。

吴丹青感到幸福,也感到痛苦。跳完舞,他找她时,她已不知去向,他只好径直往回走。

昨晚她没有来,但汪小华来了,她轻快流畅的舞步吸引着吴丹青,他跳了一曲又一曲。他想白文娟是不会来的,找不出理由,但他知道她不会来。他希望她来。

月牙儿挂在深蓝色的天空,有些孤独。

刘姐又在收费,几个中年女人说她们是友谊广场的,今晚只是临时来跳一下,明晚就不来了。刘姐无奈地转过身来。吴丹青从衬衣口袋里掏出一叠纸币,借着灯光找出五张一元的给她。刘姐谦虚地说:

"你经常跳吗?"

"不跳。但有时间就来。"

"你的舞最近跳得不错,叫啥名字,我给你记上。"

"不用了,交上就是。"

刘姐系着红丝巾,脸上也有红颜色,矮矮的个子,却一身的灵气,她收了钱说:"经常来跳啊。"

她灵巧地穿行在人群中,向另一个女子收钱。

吴丹青看了一天的材料,是一个长远规划,看得他两眼发黑,头脑发昏。可能是昨晚跳得太厉害了,左腿膝关节有点疼,走圈的时

第一部

跳锅庄舞的女人

候,他不时地咬咬牙,走了一阵之后,好一点了。

吴丹青不知道舞女今晚来还是不来。他心中无数,当他走到第二圈的时候,刘姐她们的广场舞跳完了,开始跳锅庄舞。曲子依然是旧的,但这是他从来没有听过的一首锅庄舞曲。他走近舞场的时候,不由自主地把目光扭过去。其中有两个穿黄绿色外套的,只看一眼就知道不是他想要看的那个人。

第三圈的时候,舞女出现了,而且就在他眼前。她没有到里圈去跳,她在外圈默默地跳着,和上次一样,心不在焉。

她还是那身打扮。线裤的裤脚露出来一圈,白球鞋也有一圈是红的。她转身时看到了吴丹青,按部就班地跳着,节奏一点也未乱。

吴丹青不想走满六圈了,只走了五圈就去跳舞。舞女跳得正起劲儿,胳臂抡得开,看得出她用了劲儿。她在外圈,他也在外圈。但今晚人太多了,圈子很大。

那个戴眼镜的女子高继红在吴丹青身边跳着。她是这里的常客,个子虽小,但她跳得很起劲儿,一弯腰几乎触地,柔软的身子扭动着,像一股旋风,起起伏伏,弯弯曲曲。他跟人对舞,这还是第一次。自进入这个圈子他一直是独舞者,自知自己跳舞水平是不敢与人对舞的。此刻与她对舞,他依然有些犹豫,但他已开始旋转,身不由己地跟着她的节奏。她看了他一眼,投来一丝鼓励的微笑。他鼓足勇气跳下去。动作对不对呢?他顾不上这些,一进一退,一左一右地甩着臂。

还好,总算完成了一次对舞,并感觉到轻松愉快。独舞不过是一种躲避而已,对舞才是融合。

这个舞要对跳四次,一种对舞是双臂翅膀一样打开,做出飞翔的姿态,面对面地旋转。另一种是双手从胸前伸起来,像是双手托

第
一
部

起一件神圣的物品,敬献给对方。每一个动作都充满了仰慕与憧憬,虔诚而纯洁。熟悉的舞伴们相距更近一些,肢体接触到对方,满脸堆砌着甜蜜的笑容,而他们的手指并没有触及,但温暖的气息彼此传递着。

舞女肯定也看到了这一幕,旋转的时候,吴丹青这个从不到里圈跳舞的人,也步入了那片禁区。几个月了,他能跟着大伙跳舞,虽然不熟练,不准确,但能迅速改变错误,跟得上节奏。

使吴丹青大吃一惊的不是自己暴露在舞场内圈,而是她。正当他由拘谨转向松弛自然的时候,一直在外圈跳舞的舞女出现在里圈,位置那么突出,几乎在舞场的中心了。"是因为她的个子高,腿长,对舞时自然转到那里的,还是她有意迈开大步舞到那里的?是要像从前那样给大伙领舞吗?"他有些疑惑地问自己。

对舞时舞女的右手叉在腰间,左臂直直地伸开,左手也伸展开来,这使她丰腴的手臂显得更长,饱满的手掌在灯光下格外红润。那几个动作是叉腰、伸臂、抬腿、扭腰,脚向里抬起来。许多人抬脚时腰弯下去,屁股向后坠,而舞女却挺直身子,胸部突兀出来。高高的胸部像两座耸起的峰峦,异常美丽。

与她对舞的是那个常常给大伙教舞的姜老师。他中等个子,短头发,脸膛黝黑。今晚,他穿一件黑毛衣,灰色休闲裤。他的动作很有力,但有收敛,不狂野,刚中有柔。他与舞女对舞是天生的搭配,游刃有余。他们跳出了锅庄舞的韵味和神奇,优美的舞姿使全场鸦雀无声,连舞曲似乎都不响了,人们陶醉在优美的舞蹈中。空气凝固了几秒钟,所有人的目光都不约而同地投向他们。

舞女的短发修剪过了,正好拢着她的圆脸。她侧目时头发"唰"地甩过去,转过身又垂下来。她外衣的纽扣都解开了,敞开胸部,里面是件黑毛衣,直领,袖子也挽起来。她转身时,衣襟就飘起来。她的身材丰腴,加上毛衣,腰身就显得有点粗,臀部不那么肥大。长长的腿子勾勒出舒畅的线条。

也许是跳热的缘故,舞女的脸色红润,娇美的两颊放着红光。姜老师脸色也泛红,舞曲结束时,他迅速离开舞场,去音响那边,蹲在那里,似乎在挑拣歌曲。

姜老师的个头还是小了些,再高一点,哪怕一点点,也许就更加与舞女相配了,舞姿就会更加卓越。

没有跳另一曲,音响卡住了,当晚的舞就这样结束了。吴丹青再没看见舞女,不知她去哪里了。她舞伴也不见了,那个戴眼镜的少妇消失得更快。

夜色真美,吴丹青抬头看了一眼弯月,它在向他微笑,也在向他说着什么,它说了些什么呢?他没有听清楚。朦胧的月光像是舞女的微笑,可她笑过吗?他又否定了自己的比喻。

舞场里的灯关了,顿时一片黑暗。四散的人们影影绰绰,传来彼此的说话声。他注意到了,今晚汪小华没有来。

吴丹青出了操场的大门,昏黄的路灯无精打采。那辆大轿子车停在军分区门口的路边上。这辆印有"司法"两个字的大轿车的司机是一个女的,她每晚把车停在这里,早晨就去接上班的人。他们是定西监狱的警察。乘车的人们在几个路边的点上早早等着,八点钟之前车就开过来了,那些穿制服的就上了车,其中有许多女警察。

舞女要是开车来,她的那辆白色小轿车就停放在大轿车的前面或后面。今晚她是走过来的,没有开车。

舞女住的地方很远,在西城区。几天前,吴丹青经过那里,在江夏广场那里碰见了她。两人谁也没有注意,就擦肩而过。走远了,

第一部

他才明白过来,那个远去的人就是白文娟。他望着她的背影真想追上去。那时他一边走路,一边心里正想着她,莫名地生起闷气,无缘无故地怨恨起来。是因为哪件事?他自己并不清楚了。"咱们各走各的路吧。"他在心里发狠地说。当吴丹青感觉到她的时候,心顿时柔软下来。那股没来由的怨气云消雾散了。他走远了还频频回首,直到再看不见她的影子,直到只剩下朦胧中的灯火。

舞女边走边打电话,她行走的速度并不快,脚步不紧不慢,可是步子迈得小。"她像是在有意无意地等着谁。"他想。她的手机从左手换到了右手,荧光屏闪闪发光,衣服的纽扣也还没有系上。

一三

树木已落尽了叶子,但在吴丹青眼里,即使是落去叶子的树木,也很美。

几天前,吴丹青去过操场旁边的那个大院。两年多了,那里还是一片废墟。可是,那些迎春在枝头挂出了红花。这种花在秋末冬初早早地孕育出花蕾,在秋天就做着春天的事,叶子还在发黄,花蕾就出现在枝头了。天气暖和,它们就开了。

"不是时候,实在不是时候,可是它们开了。"吴丹青担心地想。已经下过一场雪了,它们是知道的。这种天气候虽然暖和,但它在一天天变冷。它们开花,有被即刻冻死的危险。再说,现在开了,春天干什么呢?

事实上,那些先开的花,大多数被冻死在枝头。寒冷的冬天变得残酷无情,它一副铁石心肠,不会有怜悯与同情之心。吴丹青望着探春绽放的花朵,感到无奈与忧戚。他一边跳舞,一边想着那些天真烂漫的迎春,为它们的命运捏着一把汗。

汪小华来了,她破例沿跑道走圈,边走边与身边的女友交谈。女人永远那么健谈,她们的内心像一股股清澈的溪流,不知疲倦地流淌着。她把外衣放在舞场中间的那块塑料布上,那上面已堆放了许多衣服。汪小华上身穿着黑毛衣,蓝裤子束紧她的腰身。她穿一双红鞋,跳舞时脚后跟总是先着地。

她的身材是那么均匀,线条是那么流畅,四十多岁的女人了,还这么好看。

汪小华的舞跳得太好了,腰身居然弯得那么低。在这一群人中,她的个子高,体态丰腴,可动作最麻利,疾如闪电。还没有看清,她就转过身了。她很少跳错,就连刘姐也常常跳错。她万一跳错了,就呵呵笑一下,银铃般的声音落在人们心头。看看她的嘴巴,却紧闭着,那声音好像不是她发出的,只有嘴角甜丝丝的微笑加以证实。跟着她学舞,就能提高准确度和灵敏度。她发现有人跟在后面,转得就更敏捷了。她给舞蹈增添了许多独创的东西。

前些天,吴丹青去过一次汪小华上班的网点(银行的某一支行),但没有看见她。那个网点门朝北,光线不足,走廊过长,还拐了一个弯,像地窖。

在大操场这个群体中,汪小华无疑是最棒的,成了明星,许多新来的年轻女子都跟在她的身后学舞。

舞女在外圈跳,她好像忘记了昨晚的事,安静地跟着大伙,在那个圈子里旋转。她像一朵美丽的浪花,而不再充当激流,不再成为漩涡的中心,她的动作也平静而安详。

这些天不见她的那位舞伴。"是去结婚了,还是去了外地?不得而知。"吴丹青猜想着。

第一部

吴丹青站在舞圈的外面,看着他们跳舞,那里灯光最亮。这曲舞是进四步,又退四步的。眼看她就要到他跟前了,可又潮水般退回去了。

可是当舞女转到他眼前的时候,吴丹青却向后退了几步,离她远远的。他细细观察着这支队伍,他们跳得认真而热烈,里外组成了三个不规则的圈子,在缓缓转动着。

少半个月亮在高层楼轮廓灯的上面闪烁着银光。它洁白而明亮,星星却显得格外遥远,若隐若现。月亮、星星、地球,它们都在转圈。如果站在很远的地方看它们,也许就觉得它们也在跳舞。

它们的领舞是谁?它们那里有汪小华这样的舞蹈高手吗?它们那里有舞女这样美丽的女子吗?吴丹青胡思乱想了一通,舞女早转过去了。汪小华正好转到他前面,他加入到跳舞的行列,像一滴水,也流动起来。

"只有最后一曲还好。"舞散时有人这样议论着。

今晚跳得不过瘾,这是大伙的感受。

一个瘦小的姑娘和舞女走在一起,她们往回走。那姑娘穿着红外套,白衬衣很长,从外套下面露出来,长长的头发只从末梢系着一点,松散地拢在身后。她与舞女边走边聊,她说话的声音时大时小。

吴丹青和另一个舞伴走在她们的后面,不知不觉又走到她们前面去了。分手时,他不由自主地朝她俩看了一眼。舞女还是从前的那种感觉,不跳舞时,她几乎还是个孩子,在舞场上她才显得成熟。

星期五的晚上来跳舞的人不多,但舞女来了。不过她来不像是为了跳舞,而是了却某个心愿。她来得比往常早一点,大伙还在跳广场舞,她沿着跑道走,边走边打电话,像是有要事。她把衣袖挽起来,黑毛衣露出来。

吴丹青发现时离她已经很近了,只差那么几步。他想追上去,但还是打住了,默默走在后面。到南端时,大伙跳完广场舞,锅庄舞曲就响起来。年纪大一点的人开始收拾衣物离开舞场,排列整齐的队伍散了,剩余的人围成了一圈,开始跳锅庄舞。舞女一边低头看手机,一边朝舞场走去。

吴丹青只走了三圈,还想再走两圈,每走到足球场的南端他就把目光转向舞场。舞女在外圈跳,她始终没有到里圈去,她没有那个心情。等他走进舞场时,只剩几曲了。

舞女接到短信,用一只手回短信,另一只手跟着节拍起伏。她低着头,被大伙丢在中间的空地上。发完短信,她看了一眼对面的吴丹青,又继续跳舞。她跳得很勉强,像是为了安慰他才跳的。那手势似乎在说:"要不是为了你,我就不来。"

吴丹青领会到这一点,用手势对她说:"谢谢你!"

吴丹青也无心跳舞,把痴情的目光投向她。但她跳完舞就出去了,过了马路,匆匆向南走去。他失望地看着她的背影。可是,她又掉头向北走,走得很快,上衣的纽扣还没有系,衣襟飘动着。看来她有急事。是什么事呢?他一点忙也帮不上,心里一阵阵难受。要是她能告诉他就好了。"也许能为她做点什么!"他焦急地思虑着。

舞女已经从对面赶到他的前面去了。到军分区门口,他也过了马路。可是她离他越来越远,他急急追赶着,怎么也追不上。她改变了方向,拐进高层下的那条小巷。他追过去,可是她已经不见了。

今晚究竟要发生什么?他有些害怕,对着半个月亮为她祈祷。他来到友谊广场,向四处张望,广场上空无一人。路灯昏暗,无精打采的,树影黑乎乎的,背后像藏着什么,空寂的气氛有些阴森吓人。她消失得那么快,明明就在眼前,可怎么就不见了?他有些沮丧。

第一部

第二天晚上,舞女又出现在前面的跑道上,黄上衣,蓝裤子,白鞋,短发。吴丹青就要赶上她了,却不由自主地放慢了脚步。他不想打扰她,让她安静地锻炼,安静地走步。她在跑道的里圈,他在外圈。转弯的时候,他却改变了主意。"为什么老是这样躲躲闪闪的呢?"他不满意自己的这种态度,在心里骂了一句"窝囊废",随即加快脚步,向前追去。这次他鼓足勇气,不再犹豫,没有任何顾虑,他觉得满操场就他们俩,没有别人了。那些锻炼的人是不存在的存在。

他终于赶上她了,只有一步之遥,可是,这哪里是舞女,分明是另一个女子!她明显比舞女小点儿。他明明用两只眼睛死死盯着她,怎么会看错呢?

"她今晚是不会来的。昨晚走得那么匆忙,今晚怎么会来呢?"他想。

吴丹青向舞场扫了一眼,果然没有看到她。可是,当他跳了两圈之后,却发现有一个人很像她,个头、身段、头发、脸庞都十分相像。她跳舞时头发垂拂在眼前,他看了数次也没有看明白。

她穿着一件红色的呢子短大衣,黑色紧身裤,黑皮鞋。难道她换装了?吴丹青一次次地在心里自问,也一次次地证实。他终于发现她瘦一点,动作熟练,但她不用力,只是随便做着舞姿。而且她的头始终不抬起来,眼睛只看着自己的脚,跟着乐曲走。上衣的扣子全解开了,内衣是件海军衫,蓝白的条纹不时地露出来。隐秘的部分时隐时现,无声的诱惑隐藏在扇动着的衣襟下面。她的身材比舞女的更窈窕,姿态更美。

当她发现有人注意她时,她不跳了,站在灯柱前休息。最后一曲刚完,她向场外急急走去,手里提着一个黑色小包,低着头往前走。

　　吴丹青抬头望着月亮,正好是半个。前一阵有云彩,月亮是黄色的,光线昏暗而朦胧,毫无生气。此时,云彩散去,月亮变成了白色。星星也明亮,在遥远的地方闪烁不停。他想去别的星球上看看,为这个苦恼了一阵子。"满天的星星为什么就不去看看呢?"他在心里为科学家们加油助威:"你们尽快解开宇宙的秘密吧,让那些星星成为人类的栖息之地!"如果有可能,他就第一个去新发现的星球。在那里他给舞女打电话,发短信,约她。在另一颗星球上看月亮,它会是什么样子呢?

　　镶嵌在体育馆墙壁上的电子屏幕在试行,一组组的画面交替出现在大屏幕上。它们是体育明星、歌星和影星的照片,一堆人围在那里指指点点,谈论着。

　　"不希望舞女来,不希望,不希望!"这么想时,吴丹青眼里已含着泪花。一个女人举着手机给月亮拍照,她那么专注,没有发现身后有一个人站着。他想念舞女,而她又思念谁呢?

　　月亮不是在操场上空吗?此刻它却移到了友谊小区的上空,恰在两栋高楼的中间,那么明亮。只有半个也那么迷人。吴丹青痴痴地望了很久。那个拍照的女人早不知去向。月亮似乎在微笑,甜甜地微笑。舞女的形象在他心里一遍遍播放着,面对月亮,他不想隐藏什么。他觉得他所做的一切月亮早看在眼里,还有什么必要遮掩呢?他沿着友谊广场绕了一圈才回去。他一直想这么走下去,走到天亮,走到人生的尽头。他发现自己是那么爱她。

　　夜色多美!孤零零的美,安静的美。月亮里有块蓝色,从洁白中透露出来,像隐藏的海水,暗示着某种存在。

　　吴丹青深深吸一口气,想把内心的郁闷都吐出来。

第一部

一四

寒风呼呼地吹过来,纸屑和树叶咝咝响,尘土飞扬。吴丹青抬头一看,天上乌云乱滚。那半个月亮不知被淹没在何方。

体育馆墙上的大屏幕还在试播,女人跳舞,男人在鼓掌,不过是些服装广告而已。吊车还竖在那里,钓钩上挂着一个方方正正的木箱。旁边停放着一辆小面包车。黑屏了,那伙安装的人走了。操场边上的那两盏电灯也几乎熄灭了,只有一线蓝色的光。"灯怎么会变成这样呢?"吴丹青有些不解,看一眼又低头走路。跑道上是最后被吹落的柳叶,它们在枝头早干枯了,只是还没有脱落。

没有月光,没有电灯,只有马路上路灯微弱的光亮照射过来。操场里除南端跳舞的那两盏电灯,别处黑乎乎的。西北角有三个人在散漫的音乐声中舞剑,那动作看一眼都急人。操场上锻炼的人少多了。

吴丹青走够了圈数,他们的广场舞还没有跳完。这是他走得最快的一次。跳舞的人少了,但汪小华后面还是跟着几个学舞的,姜老师的后面也有几个年轻女子跟着学舞。吴丹青跟着跳了两三圈就想离去。他突然觉得跳舞毫无趣味。几个年龄大一点的女人见他过来,后退了几步,为他空出地方,可是他扫都没有扫一眼。"感谢"两个字已经从他的心里消失了。

不知怎么跳的,中间的空地越来越大,人们都躲得远远的。最后竟还出现了一个大缺口,谁也不愿去补。吴丹青的心里也出现了缺口,也是一片昏暗的空白。

汪小华带头从中间跳过来,圈子才慢慢缩小了。队伍又恢复了正常。吴丹青抬头又看了一眼月亮,它居然露出来了,不过没有多久,它又消失了。

吴丹青感到身上出汗了,就脱去外衣,搭在足球门的铁架子上,索性放开手脚跳舞,紧跟着姜老师,一步也不放松。他回头看了他一眼,又继续领舞。

今晚是吴丹青跳得最过瘾的一次。

新来的这伙人当中,有一个较独特的年轻女子,她瘦高个子,穿着绿色的羽绒服,长长的披肩发拢着一张瘦削的脸庞。她来过几次,这几天却连续来。她总想跟在姜老师的后面跳,一脚踏进舞场,两条腿就抖起来。没有做出几个动作,两条细腿却抖个不停。是音乐刺激了她,还是有别的原因?她叫林秀梅,年近四十岁。

她是块跳舞的料,天生一副跳舞的身材。可是这些锅庄舞她真的不会跳。不过她学得很快,即使不会,也能跟着前面的人跳。

姜老师也注意到林秀梅,因此动作做得缓慢、到位、舒展,让她看得明白。他是一个和善而聪慧的男人,善解人意,顾及他人。

一个个美女的出现,使舞场的气氛更加热烈。中老年妇女也增加了一些,她们站在原地跳,不转圈。一阵子后撤,一阵子又围上前来,使转圈的人们陷入纷乱之中,最后只得设法从那里逃出来,否则就掉队了。

人一多,那几个熟练的舞者就牢牢守住里圈,不让别人挤进来。

操场北面又出现了七八个影影绰绰的人影,音乐声中,舞者们扭着腰身。这边没有灯光的照耀,只能借助操场外面的路灯,因而一片昏暗。今晚,那三个舞剑的人也收起他们的家当,站在一起聊天。

汪小华没有来,舞女却出现了。她来得有点迟,边往舞场走边

第一部

脱外衣。她把那件绿色的冲锋衣放在灯柱下的塑料布上,转身跳起来。

最近姜老师给大家教了两支新舞,舞女没有学,自然不会,有时也尴尬地停下来。不过,她学学就会了,她的悟性很好。

她脱去外套,里面的那件黄绿色的衣服又露出来。吴丹青多么熟悉这件衣服,它的色彩与款式已经刻在他的心里了,时时浮现在他的脑海里。

舞女从容地跳舞,手腕柔和而灵巧地转动着,尤其是伸展开的胳臂,像鸟翅一样优美。她流水般的手势,在月光与灯光下划出一道道迷人的弧线。她弯腰的姿态还是那么柔美、温婉,形如涡流。汪小华的动作过于熟练、洒脱,但有些形式主义。舞女的动作有些生涩,因而意境朦胧。吴丹青在心里比较了一番。

舞女没有跟任何人,也远离姜老师,自己占据里圈的一个位置,安静地跳舞。吴丹青在外圈,离她也不远,他不追赶她,已没有那种精神了。现在,他觉得,她只要出现在舞场里,对他就是极大的安慰,他没有过多的期盼与想法。如今,锅庄舞的一些基本的动作他也会了,只是没有记住动作转换的节点,链接的时候往往脱节。

里圈毕竟快一点,跳过两曲之后,舞女就赶到吴丹青的前面去了。在舞曲间歇,她回过头来看看他。她怕他没有认出来,就特意取下白口罩,又戴上。吴丹青自然看清楚了,在心里对她说:"你就是化成灰,我也能认出来。"此念一出,他又后悔自己说话太狠,怎么能用如此歹毒的语言呢!

舞女又一次取下口罩。这一次,她只取下一边,另一边还挂在耳朵上。她红润的脸庞带着微笑,直面于他。这还是第一次。那分明是对他的鼓励与关切,还有对从前发生的一切的解释。那意思是说:"你放心吧!"

　　蘑菇发型下一张美丽的圆脸,那么漂亮。它不是诱惑,而是魅力,纯洁的魅力。吴丹青痴痴地看着,但她迅速戴上口罩,转身去跳舞。这一幕也许被别人看出来了。"不过有什么要紧的呢!"他想。

　　看门的老头吆喝起来,时间又过九点了,他要锁门。灯黑了,眼前的一切消失了。他从草地上取来外衣,向操场门口走去。舞女早出了门,往前走,他急急地赶。在大城小学的小巷里,她弯腰捡拾掉在地上的东西,是什么呢?他就要追上她了,可是,他又放慢了脚步,本来缩短的距离,又一次拉开了。

　　月亮一连圆了两个晚上就不见了。

　　此后的几天,白文娟没有来跳舞。吴丹青跳得有气无力,不停地抬头看月亮,哪来的月亮?已经是十月十八日,还有月亮吗?他疲惫无力地低下头。

　　足球场上的草色发黄,黄得让人心惊胆战。

　　冬天一步步地纵深逼来。

　　白文娟一连几天都没来了。但吴丹青还去,每晚上都去。他去锻炼,整天与文字打交道,修改材料,脑子发胀。晚上这段时间是唯一的健身的机会,不走走真的吃不消了。

　　一走进操场,吴丹青就想舞女,但他能感觉到她没有来。一个人闷闷地走着,电子屏幕上播放新闻节目,他刚看过新闻联播,还有什么可看的。新闻播完又播放健身操比赛的录像,更是无趣。

　　舞场里的秩序很乱,连姜老师也无奈。他站在灯柱下,双手叉腰,看着乱糟糟的人群直摇头。吴丹青一进舞场,几个妇女就跟上他。她们乱作一团,也使他心神不定。

　　信心十足的只有汪小华,她驾轻就熟,挥洒自如,跳得兴致勃勃。她带来一个女友,跟在她身后,形影不离。她也跳得好。她的个头比汪小华小一点,也是短发,但比汪小华的长,穿着羽绒服,领翻起来,戴着口罩,看不清她的模样。她穿一条枣红色的紧身裤,黑皮鞋,是个很时尚的年轻女人。

吴丹青在外圈以外,不加入转动的圈子。但跳到后面,许多人离去了。他被汪小华的激情所感染,甩开膀子,跳起来。

就是最后一曲,汪小华也是第一个跳的。本来大家已经穿上衣服要走了,可是曲子又响起来了。刚穿上衣服,还没来得及系上扣子的汪小华,又笑呵呵地跑到舞场中间,跳起来,她还说:"这是散伙的一曲。"

听她这么说,姜老师伸手在她的屁股上轻轻拍了一巴掌。

跳完这一曲,大家真的散伙了。

天气越来越寒冷了,呼呼的北风鞭子一样抽打着树梢,发出吱吱的叫声。吴丹青加了一件羊毛背心,还觉得有点冷。耳朵冻得红红的,鼻梁、额头都冻红了,他不时地用手暖暖。

四肢乏力,感冒了一样,头昏昏的。他往回走的时候,在额头上拍了拍,想清醒一下。

天亮了,半个月亮悬在小区上面。现在,是东边明亮,西边残缺。吴丹青从来没有这样仔细观察过月亮的运行,只有到十五的时候,尤其是正月十五和八月十五这两个节日中,才认真地看看月亮,平常是不大注意的。他也习惯用公历,农历附带用用。现在,他觉得公历只是计时的作用,农历才是丰富的、有感情的,是经验性的。

几天前,他去跳舞的时候,月亮就在操场上空。那时西边亮,东边缺。他感觉到,月亮照在舞场上空的时候,舞女就会来。

月亮月亮,多么可爱!

望着月亮,就像看见了舞女的脸庞,吴丹青的心里难受起来。泪水就要流下来,他赶紧扬起脖子,闭了闭眼睛。这已不是第一次了,悲伤的情绪总是往上涌。

一五

舞女又是一个星期没有来了,汪小华也未来。大操场南端的舞场现在就是这个样子,正常的秩序被打破了。可是人并不少,围了三层。人多了,外圈的总想往里圈挤。林秀梅也挤进了里圈。她就是站着不动,左腿也不停地发抖,手一举,腿就抖得更厉害了。

几个女人围着姜老师,挤得他没有地方跳舞,只好一个人站在中间去跳。勉强跳到八点五十分,姜老师就宣布散伙了。

吴丹青只跳了十多分钟。

天气很冷,毛衣不顶事了。一阵阵寒流涌进这座北方城市,人们已经穿上了羽绒服,戴上口罩,臃肿不堪,动作不灵活了,舞姿的美也看不出来,人也认不清楚。这舞已经跳得无精打采,半死不活。

能跳舞的几个年轻妇女有几天不来了,姜老师也不来了,好像都不来了。吴丹青不知出了什么事,自己被蒙在鼓里。

时间又过去了十多天,舞女还是没有出现。这十多天,吴丹青也没有再看见月亮。气温还算稳定,但在不断下降。他把一件十多年前的运动衣找出来穿上去跳舞。这件白色的运动衣里面有层绒毛,领上也有绒毛,很暖和。

舞场上出现了从未有过的冷落,甚至有些凄凉。林秀梅倒是来得勤。她穿着绿色羽绒服,一进舞场腿子就抖。这些天她来得早,还要跳一阵广场舞。跳广场舞的时候她的腿子也抖,抖得吴丹青心

第一部

慌意乱,浑身也下意识地抖起来,连嘴唇也打哆嗦。别人跳一阵舞就发热,脱去外衣,可是林秀梅不,她似乎感觉不到热,长长的羽绒服紧紧地包裹在身上,连扣子也不松开一个,她似乎很怕冷。她的舞跳得太差了,以往都跟在汪小华或姜老师后面跳。他俩不来,她不知所措,只好跟在别人后面抖。

这些天,吴丹青没有注意到刘姐。今晚,她穿着黑呢子大衣,系一条绿色围巾,站在一旁的是王姐,带领大伙跳广场舞。跳完了,王姐穿上呢子大衣。她的围巾非常漂亮,绿底红花。她从来不穿运动鞋,脚上是一双半高跟的黑皮鞋。以往跳完广场舞她就回去了,这些天她也要跳几曲锅庄舞才回。

吴丹青搞不清楚这里的主人到底是谁,刘姐、王姐,还是姚姐?她们之间的关系如何?

"这些姐妹真有意思。"他心想。到这里来就是健身,没有别的目的。跳完舞大家即刻就散了,他甚至没有注意过是谁在收拾摊子。

和汪小华一起的那个小个子女人叫王小丽,穿一条白色裤子。跳一阵舞,就脱去外套,露出里面的红毛衣。如今,她和那个身体曲线特别分明、留着长发、下巴尖尖的魏凤英就是跳得最好的了。大伙就跟着她们跳。吴丹青注意到魏凤英的门牙朝外噘,像是一个被挤出队伍的人,大概因此她总喜欢闭着嘴。魏凤英比汪小华瘦小,但身体的曲线非常明显。流畅的曲线随着舞曲起伏旋转,极其优美。汪小华在的时候,偶然还能听到她们的说笑声。可是现在,没有一个人说句话,更不要说笑声了。真能闷死人。

足球场北面的那伙人又增加了十多个,他们播放的是"凤凰传奇"的流行乐。在路灯昏暗的余晕里,远远看去,几乎是一群模糊的人影,随着音乐声扭动着,舞姿是看不清楚的。

大操场里的舞一结束,吴丹青就来到友谊广场。这里有好几个跳舞的摊子,有一个也播放藏曲,他们也跳锅庄舞,与大操场的像是孪生姊妹。但他们的人数只有二十多个。吴丹青一眼就看遍了,里面没有一个是熟悉的身影。其他几个摊子他也看过了,里面也没有熟悉的人。那些衣着华丽、令人眼花缭乱的女人使他头晕。他无精打采地离开。

西环路上也有几拨跳舞的,白天也跳。他们是一群离退休了的闲人,没事干。中国人和外国人是不大一样的。外国人,尤其是日本人,他们注重学习,充实自己,退休了还要学习自己喜爱的东西,甚至出钱请家教也在所不惜。中国人缺少这种意识,他们尽情地挥霍着有限的生命,贪恋于浅层次的享受。

吴丹青突然对自己去跳舞有些讨厌,至今不娶妻生子,过家庭生活,却在一群中老年妇女中厮混,迷恋于女色。他觉得自己是一个危险的人,正走在歧路上,误入自设的陷阱而不能自拔。

每晚回去吴丹青都要认真地洗手,其实双手并没有接触过什么。

很多天没有下雪了,他渴望一场大雪。

几天前的那场大雪至今还没有完全融化。大操场的铁门锁了三天,第四天傍晚开了,但去锻炼的人寥寥无几。受体育馆的遮挡,南端舞场上的积雪只融化了一半,徒步行走的人们从足球门后边直行,不再去走那段弧线。

气温骤然下降,吴丹青呼出的气升起来,凝结在眉毛上。几天后,舞场上的音乐又响了起来,但跳舞的人只有十多个,坚持较好的魏凤英也不来了。热情的舞者们畏惧严寒,被它击败了,她们龟缩

第一部

在家里不敢出门了。

刘姐戴着尖顶绒线帽,一直护到耳朵上,戴上口罩,面部就只剩眼睛了。她的棉裤过于肥大,而上身却瘦小,可能是把大衣脱了,跳起舞来斜着身子。上身和下身似乎脱节了,扭不到一块。

不过,林秀梅来了。没有人再为她领舞,她小心翼翼地跳着,腿子抖得也不是那么厉害了。她的包放在舞场中心,不一阵手机响起来,她接完电话就拎起包走了。会跳舞的人没有了,大伙跳跳停停。还是那个穿红裤子的中年妇女秦许的记忆好点,慢慢地回顾起来,吴丹青就跟在她的后面。她虽然个头小了点,但身材均匀,胖瘦适中,跳起舞来也非常好看。她的长发是精心烫过的,用卡子稍稍卡住了一点,不那么散漫自由,显得美丽而端庄,没有一点浮躁的感觉。

还不到九点就散伙了。

这天晚上,吴丹青先到江夏广场那边去了一趟。那里有两个舞场恢复了跳舞,它们分别在喷泉的前后,里边的一个只有七八个人,站成两排,是一伙年轻一些的人。前面一个舞场中的人多,是一伙中老年妇女,其中也有三个男人跟在后面跳。领舞的是两个中年女人,穿着黑色羽绒服,跳得很起劲儿。吴丹青走了一圈,没有发现舞女的踪影。又匆匆返回到大操场里来。

吴丹青的羽绒服拉链拉不上了,他脱下来,用牙齿咬了咬拉锁,又呲溜一声拉上了。他不时地用手捂着耳朵,又暖暖额头。

"天气真冷。"他嘟哝道。

冬至节的前三天,姜老师来了,还带着大伙跳舞。临走的时候,刘姐对他说:"明晚来跳舞啊!"

"对对对。"他答应着走了。

跳锅庄舞的女人

刘姐对她身边的人说:"他今晚喝醉了。"

可是,第二天晚上,姜老师并没有来。汪小华的那个女友蒋雪花来了,她不跳舞,站在边上跟一个熟人聊天。她穿着一件白羽绒服,脚蹬长筒靴子,把自己裹得严严实实。在大家的邀请下,她脱掉羽绒服,勉强跳了一曲就走了。

坚持来跳舞的高手只有三个矮个子的女人:王姐、魏凤英和尤玲玲。王姐始终穿红裤子,她身材端正,舞步稳健。尤玲玲穿紧身裤,跳舞步子跨得大,身子挺得直。魏凤英爱穿灰色衣服。她们都是烫过的披肩发,散发着香水味儿的长发,随着舞步波浪似的起伏。她们不受别人的影响,也不怕冷。事实上,每年到冬至节的前几天,这里的舞就会停下来,直到过了之后正月十五才恢复。可是,今年大家还坚持着,没有停下来的意思。

舞场上的灯熄灭后,大伙很快就散了。刘姐、高峰和老顾一起收拾灯具和音响。刘姐穿着时尚雅致,跳舞时穿一件宽松的上衣,短裙,胸襟上是金黄色的花朵,围一条黄围巾,正好与她的衣服匹配,相映生辉。她白净的脸庞在灯光照耀下格外美丽,有一种高贵的气质,震撼着吴丹青的心灵。女人到了这般年纪还如此迷人,吴丹青心里暗暗吃惊。他想多看她一眼,不料,刘姐的目光迎了过来,吴丹青迅速避开。

那些跳舞的高手们不来了,有人建议说:"不如你带我们跳广场舞!"

王姐含蓄地笑笑。

跳完舞,这个皇后般的女人就替大伙搬东西,干着人们不愿干的工作。吴丹青心里对她充满了敬意,此后他就帮助她们收拾音响和灯具。王姐放好东西就换上一件红色的长羽绒服,围上那条蓝围巾，与伙伴们一起向大门口走去。

舞女是不是在别的地方去跳舞了？吴丹青决定下周去西城区的其他舞场跳舞，看能不能碰到她。

在一个星期里，他走遍了定西城里所有的露天舞场。南川、西川、火车站和新城区都去了，连舞女的影子也没有看到。许多舞场已经停止跳舞了。

汽车站对面的立交桥下面是个大舞场，但大屏幕没有开，只从那边传来播放的秦腔。广场北边的这帮人还没有散伙，乐曲是红歌，领舞的是一男一女，都是中年人。跳舞的人排着整齐的队伍。

一群野狗在广场上跑来跑去。

立交桥下面还有一伙人，在流行乐中跳交际舞。一个穿白色羽绒服的年轻女子和一个老头跳三步舞。老头身材前倾，紧紧搂着女子的细腰，她极力扬起脖子，上身朝后，胸部露出一块扑朔迷离的白肉。女子的脚步轻巧，老头跟不上，跳了两圈，他就吃不消了，两人半途停了下来。

"老汉吃不住火了。"老头自嘲地说。女人只是笑笑，不搭话。这时一位中年男子走过来，一伸手，拉住女子的手，轻轻将她揽在怀里，随着舞曲旋进了人群。

汽车在他们头顶轰鸣着，来来往往。桥下一片昏暗，只有路灯的光很吝啬地照过来一点。

没有发现舞女，吴丹青摇摇头走开了。

冬至的晚上，吴丹青来到盘旋路舞场。在狭小的地面上，一伙人在跳广场舞，另一伙人在跳交谊舞。乐曲各不相同，一高一低，一个清晰，一个浑浊。他看了看，还是没有舞女，就转到友谊广场，那里黑灯瞎火，只有路灯有气无力地亮着。这里的舞也停了。

吴丹青来到西城区,路边停放着数不清的小汽车。凡是白色的小汽车,他都要看看车牌号。要是能找到那辆白色小轿车,就能找到舞女。可是,几条街道的小汽车都看过了,还是没有发现那个牌号的白色小轿车。

隆冬的夜晚,街头安静了许多。小汽车一辆辆排放着,他一边看车号,一边往前走。当他来到江夏广场的时候,正低头看车牌号,那辆车的发动机突然轰隆隆地响起来。吴丹青被吓出了一身冷汗,浑身哆嗦个不停,心咚咚地跳。只听"嘭"的一声,他重重地被滑倒,仰面倒在地上,头正好落在一块冰上。

"这下可完了,脑壳一定被摔碎了。"他想。此后,他就什么也不知道了。

吴丹青被人送进附近的中医院,已经一个多月了,还没有苏醒过来。据诊断,他已经成了一个植物人。药物已经没有多大作用了,当家属问及病情时,大夫说:"就看他的造化了。"

不过,每当有一个护士给他护理的时候,他的手指会轻轻弹一下,干裂的嘴唇微微翕动一下。那个护士戴着口罩,看不清面目。她留着短发,圆脸,高高的个头,格外关心这个病人。护理完了,常常用手指理理他凌乱的头发,习惯性地拉拉被角才离去。

往常在大操场入口停放的那辆白色大巴继续停放着,印在车上的"司法"二字依旧清晰,即使在晚上也能看得很清楚。不过车的方向却变了,原来车头朝北,如今车头朝南。

第二部

一

糟糕的事情发生了。第三个曲子刚刚开始,林秀梅就晕倒在舞场里,一股鲜血顺着她的腿子往下流,流进她的鞋窝里,流到地上。

人们停下跳舞,围拢过来。跑到最前面的是刘姐,她把林秀梅的头抱起来,揽在怀里,摇着,叫喊着。魏凤英也抓着林秀梅的胳膊,惊恐地摇着她的胳膊,喊到:"醒醒,秀梅,你醒醒!"林秀梅慢慢睁开眼睛,看了一下刘姐,对她说:"医院。"

"快!送医院。"刘姐喊了一声,也不知道是对谁喊。她试图将林秀梅抱起来,可是失败了,她没有力气将比她大得多的林秀梅抱起来。

"让开!让开!"铁师傅说着挤进人群中。他看看瘫软在地上的林秀梅,弯下腰右手托起她的脖子,左手伸进她的腿弯,一咬牙,站起身来。他没有站稳,向后趔趄了一下,又往前跨出一小步,才稳住自己的身子。林秀梅呻吟了一声，两只胳膊无力地垂下。刘姐拉着她的右手。铁师傅颠了一下林秀梅，将她抱好，向操场门口走去。几个舞女跟在后面，簇拥着铁师傅，个个神情紧张，惊慌失措。吴丹青抓起放在足球架上的衣服跑过去，准备替换铁师傅，不料他一口气就跑到医院了。

医院与大操场只一墙之隔，但要从体校门口绕过去，有几分钟的路程。这本是一所县医院，但自从这里撤地设市以后，晋升为市第二人民医院。门诊楼还是过去的旧楼，急诊室在一楼，进门往右拐，进两道玻璃门。急诊室里值班的是一位胖胖的女医生，四十多岁，中等身材，戴着眼镜。她让铁师傅把病人放在一个病床上，简单地诊询之后就开了一个处方，然后将处方递到铁师傅手中，她以为他就是家属。铁师傅犹豫了一下，接过单子，可是他身上没有带一分钱。刘姐忙说："我去。"她手里拎着那个装钱的包，里面是收的会员费。

血止住了，林秀梅也醒过来了。她脸色煞白，嘴唇却发青，感激地望着大家，想说句感谢的话却没有力气说出来，眼睛里含着泪水。大夫说："没有危险，不是什么大病，而是自然流产，怀孕大约有四十天了，不需住院，回家静养就行，加强营养补充。"

林秀梅的姐姐和姐夫听到消息后赶来了，刘姐跟她们谈着发生的情况，其他人回去了。原来林秀梅嫁的是一个制作、收藏和贩卖陶罐的人，他叫李采民。他面目清瘦，眉毛长，脸上已经有了老年斑，平常不爱说话，很有城府。李采民研究《易经》，有时也画国画，但复制彩陶和出售复制品是他的本行。李采民比林秀梅大二十三岁，而且他是二婚，前妻生了三个女孩儿，一个儿子。儿子夭折了，妻子的子宫因病被切除，不能生育了，俩人婚姻也结束了。李采民

第二部

在快四十三岁的时候,才与林秀梅结婚,她一连生了四个女孩儿,交了许多计划生育罚款,但丈夫还不肯罢休,要她接着生,要生个儿子。他甚至给她下跪过,林秀梅扭不过他,只好生。可是怀不住了,流产过一次,这是第二次。

不久林秀梅的身体就恢复过来了,但大夫嘱咐她不能再怀孕,否则就有生命危险。她很少再来大操场里跳锅庄舞,男人责备她说:"那个孩子流产是因为你跳舞的结果,怀着孩子还跳舞,这不是明明往下抖吗?"

林秀梅历来逆来顺受,自那次流产后,整天和丈夫前妻的两个女儿一起复制彩陶:和泥、制陶、上色,烧制。家里有一个土窑,过几天就冒出烟来。但孩子们一个个长大了,她与红泥打一天交道后腰酸腿疼,偶尔趁丈夫不在的时候溜出来跳跳舞。她也不站在圈子里面跳,别人邀请她进去,她只是微笑摇头,在圈外跳几曲就赶紧回去了。但李采民最近得了老年痴呆病,记忆不清楚了,她出去究竟多长时间了,转眼就忘了,林秀梅活动的时间多起来了。

二

"每个人的一生都在舞蹈,有的人用肢体,有的人用思想,有的人用心灵,有的人用语言的、色彩的或者线条跳舞,一点一滴的心血会化为急促或者缓慢的舞步。当他们无力跳舞的时候,生命就会枯竭,变得凄凉,美妙的乐曲就成为挽歌。"吴丹青想,而他自己就是用语言跳舞的人。锅庄舞之所以流行,是因为人们生活压力大,精神虚脱造成的。人们想通过跳舞来锻炼身体,释放孤独和寂寞。

这些天大操场里来了五六个中年女子,除一人外其余的都是高

跳锅庄舞的女人

个子,腰板硬朗,身材结实,说话嗓门高。她们是一群失地农民,家就在定西城里,她们原是"城中村"的人。自"城中村"搬迁到西川,农民们在那里修建了二层楼的农家小院,城里还有赔偿的一套楼房。老人们住在城外,年轻的住在城里。失去土地后,这些年轻的女子大都以打工为生,她们白天打工,晚上出来跳舞。

走进舞场,你难以分辨她们是什么人,仔细看看就发现她们没有一个人是穿长衣服的,上衣都很短。有的穿羽绒服,有的穿皮夹克。她们的腿子也不端正,繁重的体力劳动使她们的腿子变形了。每当乐曲停下来的时候,她们就凑在一起说话,嗓门高,声音大,不在乎别人听见。说着说着她们还"哈哈"大笑起来。

在这几个失地农民中,有一个叫田芬的妇女个头较高,但长着罗圈腿,她看起来五十多岁的样子。她家里的土地全被征用了,赔了一大笔钱。男人整天下棋,有时下到半夜才回来,没有按时吃过一顿饭。开始饭熟了田芬去叫,可是自从满口黑牙的丈夫一巴掌打聋了她的左耳之后,她就不再去叫了。他就在友谊北路丁字路的一个铺面门口下棋,她从不远处的窗口里就能看见。他下棋着了迷,即使是大冬天也没有停止过。他们只有一个儿子在外地上大学,毕业后留在当地工作。

田芬穿一件黑夹克,跳几圈就将夹克脱下来系在腰间。她的臀部略嫌小,系上夹克就丰满了,腰也细了,腿子也被修饰得好看了。她只要稍稍打扮一下就是一个美女的体态。在朦胧的灯影里,在轻柔的乐曲里,她还真有一副佳人的容貌。

田芬的锅庄舞跳得很好,舞姿优美,动作比舞女的还要洒脱舒展。可惜她年龄大了点,时时露出她的罗圈腿。她的头发绾起来,梳成一个发髻,没有见过她散披着。她穿一双黑色的皮鞋,鞋跟不

第二部

高,但鞋尖很长。跳舞时她站里圈,其他几个妇女跟在她身后,她是她们跳锅庄舞的偶像。

田芬跳舞非常好看,她的胳臂伸展自如,灵巧柔和,不像是劳动了一天之后的样子。双手在胸前摆动时从容地放平,轻轻向右边滑动,又迅速转动手腕,折回来向左滑动。优美的曲线在她的手与臂之间流淌着。她的腰弯得很低,腿直直地伸展出去,脚后跟在地上轻轻一点,又收回来。每天晚上跳的这几支锅庄舞曲她都会跳,而且非常熟练。

跳完舞,回去时她们几个走在一起,有说有笑,慢慢往回走,好像不急着回家。她们就住在友谊广场附近的楼上。

"这几天你在哪里发财?听说工作还不错,明天问问还要人吗?我也想挣几个年钱。"分手的时候,那个盘着发髻的女人说。

那天晚上,汪小华就是在她们的笑声中离去的。来的人本来就少,她的伙伴们没有来,她一人带着大伙跳舞。可是音乐停了,接不少茬,她们就凑在一起说笑起来。音乐响起来了,汪小华已经跳了大半圈,可是她们还在那里高声说笑。汪小华很生气,她突然离开舞场,穿上绿色羽绒服走了。她一走,没有领舞的,大伙站了一阵只好散了。

面对这样的情况王姐也无奈,但她得拼全力,她并不熟悉锅庄舞,虽然跟得上节拍,但动作不熟练,体力也不支。何况今日他们又学了几支新舞,大伙学的时候,她也学,她也成了新手。

病好后林秀梅倒是常来跳舞,她换了装,穿一件黑色的羽绒服。这件衣服将她苗条的身材勾勒得更有韵味。她过于瘦削,脸上的颧骨都凸出来了,浑身的肌肉也紧贴着骨头。她真是一个"排骨"型女子。她年轻漂亮,只是过于憔悴,显得有些疲惫。她来了一句话也不说,别人给她说啥,她都是以微笑回答。林秀梅也没有女伴,一个人来,一个人去。手里老提着一个黑色小包。她的身体还是老样子,脸上斑斑点点,没有多少光泽,好像一阵大风就能将她吹跑。她的身子太虚弱了。

看得出林秀梅非常喜欢汪小华的舞姿,有机会就跟在她身后学习,跳不上就跟着她小跑。她还不能完整地跳一支锅庄舞。吴丹青觉得林秀梅来跳舞"主要是对家庭的叛逆,是一种委婉的抗议和挣扎"。当林秀梅转到灯光下的时候,吴丹青看清了:她的脸色黑黝黝的,表情冷漠,身上笼罩着生活的阴影。开始的时候,她浓黑的头发纷披在肩上,将脸庞遮掩住。如今她把头发剪短了,脸庞露出来。她的腿抖得也没有先前那么厉害了。

三

跳舞的人数增加了许多,场地显得有些小了,出现拥挤现象。好像是友谊广场的那一拨人来了,她们觉得那边不自在、这边轻松就过来了。"白天还要让人排练节目,哪有时间?"有人抱怨说。但那边究竟发生了什么事情?吴丹青并不清楚,也无意去问。

过完春节,汪小华就正常来跳舞了。她开始穿绿色羽绒服跳,两只手统在袖筒里,像个羞答答的中学生。过一阵跳热了,就脱去外套,放开手脚。很快她的舞蹈天赋就显露出来了。外套下面是件黑毛衣,外套一脱身材瘦了许多,个头也好像瞬间长高了。熟练的舞姿使她显得更加朝气蓬勃,妩媚动人。她身边多了一个衣着身段和她相似的女伴。她就是蒋雪花,也留着修剪整齐的短发,身材比小任还端正,舞蹈动作也非常娴熟,但舞姿有些僵硬。她们在一起

第二部

翩翩起舞,引人注目。

这些天不知谁又教了两个新舞,很多人都不会,大伙混在一起乱转。吴丹青头部受伤后,几十天不出门了。今天他去了也不跳舞,只是走几圈,完了在单杠上甩甩臂就去舞场看跳舞。他只想跟着大伙伸伸臂,踢踢腿,转转身。吴丹青还不想跳舞。

几天前,他在"都市佳人"碰见了舞女,她在试穿一件衣服。他激动不已,可是他头部受伤,狼狈不堪,不愿上前搭话,看看就悄然走开了。白文娟也好像感觉到了什么,可是他戴着帽子,她是一下子认不出来的。总算见到她了,他异常兴奋。吴丹青没有舞女的电话号码,也不知道她在哪一家保险公司上班,在哪里办公。他确实没有打听过,也不好意思问她本人。"还是在舞场上相见好。"他这样想。可是她没有来跳舞。舞女不来跳舞,吴丹青就无法找到她。

吴丹青走圈的时候,发现一个穿红上衣的女子向操场走来。她从他眼前经过,走向舞场。吴丹青觉得女子的背影有些熟悉,借着昏暗的灯光仔细看看,她穿着浅蓝色的牛仔裤,白底蓝帮的休闲鞋。从走路的姿态上看,她很像消失已久的舞女。这个冬天,不,还得加上秋天和春天的一个月,她都没有来跳过舞。

吴丹青注视着她走进舞场的最中间,把包放在那里,转身去音响那边,脱下上衣,放在塑料布上,然后去跳舞。当他转过一圈的时候,又在人群中找到了她。此刻她正专心致志地跳舞,灰色的毛衣紧贴着好看的身材,胳臂显得更长。正好是一支舒缓的慢板舞曲,她从容自如地跳着。她的头发比过去长了,发梢触到肩膀了。

吴丹青不愿意再走圈了,草草地在单杠上甩甩胳臂,然后加快步伐走向舞场。他把呢子上衣放在电杆的底座上,穿着毛衣去跳舞。天气忽冷忽热,但在一天天变热。走了这么几圈,觉得身上已经有汗了。

今晚播放的是老曲子,跳的是旧舞。这些天一直在学习新舞,倒把旧舞忘记了。吴丹青忘得更快,不敢去里圈,只能跟在别人后面跳,否则就跟不上舞曲的节奏和大伙的步伐。

姜老师穿着一身蓝色运动服,正在给一名中年妇女教舞,他的动作规范而准确。别人手忙脚乱,他却从容不迫,不会跳舞的几个女人都跟过来学舞。他很有耐心地给她们示范,在前面领舞。吴丹青也跟在他的后面,慢慢地复习已忘记的舞蹈和动作。

舞女离他不远,稍稍后退一点就能看见。吴丹青想让她能注意到自己的存在,一有机会就往前,突出自己,或后退到孤立的位置上,这样她就能看见他。但是刚跳了两曲,舞女的手机响了。她先是一边接听电话一边跳舞,后来就站在原地接电话。接完电话,她走到舞场中间取上自己的包,把手机装进包里,拿起放在地上的衣服往外走。她拎着衣服,一边走一边把胳臂伸进袖筒,不情愿又无可奈何地离开了舞场,消失在夜色里。

吴丹青心里究竟是什么滋味,他自己也说不清楚,望着她远去的背影,他感觉黑夜扑面而来。要是她不出现,他想想就过去了。每当熟悉的音乐响起的时候,他想起她优美的舞姿,手该怎样举起来,该怎样舞过头顶,怎样转身抬腿。啊!他都能想起来。可是现在,她的出现把幻影变成了现实,他有说不出的高兴,又能目睹她的舞姿了:那天仙一般柔美的舞姿,那流水行云般的动作,那红扑扑的脸庞,那飘动的短发,那修长圆润的胳臂,那舒展开来的纤手。她那害羞的眼睛,谦虚的仪表,又一次掀起他内心的巨澜。

他抬头望了一眼月亮,它有半个了,洁白的光芒照耀着天空。多美的月亮!她,舞女,月亮,多美的春夜!月光像音乐一样流淌。

第二部

舞曲、丽人、月色,世界是美丽的,生活是美丽的,他感到一种从未有过的幸福正属于这个迷人的夜晚,诗一般感染着他的心灵。

四

舞女来了,穿蓝色的外衣,吴丹青没有认出来。要是那样,她真的来过好几次了。汪小华经常穿绿色的外套,舞女没有穿过。今晚她恰恰穿的是一件绿色外套。

天气暖和了,跳舞的人猛增,特别是增加了一群年轻的女子和好几个中年男子。他们大都不会跳舞,习舞的积极性又很高,往里圈挤,插在队伍当中一步也不肯让,因而使舞场显得更加混乱。还有一些年纪大一点的妇女,远远站在圈外,缓慢地舞蹈。

吴丹青常常被那些新人挤出来,在远处独舞。他渐渐习惯了独舞,感到它的美妙和自在。但有些舞他不会跳,还得学学,见有机会就往里圈钻,每每又被她们挤出来。

跳完舞,舞女迅速离去,还走原来的老路。这一次,吴丹青不甘心被她甩掉,一直跟随她到了凤凰园。但不巧,碰上本单位的小陆,吴丹青被他拉着往回走,没有弄明白舞女究竟住在哪里,没有跟她说上一句话。

第二天晚上,吴丹青走圈时,觉得一个人从身边走过去,走向舞场,很像舞女。等他走完圈,甩完臂后,来到舞场的时候,确定她就是白文娟,他的舞女。她还是上次的衣着,但这天晚上跳了几个新舞,她也不会。吴丹青是夹生饭,也不熟,他一边跳舞,一边瞅着舞女。她没有多大变化,季节对她的影响并不大。

她换了装,上衣是一件淡黄色的夹克,这件衣服她去年穿过。

一换装她就更加苗条了,身材完全是一副少女的模样。线条明晰地流淌着,肌肤饱满,浑圆的手腕在举起时露出来,旋转时在空中划出一条优美的弧线。

因为很久没有跳舞,只有跳她熟悉的旧舞时才显示出她的舞蹈才能。手臂一旦抡开,还是那么修长,那么迷人。她的动作是那么敏捷、轻巧。她的身材在舞蹈中才像孔雀开屏般打开了。

汪小华一连几天也没有来。这位舞蹈皇后的缺席,使舞场几乎失去了灵魂。舞女的出现并没有弥补上这个不足。

姜老师也很多天不来了。舞场几乎陷入混乱不堪的状态。几个人已经在非议王姐,她们喜欢跳锅庄舞,嫌王姐跳广场舞的时间太多,没有充足的时间跳锅庄舞了。

王姐生气地说:"真有她们的。你看顾老头,他什么都不说,赶上什么就跳什么,哪有挑三拣四的道理!"没有男人们做无声的后盾,她还很难降服这群活跃的女人。

王姐近来一身缁衣,围了一条黄花的围巾。她跳舞也往往漏掉许多动作,有时还溜出舞场,在一旁歇息一阵。她单薄的身材经不起剧烈的运动。

跳完舞,舞女第一次从容地离开。她和两个年轻女子边走边切磋舞蹈,并打开手机观看视频,她的手机上有跳舞的视频。

吴丹青把灯放到库房里,匆匆地赶上了她们。他走近她,几乎要看到手机上的图像了,他想看看她拍摄的图片,也想捅破那层纸。他难以忍受这种羞怯带来的思念和精神上的折磨。舞女发现他走在她身后,几乎是闪电般的回眸,除了吴丹青,没有人发现她这一极快的动作。她又低头看手机,没事一样与同伴说着话。

"走。咱们一起走。"一位穿红外套的中年妇女说。她是吴丹青的邻居,吴丹青只好随她而去,将舞女落在了后面。他在心里狠狠埋怨着这位热情的女邻居。

"这些天感冒了。"姜老师对王姐解释说。

舞女没有来。林秀梅换了装,她一身黑,修长的身材像一根竹子。她的气色好多了,跳锅庄舞使她慢慢恢复了健康。

汪小华来了,跳了一阵,就脱去了绿色的外套,露出紧身的黑色毛衣。

吴丹青记不起她在跳舞时出现过失误,就是几个她没有赶上学习的新舞,如今也异常熟练了。她的手腕柔和地滑动着,仿佛她不是跟着乐曲跳舞,而是乐曲从她的身体中流淌出来,在灯光下溅起朵朵浪花,或者是一个随溪水漂流的花瓣,已经把它浑身的香气和轻盈与音乐融为一体了。她永远是那么灵巧,那么精力充沛,那么不厌其烦。四十多岁的女人了,但热情在她身上还火一般燃烧着,炽烈的激情化为舞蹈的快乐。

吴丹青沿着跑道转到南面,在灯光下看见舞女,她穿淡黄色的外衣和蓝裤子,等跳了一曲舞之后,她脱去外衣,露出里面橘黄色的上衣。上衣和鞋子的颜色是一致的。

今晚的第一个曲子就是《青海西宁锅庄舞81号》,这个舞她跳得非常熟练了,转起来从容自如,但舞姿有些粗糙,不那么细腻,看起来也不那么美观。这个舞跳得最好的还是汪小华。今晚她的红上衣格外醒目,随着她的舞姿闪动着。平日里她是不穿红衣服的,但今晚穿红上衣、红鞋。与穿上绿色上衣的感觉大有不同,也与穿上那件红黄搭配的上衣不同。那些衣服都好像有所隐藏,红衣服则全盘托出了她的美和内心的骄傲与自信。

跳锅庄舞的女人

昨晚汪小华跳得没有精神,手臂总是伸不直,没有劲儿,勉强应付着。今晚却不同,与昨晚判若两人。

昨晚姜老师没有来,今晚他来了。他的腰身弯得很低,手臂伸得很直,脚步也抬得高,舞步既稳重又轻巧。舞女落伍了,她几乎跟在汪小华后面学习,这对她来说过于委屈。但她明显是亦步亦趋小心翼翼地伸着手臂,抬着脚步。

"你来啦?"一个小个子的中年妇女说。

"今晚来,明晚就不来了。"舞女转过身来与她对话。

这一切没有逃过吴丹青的眼睛。他现在的水平是能跟着前面的人跳任何一支舞曲,但前面得有个会跳的,要是碰上不会跳的,他就乱了阵脚。他不是做不上那个动作,而是没有记住该做几下。

他和舞女始终没有碰到一块儿,不是有意躲避,而是没有碰面。他很想跟在姜老师后边学习,但她已在那里,他只好与她保持一定的距离。他是不会去打扰她的。

舞女解开橘黄色外套的扣子,里面的黑毛衣露出来。她还没有穿过黑毛衣,至少他没有见过。有一曲,他不跳了,就站在一旁看大伙跳舞,吴丹青想看看她的舞姿,但人太多,看不清楚,有时甚至看不见。

舞很快就结束了。吴丹青把外衣放在旗杆的底座上,但他没有去取,而是先帮王姐他们收拾东西,等放好东西出来,舞女不知去向。他往回走,一路不见她的踪影。到小区门口的时候,看见一个穿橘黄外衣的年轻女子走进去。他误以为是她,心里一惊。但走过去后,借着灯光一看,那女人并不是舞女而是一个披着长发的女子。邻居在遛狗。

"你怎么才出去锻炼?"邻居是个农行的职员,腰疼,弯着腰问

第二部

他。

"是的,出门迟了一点。"他随便解释了一句就过去了。

吴丹青在友谊广场绕了一圈,什么也未见到,只好回去。他总想着与白文娟说几句话,但这样的机会总是没有,或者是自己腼腆的缘故,迈不开这第一步。白文娟也不主动,这种僵局太长了,他憎恶起自己的懦弱来。一般人只要不怀恶意和私欲胆子就大,胆大心正,什么都不怕。可是吴丹青做不到这些,他的胆子很小,怀有众多的想法和联想却羞于表达。

天气又恢复过来了。吴丹青的脊背里出了汗,衬衣沾在脊背上。

舞女来得迟。她脱下淡黄色的外衣,放在灯下的塑料布上,穿着那件橘红色上衣走进舞场。在离姜老师不远的地方插进人群,她想跟着他学习。她来跳舞的次数越来越少,有几个新舞不会跳。

舞女的动作迟疑不决,稍稍慢了一点,就那么一点。不过手腕、脚腿都非常灵巧,即使在学习新舞的时候也不笨拙。

姜老师还是跳得那么仔细,但他身后有太多的女人,拥挤在一起,舞女时时被挤出圈子。她在努力坚持。

在这群跳舞的人当中,还有一个吴丹青认识的男人,叫王新宇。他是劳动管理部门的副科长,吴丹青就叫他王科长。他太胖了,跳舞时浑身的肉都在颤动,但满脸挂满笑意。他老是在里圈跳,他身边那个瘦小的女人就是他妻子,在舞场上他们也是形影不离。

从前王科长爱喝酒,经常与一帮酒友厮混。有一次他喝醉了,回家就跟妻子发生争执,击出一拳,将妻子打倒,头磕在饭桌的角上,额角被撞开一道口子,送进医院缝了三针,头昏了一个多月。此后他发誓不喝酒,走进舞场,体重下降十多公斤。他和吴丹青见面总要打个招呼,寒暄几句。

"几天没有来,又增加了三斤。"他感慨地说。

"这些天忙什么呢?"

"回了一趟老家。"

结束时吴丹青帮助刘姐和王姐她们收拾东西,把电灯杆子和底座送到灯光球场下面的房子里,回来时舞场上已没有人影了。

舞女今晚没有来。虽然吴丹青已经习惯了这些,但还是希望能看见她,即使远远地看一眼也心里踏实。可她没有来。

最近加进来的这几个男人,影响到大伙跳舞。舞场上不仅秩序混乱,气氛也异常,吴丹青觉得很别扭。刘姐常常停在边上不出声地站着,等他们过去了,才跳舞。王姐没有来。姜老师也提前走了。

那几个农民姐妹再没有来过,她们又去打工了。春天正是用工的大忙季节,她们没有时间和精力再来跳舞了。

林秀梅穿上了短裙,她跳舞时腿子还在发抖,不过比从前好多了。她能紧跟着大伙跳舞,一点也不落下。她的气色较年前好多了。汪小华还那么精力充沛,牢牢保住锅庄舞皇后的地位。跳扇子舞的那几个人也不跳了,又回到了锅庄舞场。王小丽胸部挺得高高地跳舞,她永远那么自信,那么骄傲。她奋力地做着每个动作,更洒脱地旋转。她烫过的短发,不像舞女的那样飘动,可能是打了发蜡。她的黑毛衣贴着丰腴的身子,酒红色的裤子紧紧裹在腿上。

吴丹青想着要一套舞曲,但不知道刘姐给不给。

月亮只有那么一点,挂在深蓝色的天幕上,明亮中有几分孤独。

汪小华穿一身橘红色的运动衣。这身衣服穿在她身上非常合适,然而因为是运动衣,比较宽松,质地也柔软,之前约束比较紧凑的肌肤就明显地表露出来。她身上的肉已经嫌多,尤其是臀部更是

第二部

明显。春天了,女人们的服饰更加绚丽多姿,灯光虽然不亮,但华丽的衣服依然显得耀眼和迷人。

不过汪小华的这套衣服只穿了这一次,第二天就不穿了,她可能发现自己穿上它并不美观。后来许多天她还穿红色的线衣和深蓝色的裤子。裤子的裤脚小,因而膝盖以上就显得格外宽大,有点像马裤或灯笼裤。她穿半高跟的黑皮鞋。这身打扮不像是跳舞,而是要训练的样子。她结实的身体、高高的个头、剪断的头发,像是一位公安干警。

不过当她的手臂向后甩的时候,肢体又柔软得如水一样。上衣蓝黑的分界线恰恰在乳房下面,蓝色使她不够丰满的胸部平缓了许多,但这条界线还是勾勒出一线显眼的沟壑,成为舞场中最优美的抒情。

第二天,气温下降,寒流南下,侵袭了陇中这座刚刚繁荣起来的城市。到天黑的时候,还没有下多少雨,但天气寒冷,北风呼呼吼叫着,冰凉的雨点打在窗玻璃上,噼里啪啦作响。人们又穿上了脱去不久的羊毛衫。

吃过晚饭,吴丹青本能地朝大操场走去。操场的大门锁着,里面静悄悄的,没有一个人,也没有一盏亮着的灯。只有体育馆窗户上的灯光和保安室的灯光映照着湿漉漉的塑胶操场和它的跑道,那些画在上面的白线格外分明。雨水虽然不多,但还是把操场洗得干干净净。

吴丹青透过铁栅栏向里面观看着,耳边似乎响起那熟悉的乐曲,眼前是女人们熟悉的身影。自去年七月跳舞以来,他的生活发生了许多变化。他无意间加入到一个之前从未涉及的陌生世界,与那些他之前一直认为无所事事的人们厮混在一起。以前他并不看

第二部

好跳舞,也不认为跳舞能锻炼身体,可是现在他体会到了,它不仅能锻炼身体,也能使浮躁和疲惫的心灵平静下来,得到片刻的歇息。它是一种有效的情绪调节,一种有效的情感释放,也是一种有效的思想减压方式,是老百姓自得其乐的生活享受,是完全属于他们自己的娱乐权利。这个并不被很多人放在眼里的一角喧嚣之地,其实是极为安静的,它远离红尘的喧嚣,远离利益的纷争和名誉的争夺。音乐响起时,他的内心就平静下来,脑子里被打扫得干干净净,工作的压力、难以实现的愿望、无聊的应酬等,都从他的脑海里消失了。这里只有美的展示、美的追求、美的梦想和美的欣赏,而且这一切均建立在健康的情绪上,心情决定着这里的一切。人的本质在这里得到张扬和验证,人的活力与创造在此被激活。"体育活动是最好的娱乐活动。"他想。现代人跳锅庄舞是一次回归,它所抗衡的是人的社会属性给人造成的伤害与侵袭。今天,广场舞与锅庄舞的流行不是无缘无故的,它一方面说明群众生活水平的提高,也说明人们精神生活的丰富与休闲娱乐的巨大需求。这是国家发展到一定阶段的标志,也是民族精神被激活的一个前奏。人民扬眉吐气地生活是普遍的期待。吴丹青看到舞女们变换的服饰内心充满了喜悦,"让我们的女人们更美、更漂亮。"他想象着。这是在为无限的创造力所做的精神奠基。跳舞也改变了他自己的生活习惯,出门前得先漱口,把脸洗干净,擦上油,换上合身的衣服。"这就叫文明与进步。"他想。

  风把柳絮吹到墙角里,那些飘落下来的榆钱贴在地面上。还有那些柳叶,才出不久就已经枯黄了,凋零了。它们和柳絮黏在一起,吴丹青心里感到格外凄凉。整座城市被凄风苦雨拍打着,发出一些不明不白的声音。

跳锅庄舞的女人

在操场外面逗留了一阵,吴丹青蓦然离开,消失在空空的街头。

五

盼望多日的月亮升起来了,它挂在西天的云头,只有镰刀那么宽的一点,就要被灿烂的星星淹没。

但舞女没有来,她已经很多天没有来了。吴丹青想念她,每次来到舞场就四处张望,寻找。可是不见她的踪影。锻炼的人越来越多了,操场北面的那帮人又开始跳舞,而且是两摊子,热闹至极,混乱中呈现出井然有序的景象。

吴丹青一再责备自己的懦弱和矜持,为丧失的激情感到惭愧。他觉得很对不住舞女,她不来跳舞的原因就是他的冷淡和表现出的疏离与遁逃。

汪小华一身绿色,上衣的下半截是黑色的,鞋子也换成了黑颜色的软底皮鞋。这么一分段,她本来高高的个头竟显得小了许多,很容易淹没在人群中。

刘姐去了一趟上海,不像是去旅游,倒像是去那里疗养、参观学习,然后精神饱满地回来了。她一来,散漫的人们又抖擞起来。来这里跳舞的人成倍地增加,年轻的女人带着小孩儿来了,一群孩子在奔跑。他们在舞场中跑来跑去,出出进进,与跳舞的人不时地撞在一起。

吴丹青几次也与他们相撞,其中一个小女孩哭泣起来,她的母亲将她带到一边擦眼泪。

王姐不见了,据说也去了上海,该回来了。但舞场中不见她的人影,可能累倒了。

第二部

　　姜老师几乎每晚都来，可他心神不宁，不知何故。他自己不跳舞，只是站在灯光下静静地看大伙跳舞。有时换曲子，有时跑到操场大门口张望一阵，又失望地回来，双臂抱在胸前，与歇息的人交谈。吴丹青对他并不了解，很想与他交谈，但他言语谨慎，一问一答，完了就闭上嘴巴。

　　大操场里来了三个高个头的小伙子，据说是兰州大学的学生，给大伙教新舞，教的曲子叫《快》。他们在中间跳，其余的人跟着学，但他们的胳膊无力，腿子也抬不高，腰身松弛，软塌塌的，丝毫看不出有什么美感。舞蹈在他们身上就像一团散乱的线条，有时扭作一团，有时舒展开来。他们教了两曲就走了。这帮人中一个也没有学会的，他们一离开舞场，旧曲子马上响起来了。大伙的脸上又露出喜悦的神色，有人出一口长气，把胳膊使劲甩起来。

　　新来的年轻女人大都不会跳舞，她们却有高涨的热情，看到哪个人跳得好就追上去跟在后面学习，跟得很紧，只有一步之遥，已经妨碍到前面跳舞的人了。但她们不肯后退，怕离得远一点就被甩掉，被别人抢了去。吴丹青不知道她们从哪里来，又到哪里去。她们一批又一批，轮番而来，又轮番而去，川流不息。

　　刘姐后面跟着几个年轻女人。王小丽的后面也跟着几个女人。魏凤英的后面同样跟着几个年轻女子。吴丹青常常被她们挤出来。每到这时，他就轻轻一闪身，退到后面。魏凤英不再穿过于紧身的衣服了，换上红线衣，但线衣下半截是黑色的，而且带着裙摆。她的裤子是深蓝色的，半高跟的黑绒布鞋。长长的头发也被管束得紧了一些，不再纷乱地披在肩上。她是一个很安静的人，体力也好，从跳广场舞开始到跳锅庄舞，一直会坚持到底。她几乎每晚都来。她是刘姐得力的助手，刘姐和王姐不在的时候她就是这里的领班人。

　　胳膊甩得最有力的有两个人，一个是铁师，一个是王小丽。王小丽个头稍矮点，但身体壮实，头发剪得很短，齐耳，烫过，蓬松地膨胀起来。她深沉的眼睛掩藏在头发的后面，不正视一眼前后左右的人，也不看一眼跟在她后面学舞的人。她的舞跳得跟汪小华不分上下，只是一高一矮。由于个子高，汪小华的舞姿要好看些，柔软些。王小丽的则有冲击力，她在空中划出的线条几乎都是直的；旋转也很猛，速度很快，"唰"一下就转过身来。吴丹青常常跟在她后面，她从未向后看一眼。不过她是知道有个男人跟在后面的，转身的时候无意间看到了。但吴丹青很难跟得上她，总是被别人抢走了位置。

　　有一次，她停下来。吴丹青看见她正对一个跑到她身边的小女孩儿说着什么，那孩子点点头就向场外跑去。她望着小女孩儿跑去的方向，也以极快的速度看了吴丹青一眼就沉浸到跳舞的欢乐之中去了。

　　另一个中年女子，约四十多岁的样子。她的身材很好看，腰细，臀部宽，女性曲线非常分明。她的身材保持得很好，浑身没有一点的赘肉。她跳舞时很投入，动作虽然不是那么灵巧，但准确到位。她的个头稍稍比汪小华矮些，也算是大个子。跳舞时腰弯得很低，也能迅速伸展开来。很多人的腰弯不下去，每到弯腰的时候，只是做做样子，应付一下。她真做，胳膊也甩得开。她的头发不长，刚刚能披在肩上，发梢烫过，但被拢在一起。她的脸型是标准的瓜子模样，刘海儿遮挡在额头上。有一双大眼睛，她的眼睛是向下看的，也不斜视。

　　她好像没有朋友，独自跳舞，碰到对舞的时候，身边是谁就跟谁配合一下。脸上没有笑容，也没有严厉的神色。她就是尤玲玲，那

第二部

个在信用社营业所上班的女人。她穿衣服很讲究,很少见她穿运动服来跳舞。

过年之后的这一段时间,就算是春天吧,尤玲玲穿着红色羊毛衫,裤子是绿色的条绒裤,衣服非常合身,与体型相配。当她举起双手在空中摆动的时候,头也是向下的。她的胸部平淡了些。

只几个月时间,吴丹青觉得身体好多了。原先来这里跳舞,跳到中间就去上厕所。操场外面的西北角是旧有的厕所,属于体校。但厕所重新修建了,改旱厕为水冲式的。厕所的位置没有变,但它上面盖起了四层楼。一楼除去里间的厕所之外,外面还有四间铺面,两间是理发店,两间是干果店。干果店专卖新疆产品,店内的音响播放着广告,一遍遍不厌其烦地把一个女人的声音送到过路人的耳朵里。

后来吴丹青发现灯光球场下面有厕所,门口坐着一个收费的老年女人,每次五角。厕所还算干净,可是无法洗手。下水管子坏了,水龙头用一块布片包裹着,不能使用。收费人是看门人张师傅的老伴儿。

"有一次我想撒尿,但舞已经跳结束了,就赶紧往家里走,刚进小区就憋不住了,只好跑到一丛玫瑰后面解手,但还是慢了一点,裤子被尿湿了,"高峰对吴丹青说,"更多的时候还能坚持到家,推开房门,一边换拖鞋,一边解裤带,慌慌张张钻进厕所。尿并不多,一下子就完事了。可就是憋不住。晚上睡七八个小时怎么就好好的。可是近来好多了,尤其跳舞出汗之后,就是回到家也不想上厕所,只是口渴,先倒一杯水喝,一连喝两杯也不想上厕所。跳舞锻炼还是很有效果的。跳舞好,我的尿急症被跳好了。"高峰有颗金牙,说话时就露出来。原来跳舞真有作用。吴丹青点点头,表示赞同。

跳锅庄舞的女人

"我的腿也不像先前那么疼了。"吴丹青也介绍自己的经验说。他的膝关节疼了十多年,到北京协和医院看过,大夫开了一些西药,说吃了药就不疼了,但不会完全好,晚年可能会站不起来。吃了药果然不疼了,可过了一阵还是疼。疼痛难忍的时候,他就贴敷"奇正藏药",每次贴一片就不疼了。自跳舞以来,膝关节慢慢不疼了。贴敷的次数也少了,时间段拉长了。

吴丹青回顾着自去年七月以来跳舞的身体状况,沉思了一会儿,抬起头来,又望了一眼月亮,它虽然残缺,却异常明亮。他对着月亮合上双手,默默祈祷。

满天繁星,月亮只有窄窄的一点,不过比昨晚宽了一些,也明亮了一点。吴丹青想念舞女,一次次地抬头仰望月亮,好像它知道她的下落,它会向她传递信息,带去他的思念。每当熟悉的音乐响起,他的心里就翻腾起来。

舞场上出现混乱状况,原来是兰大那个小伙又教新舞。他们跳得自然轻松,可是学的人很费劲,教了一遍,还是不得要领。就连汪小华也站在那里歇息和观看,她是这帮人中学舞最快的一个。

当小伙弯腰并斜着身子的时候,吴丹青发现离他不远的地方有一个年轻的女子也学着小伙的样子,腰弯得很低,身子倾斜着,慢慢转动。运动裤上的金黄色线条非常明显,衬衣从短上衣下面露出来。她的短发、她的动作、她弯曲的身材告诉吴丹青:她是舞女。

她真的是舞女。像不认识似的,他停下脚步,仔细地看着她。一曲完了的时候,她也停下来,侧过她的圆脸,远远地望着他。吴丹青的心头顿时有一股暖流经过,神情舒展开来,骨头变得格外轻巧。他长长地出了一口气。

当一个人变得勇敢的时候,事情就会朝着好的方向发展。

他想走过去,想跟她说句话。那句话他已经在心里练习过好多遍了。舞女身边有一个年轻女子,披着长发,她对舞女说:"你再没有来过。"

"你不也是昨天晚上才来的吗?"舞女微笑着对她说。

音乐响起来了。那个小伙还要教一遍,人群迅速站到他的后面,圆圈变成一个半圆。舞女也站到那边去了。

有一阵,吴丹青看不见她了,以为她走了,心里着急起来,就到人群聚集的那边去寻找。但还是没有看见她,心里越发急了。

"她可能走了,"他想。吴丹青的心里顿时昏暗下来。他没有心思再去跳舞,回到草地边缘,站在远处。

这边只有他一个人,孤零零地望着对面那群人,他们弯着腰身,正潮水一般往前涌动,瞬间又奔腾而来。走在最前面的是汪小华,她身边是那个腰杆笔直的蒋雪花。另外两个陌生的女人,她们并排着,走在最前面,手臂一前一后地伸展开来,左右臂轮换着伸到前面去。她们踮着脚尖,微微抬起头来,脸上露出羞赧和微笑的神情。她们后面紧跟着大队人马,队形勾勒出一条优美的弧线,像突然出现的拐弯的河流。

但这支整齐的队伍很快就在他眼里变得模糊了。在队伍的末尾,他看见了舞女的身影。是灯光不亮,还是他的视力因潮湿而看不清了?吴丹青只认出了舞女的那件浅色上衣。她挤在人群中,时隐时现。可是这支洪流还没有流到吴丹青跟前就停止了,顷刻间溃散了。音乐戛然而止,今晚的舞跳结束了。操场里的灯全灭了。他赶紧去取挂在足球门上的衣服,等他回来,人们已经散去。他急忙朝大门走去,但没有看到她。沿着她往日回家的路线往前走,直到花园街也没有看到她的影子。

她可能是开车来的,一出操场大门就驾车走了。吴丹青在花园街徘徊了好一阵才转身回去。

他们开始跳舞了,吴丹青他还在走圈,直到第四曲,他才去跳舞。他不愿到圈子里面去,就在足球门那里跳起来。踏着舞曲,那些熟悉和不熟悉的身影从他前面一个个经过,脂粉的味道弥漫在空气里。有些是他爱闻的,有些是他排斥的。

舞女出现在跳舞的队伍中。她在第二排,等她转到他面前时,他确认就是她。她肯定发现了被逼到边缘的吴丹青。

今晚舞女的情绪很好,内心很平静。这从她的舞姿上就能看出来,她跳得很投入,腰身低低弯下去,手臂伸得开,动作协调优美。"很多天她都跳不出这样优美的舞蹈了。"吴丹青回忆着。

她们一起来了三个人,其中的两个年轻女子不跳舞,站在离吴青丹不远的地方,小声聊天,叽叽咕咕地说个不停。不过吴丹青并不去注意她们的谈话。她们一定是舞女的好朋友,不然就不陪她来,而且这样有耐心地等待。

她们一个穿条纹状的毛衣,一个穿白色的风衣。两个妙龄女子头抵在一起谈论不休。吴丹青在一旁无精打采地跳舞。更多的时候停下来,他望着舞女。这阵子,舞女陶醉在舞蹈的魅力中,并不注意他在干什么。

突然那两个女子停止了谈话,面对面挑战起来,她们伸出右臂,叉开双腿,做出架势,要比手劲。可是刚一握手,那个穿白色风衣的女子就输了,她连连说:"我手上没劲!我手上没劲!"

刚好来到她们面前的舞女,请她俩跳舞,但她们连连后退,说:"我不会跳舞,我不会跳舞。"

第二部

"这是减肥的。"她无奈地对逃到远处的两个女友说,脸上是因喜悦和运动而泛起的红晕。她自信地回到舞场中,继续跳舞。她的外衣是一件带帽子的灰白色运动衣,是一件超短上衣,没有拉上拉链,前面敞开着,里面衣服的领子和边露在外面,那是一件崭新的橘红色衬衣。她穿了一条蓝色的运动裤,裤缝是白色的线条,鞋子是灰白色的休闲运动鞋。

九点十分,跳舞结束了。等待舞女的两个女子围过来和她一起往外走去。她走在左边,低头看着短信,头发将半个脸遮住。

吴丹青走在她的后面。她也许发现了,也许并未发觉,始终没有抬头,也没有看一眼。她们走得很慢,出了操场的大门依然缓慢地行走。她们朝友谊广场走去。

吴丹青很想上前与她们打个招呼,但还是犹豫了,不知道会产生什么样的结果,他没有开口。走在她身边也觉得不自在,就赶到她们的前面去了。

要开运动会了,星期五晚上刘姐她们没有来跳广场舞,但姜老师和汪小华他们来了。吴丹青到操场时已经八点多了,灯光亮着,跳舞的人们寥寥无几,只能勉强凑够一圈,与平日的拥挤相比冷清了许多。

结束时吴丹青帮姜老师把器材送到库房去,但门锁上了,放不进去。门卫张师傅可能去锁大门了,汪小华和蒋雪花守候着。他走到北门找到了张师傅:

"库房门锁上了,器材放不进去。"

"那个门是不会锁上的,没有钥匙,用的是明锁,不用暗锁。"

"是暗锁,不是明锁,姜老师有明锁上的钥匙。"

这时从那么边传来寻找张师傅的吆喝声:"张师傅——"声音拖

得很长,但极细,丝线一样。不,只有一根头发的十分之一,它在微寒的夜空里弦一样颤动着。它随时都会断,但没有断,它是那么柔韧,牢固,把张师傅从北门拖了回去。"细得就要断了。"吴丹青仔细听了听,但还是没有听出来是汪小华在呼喊,还是蒋雪花在呼喊。

"好像是蒋雪花在呼喊。"他想,"她的身材怎么就那么端正呢?"散场的时候,他听见她对姜老师说:"你把衣服赶紧穿上,千万别感冒了。"

姜老师和汪小华几个带头,其实主力有一半在场,但他们也跳得无精打采。看来人气很重要。没有观众的表演没有多大意义,这种场合人气很重要。"人气就是心情。"他想。

吴丹青跟着他们跳了一阵,九点一过就结束了。

吴丹青抬头看了一眼月亮,它有半个了,丰腴而明亮,像舞女露出的半个脸庞。她什么时候会来呢?从南门出来,走到北门的时候,吴丹青又走进大操场里。张师傅还没有来锁门。他在草坪前站了一阵,静了静心才回去。

六

一连几天,都在下雨,也下雪。气候极不正常,这样的极端天气很少有。照常理,"五一节"一过,天气就正常进入夏天了,不会再出现下雪的现象。但是,今年一连下了好几场雪。体育场好多天没有开放。

倒是在开运动会的那几天,每晚都有人跳舞。不过,刘姐她们没有来,是姜老师组织大家跳舞,汪小华她们几个都来,虽然人数少,但都是高手,舞场上有些冷清,但安静而雅致,更有一种抒情的

第二部

跳锅庄舞的女人

感觉。女人们个个从容自如，格外舒畅和轻松。跳完舞，大家一起动手，收拾器具，姜老师也帮忙收拾。他是那样谦和，聪慧中多了一份宽容与勤奋。

今晚是雪后的第一次跳舞，操场里人很少。吴丹青去的时候，大伙已跳完了广场舞，跳了两曲锅庄舞。在并不明亮的灯光下，吴丹青一眼就看见了汪小华。她穿一身浅灰色运动服，白休闲鞋。跳了一阵，她又脱去上衣，露出里面的绿线衣。这身打扮使她显得格外年轻，而且格外苗条，与十多天前判若两人。加上她刚刚剪过的短发，看起来简直就像一个二十出头的年轻女子。"真是不可思议。"吴丹青想。女人的打扮会变幻出无穷的魅力来。借助斜过来的灯光，吴丹青看到她的脸色也格外红润，害羞似的，与她柔媚的舞姿相一致。她不再那么使劲地甩胳膊、踢腿子，腰柔和地弯下，轻轻地直起来。汪小华跳舞不再像先前那么疯狂了，而是更注意情感的投入与意境的体验，有一种迷醉的感觉。吴丹青深受她的影响，被她的一举一动所感染。

每当他们相逢的时候，吴丹青就认真地学习她跳舞的技巧，优美的动作，以及所包含的丰富内容。他学舞的速度太慢，很多地方都没有学会，会了的也不准确，跟不上节奏。他把每一次相遇当作学习的最佳时机，但他没有围上去紧跟在她身边，而是远远地跳自己的舞，只注意几个关键的环节，丝毫没有影响到她跳舞。汪小华也注意到身后的吴丹青在学她跳舞，有几分不自在，她的舞姿更加随意。

跳舞一结束，汪小华就不知去向。可是，在大城小学的巷道口，吴丹青发现了她。她身边走着一个高个子男人，光头，黑乎乎的胡茬,戴着墨镜,全像一个动画片中的江洋大盗。她走在他身边,个头矮了许多,像一个被劫持的女孩,出奇的乖巧。

在超过他们的瞬间,汪小华发现了吴丹青,正要打个招呼,可是,他迅速赶到前面去了。他没有准备与他们说话,匆匆走过去了。那个高大的男人虽然只是夜幕下的一瞥,但深深印在吴丹青的心里。不知怎的,他有一种陌生中的惧怕感,好像做了一件不让人知晓的事情,而就要被发现似的。"这就是她的男人?"吴丹青思忖着,用右手摸了摸自己的下巴,毛茸茸的胡茬有些扎手。他每天刮一次胡须,上班时一进办公室就给剃须刀充电,半个小时后剃须。他的剃须刀用了十六年还好好的,是飞利浦电动剃须刀。但电池充不住电了,充完电就得用,过一天电就跑光了。

第二天又下了雪。定西四周的山上白雪皑皑,寒气袭人。这天晚饭后,吴丹青一出门迎面就碰上呼呼的大风,其中夹杂着零星的雨点,在夜空里甩打着。

操场里灯火通明,他的那伙舞友们在跳舞,人数少了许多,但兴致很高,他们高涨的情绪并没有因为天气的寒冷而消减。吴丹青愉快地加入到跳舞的圈子当中去。

不一会儿,他发现从黑暗中走来一个年轻的女子,与大伙一起跳舞。她穿一身蓝色牛仔服,上衣很短,没有系上纽扣,腰身格外纤细。她一伸手,吴丹青就看清了是白文娟。"是舞女。"他惊叹道。他以为她不会再来了,这些天一直想着这件事。"她不会再来了!不会再来了!"他在心里一遍遍地念叨着,充满了忧伤。

舞女的出现使吴丹青格外兴奋。"她的头发长了。""染过的颜色也淡了。""她的身材也瘦了。"他一边跳舞一边看着舞女,从头到脚看了一遍。鞋子也是蓝色的。"她真会打扮自己。"他念叨着。

跳锅庄舞的女人

舞女不在乎处在哪个位置，显得很随便。她生疏的动作常常使自己变得很被动，但她不在乎。虽然不熟练了，但她跳得极为轻松，没有一点压力，完全是为了放松，为了获得愉悦或某个难以形容的愿望。

跳完舞，她独自往操场外面走去。吴丹青不会放过这样的机会，他加快步伐追上她：

"你怎么好长时间不来跳舞了？"

"我太忙了。"她并没有转过身来看他，似乎知道追上来的是谁，问话的是何人。他离她更近了，她看了他一眼，像是为了证实她的判断有没有错。当她确认自己的判断正确时露出一丝微笑。

"她真美！"他在心里惊叹道。

"这些天忙什么？"他没话找话。

"忙保险。"白文娟一问一答，不多说一句话。

"我要送你一本书。"吴丹青鼓足勇气说。

"是什么书？"白文娟警惕地说。

"《舞女》，写你的。"他说。她皱起眉毛猜想着究竟是一本什么样的书，没有再吱声。

他们已经到大门口了，结束跳舞的人们拥到了门口，铁大门就要关上了。舞女先出了门，有一个中年妇女抢在吴丹青前面。他出门后看不见舞女了。她好像去了左边，而他得往右走。"她可能是开车来的。"他想着往前走，没有再回头。

他回味着她迷人的脸庞。"太美了！"他找不到合适的赞美词，反反复复在心里重复着这句话。"天下居然有如此美丽的女子。"他在心里叹息道。

夜色浓得像用墨汁染过，但他不去想这些。他是一个情绪容易激动的人和爱抱怨的人,可是,今晚他什么也不抱怨,以后也不会抱怨了。他看到一张自己从未见过的、最希望看到的,美丽单纯而表情又十分丰富的脸。他那么爱看它,就是看上一辈子也不会厌烦。

"王姐去苏州了。"

有人在互相问答,好像是刘姐和秦许对话。

汪小华没有来,她可能又去开会。一想到汪小华,吴丹青眼前出现那个胡茬逼人的大汉,心头掠过一道阴影,又闪电般消失了。他不再去想她,安心跳舞。女人们都换上了浅色服装,好像都瘦了一圈。汪小华不在,舞女没来,吴丹青的内心就是一潭死水。

铁师傅跳过来了,吴丹青急忙后退一步,他的动作过于狂放,占地面积大,无人敢靠近。不过,他是男人中坚持最好的,是跳锅庄舞次数最多的一个。他很少跟别人说话,看人的时候眼睛就眯起来。他的舞姿谈不上美观,但大样、有力、粗狂,锅庄舞他样样都会。

今晚,王小丽算是跳舞最优秀的了。其实她并不那么胖,她的酒红色裤子换成了浅蓝色的,但上身还是黑色的。人一瘦,舞姿就更美了。吴丹青总觉得她的眼神异常深刻,看不透。与她一起跳舞的蒋雪花身材还是那么端正,连弯腰都好像是端正的。"她究竟是不是姜老师的什么人呢?"吴丹青这样问自己。

秦许显得精疲力竭,她本来就柔弱。刘姐、王姐和魏凤英不在时由她领舞,十多天下来,她支撑不住了,霜煞了似的,蔫不拉几的,悄无声息地跳自己的舞。

九点钟刚过,人们就纷纷退出舞场,彼此招呼着往回走。

"时间还早,再跳一会儿。"刘姐见人们散去,急忙阻拦。但没有人愿意停下脚步。刘姐又大声喊了一次,王小丽回头看了一眼刘姐,也看了一眼稀落下来的舞场,继续往外走。蒋雪花在前面等着她。舞场很快空了。吴丹青从足球架上取来外衣披在身上,取下一根灯柱,捏在右手里,左手提起底座,将它们送去库房。

"这些舞曲有名字吗?"他问刘姐。

"有,但是曲子在U盘上。"

"我想知道每一首曲子的名字和说明。"

"有机会我给你找来。"

吴丹青对音乐不熟,对锅庄舞曲更陌生。跳了这么长时间的锅庄舞,他熟悉了其中的一些曲子,却叫不上名字,不知道演奏的是什么内容,有何意义?他想弄明白。

吴丹青独自出了操场大门,跳舞的人还有几个留在后面,边走边聊。好像刘姐的包丢在舞场中了。

天气略微好转,云层淡去,阴沉的天空里露出一些亮色,但来操场锻炼的人少了许多,他们多么脆弱,多么经不起微寒的侵袭。这种一有寒流就缩在家里而只有好天气才出来锻炼的人,无疑是对自己的欺骗,对身体能有什么好处呢?他们不仅身体脆弱,心灵更脆弱。人们总是娇惯自己的孩子,其次是娇惯自己和自己的身体。这种过分的溺爱,其实是对体质和心灵的削弱。"他们把爱赶时髦的习气也带进体育场。"吴丹青这样想着,走完自己规定的圈数,在单杠上荡悠,直角悬垂摆动。这种动作开始时他只能做几个,后来猛增加到十三四个,可是这个数目像是到了极限,锻炼了一个秋天和一个冬天,一个都增加不上去了,怎么努力也不行。

"体能是有极限的。"他想。可是一过春节,他甩臂的数量猛增到二十一个,真是不可思议。于是他信心倍增,加紧锻炼,连引体向上也不做了,只练习直角悬垂摆动,有一次居然做了二十八个,他有

第二部

了一种成就感。引体向上能做到十多个,一种动作这么长时间被冷落,身体还有记忆,胳膊上还有劲儿,吴丹青的嘴角露出一丝得意的微笑。

他带着踌躇满志的心态走进舞场,扫视了一眼舞场,知道舞女没有来,就是不看他也能感觉到她没有来,这已经成了他的习惯。人与人之间似乎有一种看不见的信息传递系统,只要这个通道被打开,随时就能接收到对方传递给自己的信息。

刘姐穿着黑色连衣裙,精神抖擞地走来跑去,掌控着舞场的态势。姜老师在场。蒋雪花吹起的短头发和她严肃的表情在吴丹青眼前晃动了一下。

这几个晚上播放老曲子,跳原先的旧舞。很多人都忘记了,肢体在慢慢恢复着消失的记忆。汪小华无疑是恢复最快的一个,不过有一次她也记错了,飞旋的手臂突然停在空中,两条腿僵在那里不知如何是好。虽然那只是短短的两秒钟,邻人发现后,提示了一下,她"扑哧"地笑出了声,接着又续接起来。好在每一曲舞都是由几组相同的动作组合的,每组动作要跳三遍,连缀起来也不难。这个小小的插曲聚焦了不少投来的目光,汪小华感觉到了,她的脸色绯红,低下头去。她穿的是那条黑裤子和红线衣,换上了红舞鞋。一穿红舞鞋,她就像着了魔似的,在舞场上发起狂来。敏锐的动作、清晰的思路、热情的肢体使她无法控制自己的情绪,一个个雨点般的动作击打着夜幕,飘洒在吴丹青的心里。它像音符一样无法栖息在琴弦上,一经弹奏就向四面八方飞去。她的舞姿像燕子在飞,萤火在飘。不知怎的,她浑身充满了力量和激情,像是一种久积的渴望突然火山喷发式地找到了一个出口,无法遏制来自大地深处的力量。她的内心一定是在燃烧,血液一阵阵掀起滔天的巨浪。

跳锅庄舞的女人

汪小华的激情感染了整个舞场,所有的女人和男人都聚精会神地投入到舞蹈之中。除了舞蹈的声音,什么都听不见了,就连音乐的声音也像是变成了一种潜流,拒绝听力而直接进入心灵,进入脑细胞,它在灵魂深处汩汩流淌。

王小丽黑衣黑裤、红舞鞋,她们像是商量过的。女人对环境变化过于敏感,也能迅速调整自己,以便与变化了的环境实现最快的对接,使自己成为这个季节的引领者。王小丽白净的脖子总是露出来,脊背也露出那么一小块。那是迷人的一小块,在夜幕和灯光下格外秀丽。她跳舞一向用力,今晚更是从未虚晃一枪,招招有着落,内心的果敢与坚强都体现在舞蹈之中。

当吴丹青与刘姐站在灯光下说话的时候,正在舞蹈中的王小丽朝这边瞟了一眼,那么迅速地瞟了一眼,几乎难以觉察。她的目光深不可测,明亮而犀利,包含着机智与警觉。吴丹青想多看一眼,看到的是清澈与明媚,再看不出别的什么。他觉得她的目光中有奇异的内涵,有摄魂夺魄的力量。

刘姐告诉吴丹青,明天在定西湖有一项比赛活动,早晨九点进行,有电饭锅之类的奖品,请他参加。吴丹青微微一笑,说明天要去下乡,没有时间。

"你很忙吗?"

"是的。正是因为白天太忙,与文字打交道,才迫使晚上来锻炼。"

"你要的曲子,我准备好了,你从我的QQ上找答案。"

"这些天很忙,顾不上,等闲一点的时候跟你联系。"

"那几个舞跳得出色的都是农行的吗?"

"有两个是农行的。"听他们谈话,王小丽的目光刷地瞟过来,

第二部

高继红来得晚一些,她还是那身蓝色运动服,裤腿上的线条流动着柔美的白色光芒。她的眼镜并没有妨碍跳舞,小巧的身材像一条灵活自如的鱼,从容地游来游去。她的舞步稳健,手势中蕴藏着一种略带矫情的美。那种情态不像是自然的流淌,像是刻意所为。披在背上的长发垂到上衣的边上,由于她平稳的动作,舒缓的节奏,头发的摆动也井然有序,看不出一点凌乱的迹象。

当高继红和姜老师相遇的时候,她谦虚地向他笑笑,表达对他的敬意和对他的关切。是的,这些锅庄舞大都是他教的,他的涵养赢得了许多舞女们的青睐。天色黑暗,灯光却明亮了。今晚跳完舞的时间和昨晚是一样的,刚过九点,姜老师站在灯光下不动了。刘姐放上曲子,汪小华她们又跳起来。昨晚那么倔强的王小丽,今晚却温顺地留在舞场上。人已经很少了,但汪小华她们还想跳,一连又跳了两支曲子才结束。

曲子一停,吴丹青就从足球门架上取下衣服,披在肩上往外走。他不想去收拾器具,头也没有朝那边转一下。

七

很显然,这里跳舞的人分为两类,一类是既跳广场舞又跳锅庄舞的,另一类是专跳锅庄舞的。组织者也很分明:王姐、刘姐和她们的助手魏凤英负责广场舞,而姜老师和刘姐负责锅庄舞。姜老师不跳广场舞,来得早了随便转转,过渡一下,等时间一到就跳锅庄舞。

汪小华她们是跟姜老师一伙的。这天晚上刘姐没有来,他们不做操,直接跳锅庄舞。跳舞结束时,汪小华她们几个帮助姜老师收拾器具。走在回家的路上,她还在回忆舞蹈动作,边走边说,边说边演示。姜老师一一指点。蒋雪花胳膊上搭着衣服,走在前头,不时地停下脚步,回头看着他俩,耐心等待着。

舞女来得很迟,她的那位长辫子女友也来了。她们很开心,跳错了的时候乐,舞女会拉了一下女友的手,爽朗的笑声传开来,但跳舞的人们并没有去注意。不过她们只跳了两曲就结束了。跳完舞她们又拉着手离开舞场,第一个出了操场大门,等吴丹青出门时,她们已不见人影了。

见姜老师站在那里休息,吴丹青也停下来,走到他身边,顺了口气,才掏出纸烟,递给姜老师一支。姜老师顺手从衣兜里摸出打火机,啪嗒打着了,先给吴丹青点燃,然后给自己点上。吴丹青吸烟很少,但近来他潜心研究起锅庄舞来,想从姜老师那里学到一些东西,见他吸烟,兜里便装了一包黑兰州。

吴丹青没有去过西藏,青海、甘南、云南和川北更是没有去过,著名的拉卜楞、郎木寺、塔尔寺也没有去过,对佛教、藏族舞蹈一窍不通,这方面的知识和经验简直就是一片空白。

姜老师说:"锅庄舞的叫法很多,说起来很麻烦,你也记不住,你看大伙是怎样跳舞的?"吴丹青扭头看了一眼舞场,说:"围成一圈。"

"对,是围成一圈,锅庄舞就叫圆圈舞。它是藏族三大民间舞蹈之一,西藏的昌都、那曲、四川的阿坝、甘孜,云南的迪庆,甘肃、青海的藏族聚居区都跳这种舞。这种舞蹈比较原始,舞蹈时男女各站成半圆拉手成圈,跳起来先慢后快,基本动作是'悠颤跨腿''趋步辗转''跨腿踏步蹲'等,手臂以撩、甩、晃为主变换舞姿,队形按顺时针行进,圆圈有大有小,偶尔变换'龙摆尾'图案。"

"锅庄舞还有农牧区之分,农区锅庄流行于藏东昌都地区,牧区锅庄流传在当雄、黑河和索县等广大牧区。"他继续说。

"悠颤跨腿""趋步辗转""跨腿踏步蹲",吴丹青边听边仔细揣摩,但还是捉摸不透,姜老师一遍遍演示着,他才领悟到一点,向姜老师点点头,表示肯定。

吴丹青觉得他们跳的锅庄舞是汉化了的锅庄舞,男女不分队、不唱歌、却有音乐伴奏,这究竟是怎么回事?

"农区锅庄的结构分两大段,即从慢板歌舞到快板歌舞,速度有慢、中、快之分。开始时男女分别拉手成圈,轮番唱和,甩脚踏步,唱完后齐声喊'哑',顿时舞步加快,越跳越快,在热烈的快板中结束。"姜老师解说。

吴丹青觉得他们这群人只有一个舞是这样跳的,但开始的时候并没有手拉手连成圈,像又不像,是又不是。"那么舞蹈就是地域特征与民族个性相结合的产物。"他想。

姜师说:"锅庄舞的动作大体可分两类:一类节奏缓慢,舞姿舒展、优美;另一类节奏急促,舞姿热烈、奔放。动作多模拟动物形态,如'猛虎下山''雄鹰盘旋''孔雀开屏''野兽戏耍',注重姿态的情绪变化和表现,这是藏族人民彪悍气质在舞蹈中的体现。"

吴丹青回想自己跟着他们跳舞先是缓慢,后面急促,慢的时候还可以,快了他就跟不上了,汪小华和黎花最适合跳快板。黎花是田芬的朋友,跳舞的时间不长,但一学就会。快板鼓点一样急促,就是舞女也常常手忙脚乱。

"牧区锅庄舞的层次及表演形式和农区锅庄舞大体相同,但动作差异很大,多在胸前晃手跳跃,前顿步接左、右翻身,顺手顺脚的舞是牧区锅庄的一大特点。"姜老师听见曲子完了,跑过去换了一曲,又回到吴丹青身边,有些气喘地说。

"你已经教给我们几十支锅庄舞了,锅庄舞究竟有多少种?"吴丹青想弄明白。

姜老师看了一眼吴丹青,微笑着说:

"锅庄,藏语称为'卓'。人们这样赞誉锅庄舞内容之丰富,天上有多少颗星,卓就有多少调;山上有多少棵树,卓就有多少词;牦牛身上有多少毛,卓就有多少舞姿。"

吴丹青听乐了,"扑哧"一笑,说:"那么锅庄舞是一种无伴奏的集体舞,随机性强,可以自编自演?"

"对。它是随着藏民族生产生活的发展变化而产生变化的,因此,锅庄舞有了打青稞、捻羊毛、喂牲口、酿酒等劳动歌舞,有颂扬英雄的歌舞,有表现藏族风俗习惯、男婚女嫁、新屋落成、迎宾待客等歌舞。"

"锅庄舞姿矫健,动作挺拔,既展示舞姿又重情绪表现,舞姿顺达自然,优美飘逸,不但体现了藏族人民纯朴善良、勤劳勇敢、热情奔放、剽悍的民族性格,有一定的力度和奔跑跳跃变化,动作幅度大,具有体育舞蹈训练与锻炼价值,从装饰、节奏、舞姿上,它都能体现出西藏民间体育的风格,锅庄舞的健身作用是显而易见的。"姜老师越讲越有劲儿,滔滔不绝。他从衣兜里取出一盒烟,但只剩一根了,他给自己续上,把烟头扔进旁边的垃圾桶。

"锅庄舞有古锅庄和新锅庄之分,古锅庄带有祭祀性质,宗教界和老人大都比较喜欢,歌词内容和舞步形式等都比较古老,如《莲花生大师的诞生》《丰收啊丰收》等,跳这种舞时,只能唱专用歌词,不能改动,舞蹈具有缓慢、稳健、古朴、庄重的特点。新锅庄的歌词内容、舞姿都比较灵活,多反映群众生产劳动和农牧业生产的发展及经商贸易活动,如《北方大草原》《白瓷碗里聚三色》等。新锅庄是青年人喜爱的歌舞。锅庄舞的舞步分为走舞和转舞两大类。'走舞'的步伐是单相的朝左起步,左右两脚共举七步为一节,这样轮回启动,由慢转快,步数不变,舞步比较简单,容易学,故人数甚众。转舞的种类较多,常跳的有二步半舞、六步舞、八步舞、六步舞加拍、八步舞加拍、猴子舞等。"这一回,吴丹青听得更是心里痒痒的,这些歌曲他都不熟悉,说不清,都想见识一下。

"锅庄舞因地域不同而各具特色。德钦一带的锅庄舞曲调低沉典雅、浑厚豪迈、凝练深沉,拖腔多而长,犹如巨浪起伏,舞姿舒展洒脱,像雄鹰展翅。香格里拉一带的锅庄舞曲调轻快活泼与豪放相济,跳舞时参舞者皆弯腰搭肩,舞蹈始时平稳缓慢,临近结束时动作小巧迅速,变化较快,歌舞都在欢乐热烈的气氛中结束。锅庄舞是一种民间歌舞,每逢重大节日,或遇喜庆佳节以及婚丧嫁娶等,人们都会跳起这种集体舞蹈。"

"据说锅庄舞是三块石头支一口锅的意思,对吗?"吴丹青看着姜老师手里一闪一闪的烟头试探地问。

"游牧生活嘛,三块石头支一顶锅,晚上点一堆火围起来跳舞是很正常的事情。在藏区跳舞时,大家要围篝火,男女分列,手拉手,臂连臂,边唱边跳,以脚顿地做节拍。歌词多用排比和比喻,有固定的词牌和曲牌,加之踏足为节,所以即使跳的人很多也绝不会出现混乱。人们跳舞时,且歌且舞,既歌唱生活,也赞美自然,青年男女更是借助歌舞倾吐彼此的爱情。"

姜老师见吴丹青这样有诚意,就拉他到保安室门前的凳子上坐下来,保安不知去了哪里,旁边还有一把椅子是看厕所的那位大嫂坐的,她也不知道去了哪里。吴丹青就坐在那把破椅子上,它吱吱地响。他也不担心这把摇晃的椅子是否会跌倒,侧过身去,又递给

姜老师一根烟,这一回他自己没有点,而是把准备好的打火机伸到姜老师嘴前。姜老师美美吸了一口,又慢慢吐出烟来,说:

"藏族有自己的语言和文字。10世纪至16世纪,是藏族文化的兴盛时期,除举世闻名的《甘珠尔》《丹珠尔》两大佛学丛书外,还有关于韵律、文学、哲理、史地、天文、历算、医药等专著问世。藏族民歌抑扬顿挫,合辙贴韵,悦耳动听。唱时还伴以各种舞蹈,其中踢踏舞、锅庄舞、弦子舞流传甚广。"

"现在藏族有六百多万人口,主要分布在西藏以及青海、甘肃、四川、云南等地。他们主要从事畜牧业,兼营农业。藏族是中国古老的民族之一。据史书记载:早在秦汉以前,藏族先民就聚居在雅鲁藏布江中游两岸。藏族服饰无论男女至今保留完整。"

一个曲子完了,姜老师下意识向那边望了一眼,想起身,但坐着没有动。刘姐从舞场里跑出来,换上曲子,又回到舞场中。姜老师接着说:

"迪庆藏族锅庄的歌、舞、词都很丰富,唱词以三句为一段。凡遇喜庆佳节、新居落成、婚嫁喜事,人们不分男女老幼都要聚集在一起跳个通宵,表示欢庆和祈福。"

"在昌都非常流行锅庄舞,每逢节日、庆典、婚嫁喜庆之时,广场上、庭院里男女相聚,围成圆圈,按顺时针方向边歌边舞。男性穿着肥大筒裤,女子脱开右臂袍袖披于身后,男女各站一边,拉手成圈,分班唱和。通常由男性起唱,女性唱和,歌声嘹亮,穿透力很强,舞者和着歌曲'甩手颤踏步'沿圈走动。唱词告一段落,众人一齐'呀'的一声呼叫,顿时加快速,张开双臂,侧身扭腰,大踏步跳起,挥舞双袖,载歌载舞,奔跑跳跃。男性伸展双臂犹如雄鹰盘旋奋飞,女性点步转圈有如凤凰展翅飞舞,显现出健美、明快、活泼的特点。舞圈中

第二部

央通常置青稞酒、哈达,舞毕由长者或组织者敬美酒、献哈达,兄弟姐妹情谊借此得到升华。"姜老师完全沉浸在一种美的境界之中,他陶醉了,言词极为柔和婉转,深切而悠扬。说到这里,他美美地吸了一口烟,又慢慢吐出来,还一连吐了三个烟圈。

"你去过昌都吗?见过藏族人跳锅庄舞了吗?"在吴丹青眼里,姜老师简直就是神了。

"去过,几年前就去过,阿坝、甘南、玉树都去过。那年昌都举行锅庄舞大赛,我去观看,和他们一起跳过一回锅庄舞。去年,友谊广场舞蹈队还参加了在碌曲举办的锅庄舞大赛,获得了钢拉梅朵奖"

"白龙卓舞是青海玉树的锅庄舞。称多县称文镇白龙村的空格、布热、上、下开哇和东郭四个村寨,距今已有八百多年的历史,白龙卓舞是藏族成年男子在节庆祭祀、迎宾和举行寺庙宗教活动时表演的舞蹈。白龙锅庄舞有三十多种,以诗体的语言,通过唱和舞的形式,反映自然万物。它的特点是舞姿粗犷飘逸,曲调庄重饱满,蕴涵了藏民族的精神、信仰、价值取向,地域特色鲜明,极具美学价值。如今,许多白龙卓舞艺人相继去世,出现了断裂,陷入消亡的境地。"说到这里,姜老师低下了头,狠狠地吸了一口烟,神情有些哀伤和沮丧,对白龙锅庄舞的未来充满担忧。

"不过西宁市的中小学生开始利用课间操时间练习锅庄舞,锅庄舞进入了校园。这是件好事,它既能活跃学生的文化生活,又有利于弘扬民族文化。"姜老师一口气说了这么多,内心感到轻松了,有一种解脱之感,似乎不说出来,就会使他感到压抑和难受。来这里跳舞的男人不多,像吴丹青这样耐心听他讲解的人还没有出现过。他向人讲述锅庄舞的历史,这还是第一次。吴丹青成了他的知音。有好一会儿,他们谁都不说一句话,沉浸在清凉的夜色中。似乎谁先开口，谁就破坏了这里的意境和内心的风景。

姜老师为了学习锅庄舞两次去过西藏，三次去过甘南，两次去过青海。他还去过云南和川北。他并不信佛，但内心异常虔诚，对锅庄舞的虔诚。在他的心目中，舞蹈的境界并不比佛教的境界低，甚至还要神圣，因为这是人的精神的体现与升华。

听了这么多，吴丹青内心十分激动。他不过是因为健忘、工作压力大加上右腿疼才来这里锻炼和健身，却学到了这么多东西。可惜自己对跳舞没有多少灵性，笨手笨脚，上帝没有给他多少跳舞的天分，但听姜老师这么一说，他就真的热爱上了锅庄舞。

"锅庄是圆圈歌舞。"这一层他明白了。他们现在跳的就是圆圈舞。"按顺时针方向边歌边舞，到最后一段，加快速度，张开双臂，侧身扭腰，大蹉步跳起，挥舞双袖，载歌载舞，奔跑跳跃变换动作。"这些也练习过了，可是只播放音乐，没有唱词，众人也没有一齐"呀"的一声呼叫。他想，如果有唱词多美。

"锅庄舞的基本动作是'悠颤跨腿''趋步辗转''跨腿踏步蹲'等，手臂以撩、甩、晃为主变换舞姿。"吴丹青仔细玩味着。

还有男女分别拉手成圈这一点只跳过一个舞，但他站在圈外，当时没有感觉，现在觉得很孤独。不过偶尔也有两人手拉手的时候，这样的时候，他往往也是一个人，伸出去的手空着，无人对接。吴丹青回想着姜老师刚才说过的话："……牧区锅庄的层次及表演形式和农区锅庄大体相同，但动作差异很大，多在胸前晃手跳跃，前顿步接左、右翻身，顺手顺脚的舞是牧区锅庄的……"他举手抬足，模仿起来。

他们的锅庄舞是农区锅庄、牧区锅庄、寺庙锅庄三大锅庄舞的综合体，有时节奏缓慢，舞姿舒展优美；有时节奏急促，舞蹈热烈奔放。"顺手顺脚的舞,这种被异化了的锅庄舞明显缺少虔诚的力量和激情的火焰。"他想。

姜老师起身走进舞场,吴丹青还坐着,直到结束,才缓慢起身,往回走。

八

吴丹青去大十字农行网点转钱,他帮朋友从兰州东岗板材市场定做的厨房门做好了。掀开塑料门帘走进网点的门,眼前顿时一亮。他看见汪小华坐在玻璃后面,亮光就来自她的白衬衣,也来自她的脸。汪小华发现了他,以目示意,但很快收敛住目光,她只是在瞬间看了他一眼,然后安静地办公。

"不要把钱看得太重,钱是身外之物。"汪小华对坐在对面的同事说。看来他们正在聊钱的话题。

吴丹青填好单子,排上队。这里的工作人员调换了,原先的职员不知去了何处?可能分散到其他网点,他在心里想。他前面还有一个人,但另一个窗口空了。他去那个窗口办理。营业员是个瘦小的男人,面很熟,是哪个网点来的?吴丹青记不清楚了。

"你重新填一下,把存折的账号填上,我直接给你转过去。"他把单子退出来,看着吴丹青说。吴丹青填写好账号,核对一下,从玻璃下面的小孔里递进去。

营业员把打好的单子又从小孔里递出来,吴丹青签上字,再递进去。

"这样直接转账被打钱要便宜得多,转了五千块钱,收了五元的手续费。要是取出来再转就要收十多块。"营业员把存折递出时对吴丹青说。

"谢谢你!"他感谢这位营业员对他的关心。

吴丹青离开窗口,后面一个女人已迫不及待了。他走到旁边给兰州那边打电话,对方说钱已经收到了,正在安排托运。他没有再朝里面看一眼,但他打电话分明是要显示一下,让汪小华知道他很忙,而且在办大事情。

他离开网点去交电费,之后坐九路车去新城区上班。

天气闷热。气温已经上三十度了。晚上洗的衣服到第二天就干了。干燥的定西,热浪滚滚而来。不过这里昼夜温差大,中午三十多度,到了晚上就下降到十几度。但跳舞不比走路,很容易出汗。人们穿得越来越少了,他们更本真地出现在舞场里。

吴丹青发现女人的美丽与服饰有很大关系,与胖瘦也紧密相连。汪小华是这群人中换衣服最勤的一个,每一种时髦的服饰都展示出不同的风采,使注意她的人总感到有新意、不厌倦,总能从不同的款式和服色中找到别致与情趣。

欲望的满足使人们获得了惬意与舒畅。进入夏天,女人们好像苗条了许多,也许是跳舞效果的显现。她们的身材都好看了。与之相反,男人们因为穿得少而暴露出腰腿的弧度。来跳舞的男人年轻的本来就不多,他们几乎被女人们的艳丽和潇洒所淹没。在这里他们没有优势。

姜老师那条弯曲的腿一抬起来就弯得更厉害了,但他偏偏抬得很高。他的示范动作使他的形体的缺陷暴露无遗。女人们在他身后扎成了堆,拥挤在一起,彼此在心里埋怨着对方。姜老师的动作优势在于准确有力,女人们的崇拜使他充满自信。

这是一个全新的锅庄舞,吴丹青也想学会,有很多舞至今他还不会跳。女人们尽情舞蹈的时候自己只能当看客,这使他在女人们面前自惭形秽,但又硬着头皮支撑,办法只有一个,学习。他挤不到前面去,只能从女人们的空隙中看姜老师舞蹈,但这空隙不时地被她们的身体所遮挡。王小丽与姜老师对舞,她已经学会了。吴丹青就照着她的动作学。

有几个同样挤不到前面去的女人就围在王小丽身边,她们羡慕王小丽的伶俐,也嫉妒她的聪慧。别人学不会的,她只学了两遍就会了。

汪小华一身红。她的身材经这一身衣服衬托得更加端正。经过一年多的锻炼,她的身上已经看不出有赘肉,匀称的身段配以娴熟的动作,她的舞蹈几乎是炉火纯青。脚尖左右前后移动着,每到节点就轻轻点一下,即使有一只蚂蚁也不会被踩死。脚腕就像是机器人的,均匀而柔和地转动着,生怕擦伤了周围的空气。

吴丹青的内心是冷漠的,他并不仔细观赏汪小华的舞蹈,只是看一眼,就把目光转到王小丽身上去了。汪小华的美过于成熟,像一颗熟透的桃子,要是轻轻触及一下就会流出汁液来。她平静的肌肤下面似乎隐藏着炽烈的火焰,要想焚毁一个人的灵魂是再容易不过的事情,吴丹青很怕这一点。

"让她自己去自焚吧!"他在心里说。十多天不进舞场了,吴丹青觉得有几分陌生,也有些羞怯。总觉得少了几个人,心里空落落的,但少了谁,他也说不上来。

他一边躲在角落里跳舞,一边在心里与舞女对话:
"那本书你不看也行,其实你看了不一定是好事。"
"那就算了吧。"舞女回答说。
"你要保证看后不给我找茬子。"

"哪能?"舞女说的时候差点笑出声来,她伸了一下手,但没有够到自己的嘴唇,腰也轻轻弯了一下。

跳舞的人"哗啦"一下停下来,吴丹青发现大伙停下了脚步。有的双手叉腰,有的做出稍息的姿势,也有的转过身去偷偷擦汗。

草地边上有个男人蹲在那里,怀里搂着一个三四岁的小女孩。她的母亲在跳舞,父亲不让她到舞场中去,怕被人踩着了。父女俩静静地等待着,舞曲一首首地响着,他们一点也不急躁。

吴丹青看了一眼体育馆墙上的电子大屏幕,它早已关闭。据说每晚要二百元的费用,体校哪里养得起!昨天晚上欧洲足球赛开始了,他想知道一些那边的消息,甚至想坐在大操场里观赏英格兰和俄罗斯的比赛。可是,他已经没有这份心境了,再说,大屏幕也不会为他一个人开。

"帕纳"的名字一夜间在全世界传遍。

足球也应该在中国热起来,它可以重塑人文精神。吴丹青这样胡思乱想着,精力集中不到跳舞上来。"中国缺少的就是足球精神,那是一种国家精神。"

天上有云,一块轻,一块重。不多的一点月亮像一只小船的碎片沉浮于云海中。他的内心也漂浮着或轻或重的云彩,还浮着半个月亮。

有一阵子王小丽也站在音响旁边歇息,与刘姐嘀咕着。吴丹青想:这些人原来都已经成了他生活中的同路人。他们一定在某一点上是有共同之处,不然为什么就这么巧地碰在一起呢?他想起来了,蒋雪花没有来。到现在他也没有弄明白她是什么人,究竟属于哪个派。铁师傅也没有来,王姐没有来。怎么有这么多人没有来?

"王姐——"吴丹青的目光有在舞场上扫视了一圈,还是没有看

第二部

到她的身影。那个小学老师高继红也没有来,她那娇柔的动作多美。她怎么没有来呢?一个自尊而较小的女人,处处想引起人们注意的女人。还有那个极像刘姐的女人,也没有来。那个农民工女人,她舒展的手臂,纤长的柔指,细细的腰肢……她一定又去粉刷墙壁了,或是跟着自己的男人去铺地砖。她那么漂亮,喜欢把外衣系在腰间,跟舞女一样。对!就是她们两个喜欢把外衣系在腰间。

吴丹青看到的是更多的陌生面孔。许多年轻的女人都想跳舞,可是她们不敢加入到跳舞的圈子里面,她们不会跳舞,羞怯地在边上举一下手臂,抬一腿,见人来了就赶快躲在一旁。只有那个穿长西服的女子站在最里圈,胡乱跳着,左看一下别人的腿,又看一眼别人的手,不到两圈就自动退出圈外,扬长而去。

足球场北端的那帮人跳得很欢,队伍也大多了,人数增加了不少。他们跳得早,也收得早。西北角的那一伙人披着红外套跳舞,她们可能是在排练节目,几个人反反复复地练习造型。

令吴丹青不安的是连翘也来跳舞了。他们彼此认识,她总想与吴丹青打招呼,但他几次都装作没看见,巧妙地躲开了。她不满地瞅他一眼就去跳自己的舞。她没有到里圈去跳舞,而是在第二圈跳,也跟着汪小华跳。

连翘是跳舞的老手,原先在西北角的那地方跳广场舞。他们是在早晨跳,不知什么原因又到这边来跳。这边的舞她不会,但能跟着大伙跳。她个头小了点儿,身材轻巧,学跳舞太容易了,不到一个星期,她就能从容地舞蹈了。

她五十刚过,脸蛋红扑扑的,头发乌黑,圆圆的眼睛。她的相貌没有特别迷人的地方,但楚楚动人,一举手就让人魂飞魄散。她在这里大约跳了不到两个星期的锅庄舞。吴丹青不知道自己下乡的这段时间她跳不跳舞,但今晚她没来。

要是连翘今晚在,吴丹青是不会躲避的。他为什么那样对待人家呢?也许他们太熟了。他就是这样一个人,男人味不够的男人。连翘睡得早,九点多就要上床睡觉,否则就一个晚上睡不着。可是她起得早,凌晨三点多就醒了,醒了就得起床,否则头疼。起床了就干家务活,天不亮就干完了,然后去跳晨舞。可是她为何又赶晚上的这场舞呢?

她的男人比她大十五岁,秃顶了,早已退休了,在家照顾老人。但他不爱跳舞这一行,也很少用别的方式锻炼。他们只有一个女儿,在南京读书学法律,毕业后在无锡打工不回来了。前一段时间在网上谈了个对象,是重庆的。男方父母是小学教师,退休了,说要在重庆给孩子们买房子,要女方出二十万元。这八字没见一撇的亲家母却先要钱,两口子争吵不休。她不想给,可是男人,"那个没出息的男人要给,"她这样骂自己的男人,"没处用的东西。"

钱给了,嘴没有少吵。

连翘和女儿始终站在对立面。"冤家!"她这样粗暴地形容母女关系。女儿与父亲站在一边,意见出奇的一致。这更令连翘生气。她的瞌睡越来越少了,每晚就睡那么几个小时。不过吴丹青见她的时候,从来看不到她张嘴打哈欠的情形。她总是那么精神,看不到疲倦的迹象,她的脸色有着少女的红润与美丽。

那天晚上,就是上周的周末吧,她来的时候穿着碎花上衣,白衣服上印有许多黑点点的图案。这么简单的一件素净的衣服,穿在她身上却是那么合体,与里面蓝色的线衣搭配得天衣无缝。也就是那么一条深蓝色的西裤,可是她均匀的身材,曲线都被勾勒出来了。她的身材太好看了,吴丹青不敢多看,赶紧把目光移开。

第二部

连翘的身材比王小丽的还要秀气,头发比汪小华的稍长些,没有一根白头发。她居然没有染过发,它们天生就是这样。造化真是偏心眼儿。她的大耳坠,她浑圆的下巴,她洁白的牙齿,她的双眼皮,她的微笑,多么可爱。那种怡静的意蕴,并不只是流露在嘴角,而是荡漾在她的面颊上,含在她的朱唇上,高挑在她的鼻梁上,甚至潜藏在她眼角的鱼尾纹中,在她的眉宇间舒展和跳跃。

吴丹青几乎不敢正视她的微笑,他怕自己败给它。那种天真而纯洁微笑,没有一点意外的夸张,也没有任何企图和暗示,只是一种自然而然的流露,任何非分的幻想都会玷污了它的坦诚。这就是他躲避她的原因。然而,她感到委屈和不解,两个非常熟悉而且工作上偶然有一点联系的人,为何在舞场上却成了陌生人?她不解地看他一眼,一脸的微笑都化为阴云。她有力的舞姿变得无精打采。

连翘和男人是分开睡的,他每天晚上守着电视,直到中央电视台一台的晚间新闻结束才肯关机,第二天八点才起床。他的瞌睡太重了,用连翘的话说,就是"头还没有挨到枕头上就打起呼噜来"。有一次做梦从床上掉下来,还没有醒来,躺在地板上照样打呼噜。"这种没有心没肺的人睡眠质量就是高。"连翘生气地说。

她对男人怀有复杂的心情。上小学的时候,男孩子爱欺负她。她所在的那所村学只有她一个女学生。老家在渭源峡城洮河边上,那里的女孩子是不让读书的,她的父亲是个乡村邮递员,怎么也要让她去读书。七八十个学生的学校,只有一个女孩子,自然她就成了男生们戏耍的对象。

那所村学里的厕所不分男女,粗糙的土坯围成一个圈子。男生们上完厕所她才能去上。有个男生老是在她上厕所的时候趴在墙头上偷看,"嗤嗤"地发笑。吓得她赶忙提起裤子,裤子都湿了。为上厕所她都不想去上学了，哭过好多次。但父亲总是好言相劝，上学前就在家上好厕所，到学校不喝水，不上厕所。

那伙男生就用新的方法欺负她。那时学生们坐的是长条凳，他们把她挤到板凳的最边上，突然站起来，板凳翘起来，她被摔在地上。他们还把土包、扫帚放置在教室门上头，她一推门就掉下来，正好砸在她的头上。

不仅这样，在回家的路上他们也欺负她，本来是排着队回家的，可是那些年龄大的男生走着走着就跑起来，把她甩在后头，然后教唆狗来咬她。至今她一见狗就哆嗦，就怕得要死。小学的最后一学期，父亲求人把她转去乡中心小学。

当别人说到童年的时候，她就沉默不语，或偷偷地抹泪。小学阶段她没有学过音乐和美术，也没有上过体育课，学校连一件体育器材也没有。

但连翘的男人对她很好，从未打骂过她，家里的大小事情也是她说了算。可是，自从女儿考上大学后，他们夫妇总是意见相左。那孩子不跟她交流，不给她打电话，回家来母女也说不上几句话。她们总是找不到共同的语言。

她住的是市政府的旧家属楼，八十多个平方米，婆婆活了九十二岁，公公还活着，有十多年不省人事了，但就是不愿离开这个世界。究竟还有什么留恋的呢？他什么病也没有，吃喝照样，就是老了，痴呆了，认不出自己的老婆、儿子、儿媳和孙女。有些人的命很脆弱，有些人的命却很牢。

开始的时候，老人把外面的东西一个劲儿往家里拿，比如人家扔到垃圾桶里的塑料袋、破鞋、旧衣服、玻璃瓶、纸盒等，后来偷着吃，冰箱里的剩饭、没有煮熟的猪肉、黄瓜、青菜都吃，再后来往床上撒尿、拉屎，拉了屎用手捧起来放到冰箱里……

有一次，吴丹青和连翘沿着跑道走圈的时候，她突然向他倾诉了内心的痛苦，她流下了泪水。他同情地从兜里掏出一张纸巾递给她。吴丹青是个软心肠的人，听不得这些残酷的事情。

吴丹青看了一眼舞场，见连翘没有来跳舞，内心充满了愧疚。他不应该那样对待她，一起跳跳舞，放松一下，驱除心里的烦恼，对她是最好的精神安慰。锅庄舞对舞的时候很多，她不正是他的好舞伴吗？

九

"真过瘾！"跳完舞，几个人异口同声地感叹道。

今晚的汪小华又换了上衣，是一件运动衫，领是蓝色，其余是红色，这与酒红色裤子相协调。但她跳了一阵就脱去了外衣，露出里面的黑色短袖。她的特点是安静地跳舞，不抬头。她好像感觉到有人总是看她跳舞，有些难为情。

吴丹青不在的这些日子里，男扮女装的余大宝也来跳舞了。对他的情况吴丹青是了解一些的，但不知详情，也从未近距离接触过。他跳舞的动作实在笨拙，但一丝不苟。当他被拉开距离时就往前跑几步。

余大宝是一个退休了的中学政治教师，早先在一个镇子的完中教书，后来借调到县党校工作，再后来到教师进修学校教书，从那里退休。

他始终是个单身，没有结过婚。据说在镇中学教书的时候爱上了一个女学生。那个学生高高的个子，下巴稍长点，走路总是小跑，腰也有点弯。她考上了甘肃农业大学,毕业后去省农科院工作。余大宝给她写过许多信,还写过许多诗,但没有得到过一封回信。那些信被她偷偷地烧了,据说她每烧一次信就哭一回。

余大宝的上衣口袋里总是装着一本袖珍诗集,上面都是摘抄的爱情诗,台湾诗人的作品较多。每当开会的时候,他就偷偷拿出诗集来阅读。他写的诗除了那个叫刘菊芳的女生读过之后,别人是见不到的。

今晚,余大宝穿了一件粉红色的旗袍,戴了一顶白色的太阳帽,穿一双红色的高跟鞋。鞋子的后跟只有大拇指那么粗,撑起他一百四十多斤的重量实在有些困难。他像驾驭一匹烈马那样驾驭着这双红色的高跟鞋,有几次差点被摔倒,但他还是站稳了身子。

余大宝的脸长,胡子并不凶,但他总是没有刮净就擦上了浓浓的胭脂。他的身上洒上过多的香水,吴丹青适应不了这样浓烈的香水味,总是离他远远的。那些年轻的女人们倒不在乎这个,余大宝蹭过来,她们也不躲避。

最使吴丹青难以接受的是余大宝的胸部,他戴着乳罩,里面填了许多海绵,将旗袍高高地撑起来,昏暗的灯光下初看还真像一对高耸的乳房。但他的臀部小,无论怎么打扮也不是一个美丽的女人,依旧是一个男扮女装的男人。他什么都不像,表面看是女人,实质是个五大三粗的男人。

余大宝自从听说刘菊芳结婚之后,就发誓终身不娶。他有那么高的工资,想和他结婚的女人还真不少,据说别人撮合过好几个,有小学教师,也有医院的大夫,但都被他拒绝了。后来,余大宝就开始喜欢女人的打扮,试图把自己打扮成女人了,打扮成刘菊芳的模样。他成了女人服装店的常客,有什么女人的新款服装,他就要买

第二部

一件穿在身上,他租住的三间平房里有一个衣柜,里面已经塞满了各式各样的女人服装。一个旧式的碗柜上堆满了各种化妆品,柜子里面是各种女人的用品,手里的小包经常换,很时髦。床下面全是女人的鞋子,有皮鞋,也有绣花布鞋和靴子。褥子下面还有女人的特殊用品。门背后挂着几把花伞。他出门的时候,如果不戴太阳帽,就一定要撑一把花伞。他有几套假发,有短的,也有长的。他最喜欢烫成金发的那一套。

余大宝今晚戴的就是这套金发,长长地披在背上,刘海垂到眉毛上。要是不戴太阳帽就更像一个美女了。可是他不敢摘掉帽子,他怕别人撤下他的假发。有一次他坐在公园的条椅上滔滔不绝地讲述本县的教育事业,那个知道他底细的中医院的院长就悄悄过去,溜到他身后,突然摘去他的假发,把它挂在树枝上,急得余大宝起身去抢夺,却被高跟鞋绊倒了,他哭泣起来。幸好那个听他讲演的劳动局的退休干部老孙用手中的拐杖将假发挑下来给了他。自那以后,他就老戴着这顶太阳帽。跳舞的时候也不脱。

余大宝走路时扭捏作态,远远看去有几分女人的风采,但在舞场上,他很难扭捏了,音乐的节奏不会等他,跳舞的人也不会顾及他。他夹在人群中,成了别人的障碍物。但他并不觉得难堪,而是信心十足地跳舞。他老往汪小华身后挤,他觉得她有点像刘菊芳。

他的爱又一次萌发了。汪小华不计较这个,她还照样跳自己的舞。不过仔细观察,汪小华没有先前那么活跃了,她显得文静了许多。她有时趁别人不注意也偷偷看一眼余大宝,她的目光里流露几分同情和怜悯,在可能的情况下,她还等等余大宝,给他让出跳舞的空间,做个示范动作给他看。余大宝也感觉到汪小华对他的"爱",趔趔趄趄地跟在她后面。

跳锅庄舞的女人

快要结束的时候,汪小华就走了。怎么走的,吴丹青也没有发觉。余大宝更是没有觉察到。音乐停止的时候,他四处张望着,寻找她。灯灭了,吴丹青将一根灯柱和底座送往保安旁边的小屋子,出来时不见了余大宝的踪影。

生活其实在不断地变化,遗憾的是你感觉不到这种剧烈的变化就发生在你身边和你身上;生活如汹涌的激流,遗憾的是你置身其中却感觉不到它的澎湃。

两周的乡下生活使吴丹青和跳舞的人距离拉大了,他觉得舞场是那么陌生。就像她们不知道他去了哪里一样,他也不知道她们这些天都干了些什么,好像参加了一个比赛活动,名叫"终点线全国广场舞大赛"。他回到城里的这些天大操场里静悄悄的,除了走步锻炼的人,不见跳舞的人的踪影。

吴丹青不去打听跳舞的人的下落,自个儿走圈,在单杠上甩甩臂就回去了。引体向上再也没有做过一个,内心的堕落连他自己都吃惊。很多天他也不去想舞女,他几乎忘记了她。他生气地想,她与他有什么关系呢?不过是他一个人自作多情而已,不过是好色而已、贪婪而已。男人的内心是肮脏的,看见美女就想据为己有,就想占便宜。哪个男人真正地爱过一个女人,一辈子不松懈,一辈子不厌烦,一辈子不出轨?

今晚的月亮圆圆的。他抬头看了一眼东边的天际,月亮很大,但并不明亮,或者说并不美,一点都激发不起他的联想和想象。

操场里人增加了很多,几乎翻了一番。南北两端同时恢复了跳舞。西北角也有人跳起舞来了。吴丹青看见连翘站在队伍的最后面,她又回到自己的队伍中。在这支队伍中,她是最年轻的,也是最漂亮的。吴丹青每转一圈就看到她一次,最后一圈他多走了几步,

第二部

圈子扩大了一些,就从她的身边走过。

连翘发现了吴丹青,伸出的手臂停顿了一下,又甩起来。

这是停止了几天之后的第一次跳舞,人数并不多,音乐响起的时候,人们才急急忙忙向舞场走来。有些不习惯地加入到跳舞的行列。

吴丹青看到的是在舞场上最新竖起了两副篮球架,它们朝东西方向摆放着,中间是舞场,不影响跳舞。体育馆墙上的大屏幕黑着,这几天是欧洲杯比赛,但体育局的领导换人了,原先只播放新闻,现在连新闻也不播放了,据说没有钱了。

吴丹青希望在大屏幕上播放足球赛的实况,最好是直播。定西人也都拥到大操场里来,喝啤酒,看球赛。然而大屏幕是黑的,他知道要让一个民族的血液燃烧起来真不容易。

他依旧选择在足球们那里跳独舞。王小丽、汪小华都在,蒋雪花也在。那个两腿爱抖的林秀梅不在,很多天不见她的人影了。刘姐在,她还那么信心十足地跳舞和播放音乐,脸上挂着甜甜的微笑。熟悉的面孔不多,陌生的面孔不少。女人们都穿着短袖,但一些人穿着橘黄色的裤子,很薄,裤裆宽大,空荡荡的,腿影从下面透出来。

吴丹青觉得王小丽跳舞没有那么卖力了,她穿上橘黄色的裤子并不好看,不如那件蓝裤子或红裤子。夜色昏暗,他想看看她那双美丽的大眼睛深邃的目光,但没有看清。

突然来了一个年轻的女子,从吴丹青眼前走过去,加入到跳舞的行列中。她高高的个子,半袖和牛仔裤都很紧,裤腿短,脚踝露在外面,身体的山水显而易见。她有点胖,或者是由于衣服太紧的缘故,无法遮掩的肌肤凸出来,这使她的腰身更细。她已进入跳舞的状态,认真地跳舞。她的鞋子是蓝色有红线条的休闲鞋,跳舞时高高抬起来。

从她弯曲的手臂上看有点像舞女。是的,腰身弯下去的时候也很像舞女。和汪小华的手臂整体摆动不一样,她的手臂的灵活性在胳臂肘那里,灵巧而柔软地摆动,手腕更是灵活地转动。但过紧的衣服限制了身体的曲线,那些优美的线条并不流畅。

吴丹青想她可能就是舞女,细看又不像。她的头发不长,但从后面扎起来了。脸型也长长的。舞女的脸是圆脸啊!他有些恍惚。明明是舞女,又觉得不像?

舞曲停止后,她匆匆走了。吴丹青帮刘姐去放器材,出来时她已无影无踪。"可以肯定她就是舞女。"他沿着她往常的路线寻找过去,但依旧看不见她。吴丹青下意识地认为是自己的脑子出现了错觉。

"阿弥陀佛。"他觉得自己的头有点蒙,使劲摇摇,但那些云雾依旧笼罩在心头,缭绕不散。

吴丹青收到一条短信,是舞女发来的,但他回短信时,屏幕上显示发送失败。那个号变成了空号。他们约定晚上九点半在大操场门口见。吴丹青拿着《舞女》踏着夜色赶来,舞女在大操场门口等着。见吴丹青来了,她不说什么,扭头朝旧报社方向走去,吴丹青无声地跟在后面。他们一起往前走,漫无目的,又像是身不由己地来到中华路上。他们走在自己的感觉里,彼此的憧憬和警觉使他们保持了平静的心态。月光和灯光融合在一起,树影斑驳,居然没有一丝风。街道上已经安静多了,店铺大都关门了,行人稀少,偶然有出租车经过。他们行进的速度过于缓慢,话语也不多,一个发问,一个回答。接着又是沉默。

第二部

他们来到火车站附近的十字街头,谁也没有提议去哪里,就自动转向,朝西走去。不知不觉来到西环路上。

"你喜欢看足球赛吗?"舞女想起了欧洲杯,抬起头来看吴丹青一眼。

"喜欢。"吴丹青不假思索地说。

"那么就去看足球赛。"舞女似乎对这种漫无边际散步式的行走找到了一种终结的答案,显得有些轻松。

她在前面带路,进了一个小区的大门,保安室的侧面放着一些捡来的纸箱。保安低垂着头,连眼皮也没动一下。吴丹青看见小区的环境不错,花木长得茂盛,还有假山和水池。院子里停放着不少小轿车。

他们一前一后上到二号楼四单元的最顶层左手,她住在七楼。舞女掏出钥匙,打开房门。"吱呀"的开门声使他的心抖了一下,他深吸一口气,让自己平静下来。

灯打开了,舞女紧接着打开电视。吴丹青环视一周,发现屋子极为简单朴素,墙上也没有任何装饰品。木头沙发,他坐下来。舞女给他倒了一杯水,也坐在他身边。两人的肩膀几乎要挨在一起了,这样近的距离,吴丹青觉得极不自在。他偷偷看舞女一眼,见她是那么认真和平静,两只手叠在一起夹在双腿中间。

"不要动,静静地看会儿球赛多好。"她并没有看吴丹青在做什么,但她感觉到他心里很不安,有把手伸过来的念想,心思根本没有放在球赛上。

的确,他想握住她的手,或干脆搂着她的肩膀,可是他感觉到这是不可能的,舞女的神态告诉他,不要轻举妄动,做出一些不雅的动作,那样她会生气。

跳锅庄舞的女人

大约看了四十多分钟,舞女完全沉浸在球赛当中,但吴丹青一点也没有看进去。他的内心在燃烧,肌肤、血、骨头、灵魂都在燃烧,烧得他难受至极,他想不顾一切地抱住她。但她的平静一次次使他充满欲望的手又缩回来了。

"连一会儿电视都看不成!"他的不安引起她的不满,舞女看了吴丹青一眼,说,"走,去外面走走。"

他们来到已空无一人的街道上,白天喧嚣的城市到了深夜安静下来了。吴丹青不知道说什么好,只是默默走在舞女身边。沉默一阵后,舞女先开口了,她说:

"你害怕吗?"

"啊!不怕。"他并没有弄清楚她指的是什么,以为是指黑夜,就随口应答了一声。说完,他看了她一眼,以为要她做什么,用目光期待着。

她不看他,也不再说话,只顾往前走。

他们来到西岩山下,舞女示意上山,她走在前头,他们沿着东面的台阶向上攀登。舞女脚步轻巧,几十级台阶已留在了身后。她爬到了第一个拐弯处,转过身来,微笑着看吴丹青往上爬。

吴丹青大口大口地吸气,双手叉腰,一级一级往上攀登。他的背上已出了汗,但他不愿与舞女拉开太大的距离,使足力气追赶她。只剩一个台阶就到平缓处了,他以为舞女会伸出手来拉他一把。可是,见他追上来,她转身又往前跑去。接下来的这一段石阶平缓多了,几十级台阶,在舞女咯咯的欢笑声中就已经走完了。

吴丹青紧追不舍,追上了她。舞女双手扶着铁栏杆,正眺望着灯火通明的市容,月光像一层薄雾笼罩在定西城上空。他站在她身边,从裤兜里掏出一张纸面巾擦着额头上的汗,浑身的热气向外蒸

第二部

发。他觉得跳舞跳不过她,登山也比不上她。

舞女的脸色红扑扑的,她也出汗了,两只手从前面提着衣领抖风。他们站了几分钟,歇息片刻,又开始攀登。接下来这一段是上西岩最陡的地方,一根根石条铺就的台阶,仅有鞋底那么宽。每级台阶有一尺高,每迈一步都得鼓足力气才能爬上去。

舞女仍然走在前头,已经爬到中间了,她回头看了一眼吴丹青,突然尖叫了一声。爬这样的台阶,只能往上看,不能往下看。往下看,多数人会感觉到眩晕。舞女也有些眩晕,身子晃了晃,靠边扶住栏杆。她低下头,闭上眼睛。

吴丹青从后面赶上来,扶住她的左胳臂。

"没事。"她一扬胳膊,吴丹青松开了手。舞女不再急急地往上爬,她小心地迈着步子,踏稳了前脚,再迈后脚。吴丹青的左手一直扶着栏杆,跟在舞女身后。

这段台阶共有八十多级,两人都爬得气喘吁吁,热汗涔涔。他们站在平台上歇息,她想坐在石凳上歇歇,犹豫了一下,又坚持站着歇息。再往上只有二十多个台阶,也不陡峭,很快就爬上去了。

西岩寺的门紧闭着。"西岩寺"的匾额是赵朴初题写的,吴丹青借着月光欣赏着。院内的狗听到外面有人活动突然"汪汪"叫起来,声音却不刺耳,非常柔和,像是提醒主人,又像是与客人打招呼。

西岩寺是进不去了,他们只好从左边绕着墙根走。这段小路是人们踩出来的,并不是修建的,异常难走。从几棵挤在一起的榆树中间爬上去,已经到了西岩寺的后面。树丛里有几条石凳和两个石桌。石桌上歪着几个啤酒瓶,石凳旁倒着几个矿泉水瓶子、数不清的烟蒂和几个酸奶盒子,一些被遗弃的扑克牌散落在地上。

舞女继续往前走,不想在这里停留,他们来到牡丹园。这里更

— 137 —

是一片岑寂和空阔,除了无声的月光在枝叶间流淌,没有别的声音——哪怕是一只虫子的叫声。"连虫子都进入了梦乡。"他想。牡丹园里还有一排排的松树,月光把影子投到低矮的牡丹树上。淡淡的松香味儿散发在空气里,他们嗅着清新的空气,徘徊了好一阵。

"要是牡丹还开着花多好。"舞女惋惜地说。

"等明年吧,春暖花开的时候我陪你来。"

舞女不再搭话,又朝前走去。过了牡丹园,前面是一片片墓地,荒草丛中一个个土堆凸起,它们就是坟堆。有的坟墓立着石碑,大多数没有碑,但坟头上插着摇钱树,是清明节扫墓时插的。也有无人祭奠的,它们已经无人理会。土堆很小,要不了几年就看不清了。里面埋着何人,无从知晓。他们也爱过、恨过、搏击过、苦苦挣扎过。有哪些得失,有哪些痛苦和欢乐?无人知晓。他们的存在已经是一片虚无和空洞,没有多少意义了。吴丹青想到一位女诗人说过的话"凡是存在过的都要消失"。是的,就连坟墓也要消失,更不要说活在世上的人了。

想到这里他看了一眼舞女。她也若有所思,正聚精会神地凝视着一座座阴森森的坟墓。

小时候吴丹青听大人说,到了夜晚,坟墓中的死人就会爬出来,回到村庄去,到鸡叫的时候再回到坟墓中。那么,此时此刻,眼前这些坟墓中的人是否也回到他们生活过的村子里去了呢?去见亲人,去吃那些不听话的小孩儿?那些恐怖的故事当然是吓唬小孩子的。那时候,每当听完这些可怕的故事,吴丹青就会嘴唇发紫,浑身哆嗦,连话都说不出来,不再贪玩,乖乖地听大人们的话。

月光照着一个个坟墓,藏在草丛中的虫子似乎发觉有人在旁边,不安地运动着,发出窸窣之声。一只蝙蝠飞来,"吱——"的一声

第二部

掠过坟头飞过去了。

吴丹青受到蝙蝠的惊吓,陷入迷茫之中,还没有缓过神来,一只野兔突然从一座坟墓的洞子里窜出来,一连越过几座坟墓,向山顶跑去。它肥胖的身子碰到茂密的野草和浓稠的月光,发出沙沙的声音。一只被兔子惊吓的一只野鸡又"呱呱"地叫起来。

吴丹青觉得那些坟墓在动,似乎被里面的人撑起来。有一个人直起身来,长长出了一口气,开始拍打身上的泥土。拍打完了,他用手揉着眼睛,想睁开他那紧闭了很长时间的双目,但他的眼睛总是睁不开,吴丹青上前替他揉了揉,手指上湿湿的,他流泪了。他睁开眼了,但不习惯刺眼的月光和浅淡的夜色,右手罩在眉眼上,遮住那些光亮。

这时,吴丹青发现站在眼前的是个女人,她的头发不长,扎成一个刷子。她的个头高,腰身细,臀部肥硕。

"原来她还这么年轻。"他想,究竟是什么原因早早地去世了?不幸的婚姻,还是由于难产,或者疾病,还是碰上了劫匪?他怜惜地用双手捧住她的脸,但被她推开了。

所有的坟墓都动起来了,厚厚的土层被掀开,坟墓中的人都站起来。他们拍打着身上的泥土,揉着眼睛。他们看见吴丹青就围过来,站在他的四周。他不知如何是好,想跟他们一个个打招呼,可是半晌吐不出一个字来。嗫嚅了半天,他没有说出一句话。

他们也不说话,微笑着,把身子往前挤。吴丹青觉得他们好面熟,像是跟他跳舞的那帮人,又觉得不像。"对,是连翘。就是她。不,她不是连翘,是尤玲玲。"

"尤玲玲。"吴丹青喊出了声,但定睛一看又不是尤玲玲。

"你叫谁?"舞女吃惊地推了一下吴丹青。他愣了好半天,摇了

跳锅庄舞的女人

第二部

摇脑袋才清醒过来。那些人又钻进了土堆,很快消失了。

"你叫谁?你怎么了?"舞女惊恐地追问道。

吴丹青拍拍额头,低下头,他也不知道刚才发生了什么,叫的是谁,他处于懵懂状态,失忆了。舞女挽起吴丹青的手臂往前走,在一座高高的孤坟前停下来。她从衣兜里掏出一块花布铺在草地上,拉吴丹青坐下来。惊魂未定的吴丹青,捏住她的左手。舞女斜过身子,将头靠在他的肩上,胳膊搭在他的脖子上,闭上眼睛,轻轻摇晃着身子。吴丹青用袖口擦擦额上的冷汗,慢慢舒出一口长气。

他们昏昏欲睡,倒在墓地上。舞女伸出手臂,搂着吴丹青。朦胧中吴丹青把右手伸过去,她用左手紧紧握住,不让它碰她的胸脯。夜色无声地流淌着,一颗流星从他们头顶滑过,坠入不可知的深渊。他们酣然入睡,直到西岩寺的晨钟响起时才醒来,赶紧用露水洗把脸,匆匆向山下奔去。

十

吴丹青情绪低落地在跑道上走着。他没有一点精神,内心的沮丧使他胳臂无力地垂下,脚步软弱无力,机械地不情愿地向前迈动。

午后下过一场小雨,地上湿湿的。天没有转晴,有一股黑云笼罩在大操场上空,这使他格外不舒服,浑身都觉得潮乎乎的,似乎肌肤上也会渗出雨水来。

有月亮没有?他生气地想着,可是懒得抬头去看。天气稍稍差一点,来操场里锻炼的人就少多了。那些人哪里是为了锻炼身体,简直就是为了消遣和凑热闹。跳锅庄舞的人连一圈都站不满,圈子一大总会有一个缺口。刘姐无声地在人群中跳舞。从那个缺口里吹来的凉风——吹进了她的心。作为组织者,没有人就是失败,她高兴不起来。

吴丹青走够圈子已经九点了,他不慌不忙地走进舞场,跟着大伙跳起舞来。高继红不在,姜老师不在,还有谁?一个个熟悉的面孔,他居然想不起来了。心灵的困倦往往比身体的困倦更让人沮丧。他不用寻找,知道舞女不在。他觉得他们在彼此敌视与冷战。她以不参加跳舞对付吴丹青,而他则无计可施。

他们在进行一场空前的心理战。它的悄然无声更具有毁灭性,其结果必然是两败俱伤,或者有一方要举手投降。吴丹青很担心投降的会是他这一方,为此他的心在战栗。

吴丹青想到高继红,她娇小的身子,娇柔的动作,故弄玄虚的表情,此刻对他来讲也是安慰。他的内心几乎是一片荒芜,不,比荒芜更惨,简直就是一场暴风雨侵袭后的惨景。前天他跟着处长去南部一个县查看暴雨留下的灾情,进入灾区就发现被淹没的农田,被洪水围困的农户,倒在地上的大树,被淤泥囚禁的小汽车,被泥石流推翻的三轮车,进水的院落,被泡塌的土墙,被掀翻的衣柜、粮囤,挂在树杈上的衣物、被褥……

两台大型推土机在清理河道,洪水咆哮着,滚滚而下,村民们站在岸边观看。有一个小伙在突然冲出人群,用粗话辱骂政府没有管他,他家的房子被泥石流吹走了,上边来的人去了别人家,而没有踏进他的家门……

吴丹青觉得自己的内心也正是这样一派狼藉的景象,破烂不堪,损失严重,也需要抢险救灾,疏浚河道,自救和重建,可这一切需要多少时间!

他想起几天前选举的事。一千多人集合在世纪礼堂里,九点多

第二部

了,那些头面人物才姗姗而来,而他已经到了三十分钟,空虚地坐在那里等待选举开始。主席台上只有一张桌子,后面坐着一个秃顶的男人,仅有的灯光照在他身上,却一点也不明亮。

不一时,从台下走上一个穿着红裙子的胖乎乎的中年女人,手里拿着几张纸。她走到发言席上,清一下嗓子。那个秃顶的人宣布选举开始,首先宣读选举规则。那个女人一条条宣读着规则,声音洪亮,铿锵有力,一口气读完了,没有一个错误,没有一处打结。

"现在宣读选举办法。"那个秃顶男子又宣布。

女人讲解怎样选举,也就是如何画圈,打叉,弃权。她用与前面同样洪亮有力的声音宣读,会场上静悄悄的,连一声咳嗽也没有。

"同意选举办法的人请举手!"主持人提高了嗓门,等候了三十秒。

"不同意的请举手!"

等候了二十秒。

"弃权的请举手!"

等候了十秒。

"好!全体通过。"

下面宣读计票人、监票人名单。

"王朝银、张红伟、屈宪章、单鹏翔……"

"同意的人请举手!"

许许多多的手臂情愿或不情愿地举起来,姿态万千,蔫不拉几的,好像昨晚没有睡好觉。

"不同意的请举手!"

静默。

"没有!没有!"台下有人喊了几声。

"弃权的请举手!"

静默。

"没有！没有！没——有——"

"好！全体通过。"

"现在清点人数。"

"应到二千零五十六人，实到一千五百二十人，符合法定程序。请工作人员分发选票。"

红色的选票分发到每个人手里。

吴丹青见有两个人的名字，一个是他们的处长，另一个人不认识。他的笔在两人的名下画了圈。

"只选一人。"坐在他身边的刘姐说。

吴丹青把画在第二个人名下面的圆圈抹掉了，给自己的处长投了一票。

"这两个人我都不认识，他们也不介绍一下被选举人的简历。如果被选举的人上台让大家看看，他们讲讲话多好。不认识，让我选举谁？"刘姐抱怨地说。

吴丹青不知说什么好，半天也没有吐出一个字来。

"现在开始投票。"秃顶高声宣布。

人们喧哗起来，有人已经向门口走去。

"你替我投上吧，"吴丹青把选票塞到刘姐手里，起身向门口走去。刘姐不解地抬头看他一眼，想说什么，嘴唇动了动，也没有说出来。他们在一起跳锅庄舞，选举也在同一个选区内，

想到这里，吴丹青扭过头去不由自主地把目光转向正在弯腰选歌的刘姐。音乐响起来，可是人们哗啦啦散了。只有汪小华一个人舞起来，王小丽见了也收回脚步，回头与汪小华对舞。她们两个高手珠联璧合地舞动着手臂和腰身，脸上堆满了笑意。走了几步的吴

第二部

丹青也停下来,回到舞场中。但他不跳,只是静静地观看。

这个需要双人配合的舞蹈,吴丹青也会,但不准确,更不优美。自姜老师教会以来,他从未与别人对跳过,老是一个人独舞。此刻,他一边欣赏她们的舞姿,一边暗暗校对自己不准确的动作。

汪小华穿着红裤子,王小丽穿着黑裤子,一红一黑,很般配。一高一低,极为协调。穿上红裤子,汪小华的腿子显得丰腴,王小丽倒是显得窈窕。汪小华还是穿上那条蓝裤子好些。

吴丹青发现汪小华的黑色半袖衫的后背也低,后背露出一块。那块迷人的后背却没有王小丽的白净。

王小丽的脚上闪出一点红光,但很快消失了。她穿着红布鞋,但裤脚长,鞋子被掩盖住了,就像她的头发掩住她的眼睛一样。

"哦!她那双眼睛。"

吴丹青在心里想着王小丽的眼神,两眼紧盯着她们俩。她们掀起的波澜冲击着他心的堤岸,水沫飞溅起来。吴丹青全身心地关注,看着她们柔美的曲线扭动着,缠绕着,纠结在一起,又迅速分离,像漩涡,像云团,像风中的灌木,当她们分开,张开怀抱,又像滑翔的鹰。舞场像一片辽阔的天空,她们的肉体与心灵都获得了无限的自由,轻松愉快地旋转,在优美的旋律中造型。

她们足以和水中的鱼、草地上的羚、风中的鸟儿相媲美。吴丹青望着汪小华修长的脖颈,却想到了那个大胡子、光头和墨镜,心里顿时灰暗一片。音乐停止了,有人在拆卸灯头,舞场黑暗下来。

一一

下乡回来两天了,但吴丹青依然觉得有些疲倦,没有去跳锅庄舞。这次他去临洮县最北边的一个乡，了解扶贫情况。上了七道梁往西走十多公里就是康家山村和康泉村，当地实施的一项重大扶贫项目就是异地搬迁，新的安置点在中铺镇的上铺村和南家村。

康家山和康泉村所在地属于祁连山余脉，山大沟深，虽然种植百合，但群众生活相对困难，特别是由于自然条件差，青年男子娶个媳妇异常困难，有相当一部分人成了光棍。但从山上往中铺镇搬迁，有些人很坚决，有些人怀着对故土的眷恋和对未来的向往，观望着、犹豫着，一时拿不定主意。

也就是在那天中午，吴丹青丢了自己随身记录的笔记本。他去康家沟，来到康家山村头看见两块石头，坐上去歇息，怕石头冰，就将笔记本拿出来填在石头上，休息完了，起身向村里走去。来到康家山学校大门口，想看看这所山村小学的状况，就走进去。走进一位患气管炎的老师的房间，交谈几句，发现这位老师为人实在，说话真诚可信，就习惯性地拿出笔记本，但一看笔记本不见了。

老师一听丢了东西，急忙发动起他的摩托车，带上吴丹青奔向村头，他们赶到那里一看，加在笔记本里的中信笔掉在地上，但笔记本不见了。

吴丹青向当地村官求助，打通了村主任的电话，但他去中铺开会，委托文书帮助寻找，文书在广播喇叭上喊话："谁在村头涝坝那里拾到一个笔记本，就跟我们联系。"

吴丹青照计划去了康家沟了解百合种植情况，晚上回来住村委会。文书又在广播喇叭上喊话，并说谁捡到奖励一百元。但直到第二天上午仍然没有人送来。没有笔记本上记的资料，调研报告怎么写，他无法向科长交差。

吴丹青很沮丧，几个月的采访调研资料就这样丢了，差不多要

第二部

十万字。他烦躁地回到定西,想起山梁上有一个养殖场,自己没有去那里找过。他给文书打电话,想让他去那里看看。但打了两次都没有人接,也始终没有得到回音。

笔记本的扉页上印有吴丹青的单位,如果捡到的人认识字,就能弄明白是怎么回事。上面还有电话号码,也能联系。可是,这个捡到本子的人无影无踪,没有一点回音。他干吗要捡那个没有塑料皮的笔记本呢?里面就一些书写极为潦草只有吴丹青才能认清的文字,没有别的东西,若捡去毫无意义,毫无用处。

"他不会给他本子的。"吴丹青想。他没有那个意识,现在的人就是这个样子,就是这个德性,就这么个素质。他感到无奈而沮丧。可是这能怪人家吗?还不是自己粗心大意。

"大意失荆州。大意失荆州啊!"他连连叹息着、自责着。站起身的时候怎么就不回头看一眼呢!真是不可思议。那一刻他想什么呢?对了,他想着韩正龙的母亲说过的话和她涌出的眼泪。

这个不幸的家庭就坐在山梁上。家里有三口人,韩正龙的父亲韩振刚是个复员军人,当兵时在一个工程部队,打山洞的时候得了急性胃炎,做了手术,出院后就被复员了,让他回家休息。可是在家能休息吗?他由军人变成了一个农民。

身体好点后,也到结婚的年龄了,可是有谁愿把自己的女儿嫁到这么贫穷的地方?由父母做主,将他的妹妹与康家坡同样找不到对象的人家换亲。

韩振刚的妻子叫孙淑梅,比韩振刚小十一岁。她不愿意嫁给这个男人。她不爱他。可是自己的哥哥找不到媳妇,她要是嫁了别人就意味着自己的亲哥哥一辈子找不上媳妇,他们孙家就要断香火。

她认命了,只在出嫁的那天晚上扑进母亲怀里大哭了一场,在母亲的肩头擂了两拳头。因为是换亲,两家人都不送彩礼。康淑梅连一条手帕也没有得到。头一个月他们夫妻没有同房,她穿着衣服睡觉。男人只是叹息,抽旱烟,死命干活,却不动她一根手指头,也不说话。他是个老实人,个头高,相貌长也不难看,可孙淑梅就是不愿接受他。

看他愁眉不展的样子,孙淑梅慢慢改变了自己,有天晚上,她催促他洗脚、漱口,自己也漱洗了一番,上炕后允许韩正刚钻进她的被窝里。她把他颤抖的手拉过来,按到自己的胸口……

他们生了一儿一女,然后她被乡政府的人拉去结扎了。不幸的是儿子长到十一岁时得了重感冒发烧,在村医那里治疗,不仅没有治好,头里面还囊肿,积水了,等到花血本去兰州治疗,已经晚了,留下后遗症,演变成癫痫。

从此孩子的书也念不成了,一家人的好日子也过不成了,韩正龙时常发病。发病时目光呆滞,叫之不应,意识丧失,全身痉挛和抽搐,咬自己的舌头,尿从裤腿里流下来。癫痫过后精神失常,前面不管是什么他都会走过去。从炕上、台阶上、地埂上、悬崖上都掉下去过,腿子折断过、胳膊折断过、手腕折断过、指头折断过,脖子被铁丝戳穿过。

有一次发病脱掉了衣服误入别人家,被人毒打出来,浑身是伤,血淋淋的。孙淑梅讲到这里就哭起来。她不知流了多少眼泪,家里仅有的一点钱都给韩正龙治病了,一贫如洗,还欠了许多债。亲戚们都不往来了,借了他们的钱还不了,都躲得远远的。只有出嫁的女儿还惦记着他们,可是女儿也有两个孩子,一家人靠种庄稼过活,没有太多的钱给弟弟治病。

眼下住的这五间房子是县残联给的木料,女婿带着人修的。女

第二部

婿已经带着韩正龙到临夏接过几次骨头了,他从不说什么。可是女儿一次次地对母亲说:"妈妈,我们有两个老人,两个孩子还小,我们生活也不容易。"

听女儿这么说,孙淑梅就不再吱声,泪水簌簌地往下流,女儿看见母亲的泪水,也跟着流泪。韩正龙的癫痫夺去了他们的幸福。

如今全村的人都搬迁到中铺了,就剩他们了,可是怎么搬下去呢?

韩正龙生得浓眉大眼,高个子,结实强壮,肤色白净,是个很帅的小伙子。如今三十一岁了。不犯病的时候头脑清醒,话说得很好,思维不乱。他说:"我得的这种病难以治疗,一犯病就什么也不知道了,哪怕是高楼悬崖也看不清楚,往下跳,你看胳膊摔断好几次了。累坏了母亲。"

"我好的时候也不能出门,就睡在炕上,跟坐监狱一样。家里只有三个人,看见的只有父亲和母亲,别的人看不见。家里还有一条狗,狗不跟我说话。出门就是这山梁和深沟。又没有电视,我什么也看不到。"他补充说。

"要是搬到中铺去,孩子会看见别的人,也许会难受得慢一点。"孙淑梅用祈求的目光望着吴丹青。

他怀着深深的同情离开时,孙淑梅和丈夫送他很远。一路上她说个没完,心里不知有多少话要说。男人催了两次,自己先回家去了,但她还说不完。吴丹青耐心听着,慢慢移动脚步。

"家里的铁器都藏起来了,一旦犯病他就会拿起菜刀乱砍,有次差点砍到他父亲的头上。还有一次,他掏出自己的生殖器要割掉。"康淑梅又哭泣来。

吴丹青一路懵懵懂懂地走到康家山村头,突然觉得口渴,就坐在一块石头上休息,喝了几口带着的水,起身时却没有再回头看一眼就进村去了。

他住在刘家湾的那天晚上就有人说,和韩正龙有过密切接触的人后来都神经不正常了,即使最轻的也记忆不如以前,他们强调:"后来脑子开始犯糊涂。"

吴丹青脑子还真的犯糊涂了。那笔记本常常带在身上,从未丢失过,偏偏今天丢了。

丢了笔记本不就是丢了记忆吗?

晚饭后他来到操场里,好几天又没有见到跳舞的人了。要是今晚舞女来,他一定要向她说自己的困惑与不安。可是她没有来。他们没有留下彼此的电话号码,无法联系。

汪小华穿着黄色的短袖,蓝色运动裤,她苗条了许多,看来坚持锻炼是对的。王小丽也来了,她却穿了一条黄裤子,白色短袖。

连翘又回到北边的那支队伍中。她穿着一条白裤子,一件蓝短袖,一双白鞋子,站在第一排领舞。在那里她是领头人,是鸡头,在南边是凤尾。

王姐不会再来了,她捡到一个女孩儿。

那已经是两个多月前的事了。

那天早晨,她推开门,见门口有一个襁褓,里面包裹着一个女孩儿,她脸色发红,睡着了,被子里面还有一张纸,打开一看,上面写着:

"王姐:我知道你是个好人,你们一家人都很善良,也有良知和抚养能力,这个孩子就送给你们了,抚养大了就是你们的孩子,我们绝不再要。我们已经有两个女儿,准备再生个儿子。请记住,她现在病着,赶快治病。这是天意,也不要到处打听,我们就在你们附近,但你们是打听不到的。"

王姐看完纸条,抱起孩子,一抹孩子的额头烧乎乎的,急忙进了家门,一家人惊得目瞪口呆,孩子软塌塌的没有一点力气,昏迷不醒。他们经过商量,急忙把孩子送往甘肃省人民医院治疗,经过七天的治疗,孩子完全好了。

从医院回来,她还是不死心,四处打听孩子的父母,可是打听了两个月也杳无音信,并在电视上、报纸上登了广告,也没有人来认领,只好作罢。

为了踏实,他们去公证处做了公证,明确这个被遗弃的女婴不是他们的孩子,只是在抚养。如今孩子已经会叫妈妈、爸爸了,看见他们家的任何一个人都笑眯眯的。她是个人漂亮的小女孩儿,笑起来就像是一朵花。他们家的每个成员都爱她,谁有空谁就抱一阵。

王姐说:"谁来要也不给了。这是我们家的孩子,我的女儿。"

她不再来跳舞了,一心一意抚养这个从天而降的女儿,跳舞那档子事就全交给了刘姐。

吴丹青边走圈边想着这些天来发生的事,心里乱糟糟的,没有个头绪。他抬头看看天空,不见月亮,倒是看见了一片土色的云彩,正由西北角飘过来。

他还没有走够五圈天上就往下掉雨点,不一阵雨点大起来,噼里啪啦地打在操场的跑道上。人们慌里慌张往回跑,跳舞的人也散了。吴丹青站在槐树下面避雨,但刚刚下湿地面雨就停了,那些急急回家的人恐怕还没有走到家门口。

跳锅庄舞的女人

他又走了两圈，比平常多走了一圈。操场里没有几个人了，那个看门的老头向大门口走去，吴丹青以为他要锁门了，不料他却朝一号小区的家里走去。

吴丹青就在操场里徜徉起来，慢慢品味着这些天的生活，他想着舞女，一直徘徊到深夜，周围楼上的灯一盏盏熄灭了。老头直到十二点多才回到操场里来，他关上门，并没有上锁，就回去睡觉了。

吴丹青看着他窗口的灯光熄灭，就在跑到草地上躺下来。他想："要是大屏幕今晚转播足球赛多好。"可是中国人没有那份浪漫与激情。他们喜欢饮酒、打麻将、挖坑、玩牛九、下象棋，却不愿意看足球赛，更不愿去踢球。

吴丹青消磨了几个小时，才回去看威尔士和比利时的四分之一决赛。他守候在电视机前，聚精会神地看到比赛结束。看威尔士人胜利后狂欢的庆祝场面，看比利时人沮丧哭泣的惨状，看记者采访威尔士队的教练。电视台不转播了，他想不起威尔士是哪个国家，拿出世界地图翻了一气也没有找见。

在电脑上一查才明白威尔士是大不列颠岛西南部的一个公国，全称是威尔士公国，大不列颠及北爱尔兰联合王国之一，东界英格兰，西临圣乔治海峡，南面是布里斯托尔海峡，北靠爱尔兰海。查尔斯王子是威尔士的君主，但不具有实际的政治权力。卡迪夫是威尔士的首府与第一大城。

吴丹青怎么也记不起威尔士的过去了。他的脑子真的糊涂了。"真的不能和韩正龙接触吗？"他想起来了，威尔士在自然景致、风土民情及语言文化方面显得纯朴与乡村化。威尔士拥有不受污染的自然美景以及千变万化的地理景观，境内处处是原乡之美，有三座国家公园。威尔士拥有数百座城堡，有些被列入世界文化遗产

第二部

的古迹,它们充满浪漫气氛,还有山顶炮台、巍峨的护城墙与幽深的地下秘道,是公主王子、巫师及飞龙等神话故事的摇篮。

威尔士是英国最安全、犯罪率最低的地区,威尔士人的生活离不开体育活动,举办健行、爬山、高尔夫球、风浪板以及被视为是威尔士国家运动的橄榄球都是十分盛行的户外运动。威尔士素有"歌曲之乡"的美名,造就出许许多多的音乐人才与优良的音乐传统。

威尔士只是一个人口接近二百九十万的地区,但在这里却涌现了一大批足坛名宿,他们是吉格斯、伊恩·拉什、约翰·查尔斯、内维尔·索夏尔、加里·斯皮德、贝尔、马克·休斯、阿隆·拉姆塞、约翰·哈特森、罗比·萨维奇。

"原来威尔士是足球强国。"吴丹青想。

镶嵌在体育馆墙壁上的大屏幕上播放着本地的新闻报道,它永远主宰着人们的灵魂,占据了时间空间。看不到自己想看的东西,老实本分的吴丹青束手无策,他感觉到内心的荒芜和夜晚的荒芜。

一二

舞场里一片混乱。没有领舞的人,舞场内的秩序就乱了,人也不爱来了。今晚,汪小华不在,王小丽不在。这舞跳得还有什么意思?半个月前,那个小学教师高继红为了评上中级职称,把自己献给了校长,被丈夫发现后分居了,哪还有心思跳舞!这类事情吴丹青也听说了,现在中小学评职称太难了,老师们暗地里竞争。男人们送钱,女人们送自己。他们已经丧失了尊严,什么都不顾了。

一连几天下着毛毛雨。吴丹青总觉得身上冷,不时地吸口冷气,哆嗦一下,拢拢肩膀。他想把脱去才几天的呢子衣服穿上,却又踌躇着。晚饭后,他依然去锻炼身体,大操场的门开着,没有几个跳舞的人,就连走步的人也不多。他抬头看看天空,阴沉沉的,但雨很小。他走了五圈,用手一抹额头,微微湿润。

一个人走着,却生起了闷气。为什么生气?连他自己也说不清楚。"周围这些人很可恶。"他说出这么一句话来。他们最善于投机钻营,身上又缺少骨气,或者说骨头中缺少钙。"那些强势的横行霸道,弱势的愚昧无知,不强不弱的自私自利。"他边走边想。吴丹青觉得生活在他们中间是一种痛苦。那个漂亮的女医生,因为没有收到红包,就拒绝一个二十三岁的产妇入住,产妇羊水淌了十个小时她依然不接受,让其回家去等,说还不到生的时候,致使孩子缺氧,造成脑瘫;那个姓刘的高速公路巡警,经常把车停在绿化地上,小区安保过去劝阻他就动手打人。刘警察住在六楼,他家阳台的护栏上搭着孩子的尿布、媳妇的裤衩、厕所里的拖把,有时还放着别人送的肉,血流到下一层、下下层的窗台上、台阶上。他还经常打骂自己失去丈夫的母亲,她给他们领着两个孩子;那个姓赵的小学教师,上课时不好好讲课,却办课外辅导班,晚上给交了钱的孩子补课到十一点,他还发牢骚说:"行政官员贪腐,他不能白白下苦,也要收取一些费用养家糊口。"

现实如此,你一个人生气有什么用呢!要是见了那些龌龊的事情和不良行为就生气,要不了一个月你就得被气死。吴丹青觉得这样活着没有多大意义,可是怎样才能改变着一切呢?吴丹青觉得这个世界出了毛病,或者是自己的脑子出了毛病,但毛病出在哪里,他弄不明白。

吴丹青想着这些天来发生的事,心里总是有气,想找机会发泄一通,可是总找不到这样的机会,也没有恰当的对象。眼见跑道上

第二部

有块石子,就飞起一脚踢出去,不料这个石子正好打在舞场边的灯柱上,"哐当"一声,跳舞的人一片惊呼。停了几十秒钟,见没有特殊的事情发生,大家接着又跳起来。

更让他生气的是来了一帮五六十岁的老婆子,打扮得花里胡哨。还有两个黑乎乎的高个子男人,头发都掉光了,但身体壮实,大腹便便,使劲挤进舞场。这伙人不知是从哪里来的,吴丹青一看就生气。那几个老婆子根本就不会跳一支舞,但死命往前挤,她们还彼此鼓励,一有空隙就钻进去,会跳舞的也被她们搅和得不会跳了。他也生自己的气:度量怎么就这样小,容不下人!"要宽容一点。"他提醒自己。

可是,你看那个外号叫黑牛的男人,脚手不像是他自己的,就在那里胡乱比划着,乐曲是什么,他不管;舞蹈是什么,他也不管。最里圈,吴丹青从来认为它是神圣的地方,他却凶神恶煞般占据着。

吴丹青身边是尤玲玲,平常跳舞她都在汪小华旁边,所有教过的舞她都会,而且跳得那么仔细认真。这几天她穿绿色西裤,白色短袖。她的身上已出汗了,颤动的胸部已经湿透了,冒着热气。她跳舞很卖力,像是少出一点力就对不住锅庄舞。

尤玲玲的头发剪短了些,但精心烫过,弯弯曲曲的,纷披开来,在下面扎了一下,脸庞的两边各有一绺垂下来,挡住别人窥视的目光。在跳舞的时候吴丹青从未正视过她。他们算是老熟人了,在舞场上相遇的时候只用眼神表达一下问候,并不说话。今晚的舞场上就只有尤玲玲一个能领舞了,别的人都不会跳,或者只会跳其中的几个舞,熟练的舞女们都不见了。日子看似平常,但在剧烈变化着,不留心是不易觉察到的。

从侧面看过去,尤玲玲的下巴尖尖的,脸颊瘦削,颧骨突出,小巧的鼻梁格外秀丽。当吴丹青从正面望了她一眼的时候，觉得她老了。她的身段、她的舞姿、她的动作都与年龄不相符。

往日里尤玲玲在汪小华身边跳舞，她们像一对难舍难分的姐妹，在舞场上形影不离。她跟尤玲玲一起跳舞从容自在，动作优美大方，需要配合的时候，她们站在各自的位置上，灵活地转动。她的个头比汪小华略微小一点，身材的线条却比汪小华的直一些，舞蹈的时候变化小。吴丹青定定地看了她一会儿，尽情享受她卓越的风姿。但今晚她显得很孤独。在那伙熟练的舞女们中间尤玲玲并不突出，跳舞时甚至有点被动，她不过是那些舞女中的一员。只有她一个人的时候，她的美和动人的舞姿就格外显眼。

她的身后跟着一堆花枝招展的女人。年轻的女人们都是裙子，可是她们的舞蹈水平太低，基本动作都不会。尤玲玲对跟在她身后的女人们并不在意，安静地跳自己的。可是当挺着啤酒瓶肚皮的"黑牛"出现在身边的时候，她就有些惴惴不安，尽量躲避他。

黑牛是从哪来的？吴丹青没有搞清楚。他像一个满身油污的陀螺左转一下，右转一下。他生锈了，或许是浑身的骨头生锈了，或许是灵魂生锈了，他转动起来异常艰难，笨拙而愚钝，但又经不住音乐鞭子的抽打，不得不转。虽然他就在尤玲玲身边，但别人都离他远远的，尤其是那些穿裙子的年轻舞女们都躲得远远的。他身后是一片空地，只有灯光晃动着。

当跳到一个需要快速旋转的舞蹈时，吴丹青恰巧来到了尤玲玲身后的位置上。这个舞吴丹青是熟悉的，跳起来非常自如。它正是兰州大学那两个学生教的《快》。预备动作完了之后大伙开始旋转，虽然不是对舞，但熟练的两个人在一起跳就能相互影响，彼此感染，使动作更加流畅和协调。

第二部

他们沉浸在舞蹈的意境中,完全忘记了存在和变化的环境,心照不宣地踩着鼓点,随着乐曲的起伏波动着。可就在这时,一个黑影撞在尤玲玲身上,像一辆半挂车撞在一辆小汽车身上,她还没有来得及躲避就被撞倒在地。

吴丹青上前一步,将尤玲玲扶起来。她的脸色通红,连脖子都红了,要哭的样子。他用目光安慰她说:

"伤着了没有?"

"没有。"她同样用目光回答。

黑牛还在旋转,向左两圈,但转不动,又朝右转。他低着头,目光发直,连看都没有看发生在眼前的一幕,好像与他没有任何关系。

尤玲玲自己走出了舞场,来到灯柱后面,她的脸色因为汗水和羞愤而显得格外尴尬和难为情。她躲在灯光的阴影里,直到跳舞结束也没有再走进舞场。吴丹青将灯头卸下来,放在地上,拿起杆子和底座走进器材室。尤玲玲拿着灯头跟在后面,他回头看她时,她的脸又红了,红到了耳后。

此后的许多天里,尤玲玲再没有出现在舞场里。

一连传出几件坏消息,都是丑闻。

将台初中的尚老师跳楼自杀了。前一天,大伙正在跳舞,突然有一个叫朱克德的中年男人冲进舞场。他满脸横肉,挺着大肚皮,挽着衣袖,酒气熏天,嘴角沾满唾沫。他上前一把揪住尚老师的头发,"啪啪啪"就是几个耳光。尚老师的眼镜被打落在地,他还狠狠踩了一脚,踩得粉碎,又一脚将残骸踢远。

汪小华上前去劝架,也挨了一拳,委屈地站在足球场门口那里哭。几个男人上前才将那个凶恶的男人推出场外,走远了他还在骂:

"你个臭不要脸的烂货,诱惑我儿子,有本事你来尝尝老子的厉害!"

那个初中二年级的小男孩儿姓朱,叫朱金来,在他母亲的唆使下一口咬定是尚老师诱惑他的,但实际是那个又胖又大的男孩儿,去老师办公室找她,她正在批改作业,他从领口看见了她那对饱满而白嫩的乳房,突然把手从敞开的胸口伸进去,在那里乱摸。急得尚老师扔下蘸笔去拉他的手,可眼镜掉了,什么也看不清楚。他趁机欺侮老师。她哪里抵挡得他的进攻,他虽然只有十四岁,可身高一米七五,体重七十五公斤。他把她轻而易举就按倒了。老师想喊,可是外面全是课外活动的学生们,那么多的孩子,要是听见她的喊声冲进房里来,看见这丢人的一幕,可就不得了。

此后,他借口找老师补课来骚扰她,来的次数越来越多,学习成绩也连连下降,由班上的第五名降到第六十三名。尚老师怎么劝他都不听,他还要给老师送了一对金镯子、一条钻石项链……

尚老师与自己的丈夫离婚了,是个单身。但教学任务繁重,一个班要六十九人,既上英语课,又当班主任,日子过得忙碌而清净,可是自朱金来出现之后,她面对幼稚、无赖和无耻的小男孩感到愤怒和羞耻,但一时束手无策,一方面她异常憎恶,一方面又忍让这个孩子。"他毕竟还是个孩子。"她想。她在寻找一个万全的良策,既想用法律来捍卫自己的尊严,又想挽救这个孩子。学生犯错误她当老师的也有责任。她认真检查自己的行为,是不是在那些方面诱惑了朱金来,是衣服领口太低,还是乳罩太大,脸上擦的脂粉太多?都不是。她也不漂亮,单从相貌看,她实在太平常了。行为上有哪些不检点的地方吗?她思来想去也没有。他对同学们是平等的,对朱金来没有什么特殊地方,他怎么就瞄上自己了?他哪来那么大的胆

第二部

子,敢对老师下手?"对了,是自己太温和、太善良、太宽容。"她想。尚老师在寻找教育转变朱金来的办法,她想过报警,也想过调离,远走高飞,但逃避就意味失败,一个老师败给自己的学生就意味着她人生的失败,教育的失败,那样的结果她是不甘心的。

可是意外发生了,朱金来的母亲发现儿子的成绩下降,就追问原因,朱金来先是抵赖和狡辩,后来她母亲不再用小车送他上学,不给他零钱花。朱金来急了,道出了实情。从上幼儿园开始,朱金来的母亲就用小车送儿子上学,朱金来几乎没有走着上过学,每月的零花钱小学时就几百元,上初中后增加到了上千元。朱金来的父亲是个包工头,有的是钱,只要儿子学习成绩好,要钱从不吝啬。儿子从小就学会了过生日、聚会、打游戏、上网这类事,欺负女同学的事也干了不少。上初中后偶然发现了他父亲一个人偷看色情片,趁大人不在家的时候,朱金来就偷偷播放,还叫来自己的同学看。他对男女之事有了那么一点朦胧的认识就想尝试。他寻找了很多目标,最后觉得自己的老师最合适,因为尚老师特别爱他们,也能找到理由接近她,就对她下手了。朱金来的母亲明明知道是自己儿子欺侮了尚老师,却对外宣称是尚老师诱惑了他儿子。她先告诉了丈夫,可朱金来的父亲常常在外面寻花问柳,对这类事情根本不在乎。朱金来的母亲无奈告到校长那里,事情暴露后,学校正在调查处理,可是朱金来的母亲以为学校袒护尚老师,冲进学校大吵大闹,尚老师羞愤难忍,跳楼自杀了。"据说她还没死,但成植物人了。"有几个妇女在窃窃私语。

"怪吓人的,我们正要开铺面的门,突然从七楼上掉下一个人,我还以为是一个醉汉,走近了才知是七楼的尚老师。她掉下来,还弹起了,一摊血。我赶紧打'110',警察来,先把人送往医院,留下的封锁了现场。吓死人了……"

一三

刘姐也一连几天没有来了,这个舞场已经陷入半瘫痪状态。没有一个熟练的领舞人,只有那个戴眼镜的女孩儿会跳一些锅庄舞,那些不会跳舞的人就拥挤在她身边。

女孩儿是保险公司的职员,吴丹青叫不上她的名字,也不知道她的底细,他来跳舞的时候,她也来了不久。但她学得认真,领会得快。她跳舞老是低着头,刘海遮住眼睛,长长的头发扎成一个马尾,在背上甩来甩去。她的筋骨不太柔软,臂、腰、腿都伸不直,总是弯曲着,别人看她一眼,她的头就勾得更低了。

但女孩儿跳舞很积极,每个动作都给劲儿,像一团火球在燃烧和滚动。汪小华她们在的时候,小女孩儿常在第二圈跳,偶尔在里圈跳跳。但现在她只有在里圈跳了,她成了这里的领舞者。那些新来的人并不满意小女孩儿给她们领舞,她们期望有更好的领舞人。在小女孩儿领舞的时候,有好多人就站在那里一动不动。唯一不在乎的只有黑牛,他感觉良好,反正他不会跳,谁领舞都没有关系。他高大的身材像一座黑塔,挺立在舞场中,缓慢地移动。跳舞的人们躲得远远的,她们开始聊天。

吴丹青对在这里跳舞已经失去信心,他心里感到异常烦躁。乐曲响起时,只有少数人走进舞场。有个中年女人依然在跳,她的背弯得厉害,像是驼背。她也是这里的常客,大部分舞都会跳,动作连贯。但她从未站在圈子里面跳,而是一个人在东北角默默地跳舞。她很瘦,腰可能受过伤,伸不直了。没有见她跟谁说过话,来去也只

第二部

是一个人。

　　刚开始学习跳舞的时候,吴丹青还跟在她身后跳,她发现后就开始转移地点。她不愿意别人更多地了解她,总是躲避着。吴丹青知道这个后也就自觉离开了。

　　现在会跳舞的,原有的人员中就剩小女孩儿和驼背两个人了,以前熟悉的人一个个不见了。吴丹青心里空虚到了极点,他感到有些恐惧。他想念她们。吴丹青原以为自己跟她们没有多大关系,现在觉得异常失落。

　　魏凤英已经有一个多月不来了。起初,吴丹青叫不上她的名字,就给她起了"S"这么个绰号,后来知道她叫魏凤英,是一名卫生系统的退休干部,爱好书法。她在四十岁的时候就与男人离婚了。准确地说是她的男人跟了另一个女人,俩人都在检察院工作,同一个办公室。那个女人长得很漂亮,而且妖气十足,因与别的男人勾搭而离了婚。

　　一个单亲女人,又那么漂亮,长年累月坐在一个好色的男人对面,他能坐得住?他们眉来眼去,早都勾搭在一起了。魏凤英却被蒙在鼓里,后来风言风语传到了她的耳朵里,才恍然大悟,经过观察和了解确有这回事。她开始从钱上控制丈夫,以为男人没有钱就会被那女人推开,不料这一招把他推得离她更近了。他更加依附于她。两个女人就这样把一个男人分了,一个掌握他的工资,一个拥有他的身体,就这么过了好几年。

　　后来,儿子长大了,忍受不了这样一种局面,对母亲说:
　　"妈妈你离了,我跟你。"
　　于是魏凤英就离了。
　　儿子没有考上大学去当了三年兵,回来没有工作,又去找他父

跳锅庄舞的女人

亲,父亲接受这个儿子,可工作的事还是束手无策。在家待了两年只好去山东打工。前年儿子结婚了,并在潍坊买了一套房子,就不回来了。事情照这么发展下去就行了,可是魏凤英的前夫却得了胰腺炎,一天天衰弱下去,走了几家医院,没有希望了。那个女人不要他了,他被赶出了门,无处可去,又来找前妻。

一天早晨,魏凤英推开房门正要去大操场跳舞,却见门口躺着一个人,面目憔悴,满身污垢,蓬头乱发。她被吓了一跳,镇定后一看,才认出是前夫。一看他这副模样,魏凤英愤怒至极,可一看他绝望的眼神和蜷缩在一起的身子,又产生了怜悯之心。毕竟是夫妻一场,知道他也活不了多长时间,就将他搀扶进家。

魏凤英求医寻药,极力挽救他的生命,也顶着各种议论,伺候了一年又八个多月,他合上了双眼,离开了人世。

前夫一去世,魏凤英却倒下去了。

与南边的情景不同,北边的舞跳得十分热火,人数在不断增加,舞场里容纳不下,人们站在跑道上跳舞。他们跳舞的时间也比南边短一些,不到九点就结束了,对那些还想看一集电视剧的人很适合。他们的舞曲也响亮柔婉,是李玉刚演唱的歌曲和凤凰传奇演唱的歌曲。

一南一北形成鲜明的对比。这一阵南边输了,而且很惨。

刘姐不在,一个又矮又胖的中年女人主持舞场的工作,她不选择曲子,挨着播放。有的曲子有相应的舞蹈,有的没有。没有舞可跳的时候,大家就站在原地听音乐休息,等待下一曲。她们只取出来一盏灯,树立在那里,昏暗的灯光洒在空阔的舞场上,显得格外岑寂。有位妇女感叹道:

"人怎么这样少?简直要睡着了。"

吴丹青清点了一下,舞场里只有九个人。

"阿弥陀佛!"他念佛了。

西北角的那群女人们穿着红裤子、白上衣,她们更多的是在摆弄服饰,而不把精力放在跳舞上。连翘也穿着红裤子和白上衣,但她站在队伍的最后面,独自练习舞步。头发乌黑发亮,剪得短短的,人很精神。吴丹青每走过来一圈就看她一眼,她那么专心致志,不知在想什么。她来跳舞时,将公公交给了丈夫,还是又捆住了他的腿?

黑牛又出现在友谊广场的舞场中,他还像陀螺那样转动着,左两圈,右两圈。那里地方小,跳舞的人彼此挨得较紧。他身边是一个年轻漂亮的女子,高高的个头,窈窕的身材,两只修长的胳膊露在外面,她烫过的头发蓬松地披在肩上。她穿着白色长裙,稍稍挪动一下脚步,稍稍举一下手臂,就让人心醉。她非常漂亮,叫黎花。黑牛像挤尤玲玲那样挤在黎花身边。可黎花非常灵巧,他很难撞到她身上。黑牛在大操场里是待不下去了,又来这里厮混。吴丹青实在不愿再看下去了,他的"舞姿"令人作呕,他悄然离去。

一四

昨天下午,吴丹青去了一趟农行大十字营业网点,在那里碰见汪小华。其实他是特意去那里的。他和汪小华最初就是在那里认识的,后来汪小华调中华路网点,几年时间过去了,现在又调回来。

汪小华正在打电话,手机立在验钞机上,手指不时地敲击一下键盘,好像在跟对面的同事说话,其实是在与看不见的那个人通话。

吴丹青安静地坐在窗口前的凳子上,从包里取出存折,打开看

第二部

了看。他的存折上仅有的收入就是工资,没有别的钱。前些年手头刚刚宽绰一点,正赶上人们发疯地买基金,自己也跟着潮流买了十多万元的,结果只剩下一半,赔了七八万元。这是他仅有的一次投资,不仅伤到了骨头,也伤到了心。从此他洗手不干,与股市划清了界限。他发誓:什么都可以干,但绝不进股市。而且反复规劝好朋友:千万不要炒股。但没有人听他的话,最好的朋友还是炒股,亏得更厉害。

通过那次损失,他非常爱自己的工资。他没有办卡,坚持使用存折。这样他就能看见自己的钱,花了多少心中有数。工资,多么神圣的工资,这是他一天天挣来的。从小念书,考大学,参加工作,一辈子就这么一点钱,用好了够自己消费。可是,怎么能拿它去买基金呢?每想到损失的那七八万块钱,他就心痛,就在心里骂自己是混蛋。

吴丹青把头从存折上抬起来,隔着玻璃见汪小华端端正正地坐着,从容地说话。他也不着急,耐心等待着。汪小华脸上露出一丝微笑,她结束了通话,转过身来。

"你什么时候调过来的?"吴丹青热情地向她打招呼。

"三四个月了。"她先看了一眼对面的同事,并没有对着吴丹青回答,而是与同事算起时间来。

吴丹青见汪小华新剪了头发,剪得很短。剪发师看来是个细心人,修剪得格外整齐。发型像个蘑菇,额前快要压到眉毛了,她描过眉。她穿工作服也好看,多了几分庄重。她的美包含着多种因素。

"你——"汪小华用左手示意。

"我取三千块钱。"

"给我一千的零钱,二十元的、五十元的都行。"办完手续,数钱的时候,吴丹青对她说。

汪小华把一叠一百元的钞票递给她的同事,换回一叠十元的,又放到验钞机上数了一遍,把所有的钱都夹在存折里,从小孔里递出来。

"谢谢!"吴丹青说。

他向汪小华打过招呼,把钱装进包,匆匆出了门,朝大操场那边走去。

吴丹青去操场的时候,北边的那伙人跳得正欢,他们昂首挺胸,胳膊甩得开,步子迈得大,像训练似的,个个精神抖擞,蕴含一股朝气。队伍后面一群孩子在玩耍,几个男人或蹲或站,等候在那里。跳舞的人群中肯定有他们的妻子。

队伍前面有四个领舞的,头发长短不一,但一律是深蓝色的运动裤,天蓝色的短袖,白色运动鞋,白手套。她们先跳广场舞,完了再播放交谊舞中的三步踩,跳独舞。最后一支舞是扭秧歌,悦耳的舞曲与欢快的舞蹈组成一道亮丽的风景线,在夜幕下潮水一般涌动着。

吴丹青发现那个藏族老人和几个中老年妇女脱离了南边的群体,加入到北边的行列来了。那边今晚没有人跳舞,器具都没有拿出来。舞场变成了篮球场,几个初中生在打篮球,奔跑和呼叫。

西北角的这群妇女拿着红气球在练习造型,每三人一组,排成两行。连翘一个人穿着白裤子,蓝短袖,在那里徘徊了一阵,悄然离开她们,也加入到北边的行列。看来她也无处可去。有几个原来在南边跳舞的人改为走步,跟吴丹青一样,在跑道上迈开了大步。

吴丹青右手的手腕有些肿疼,他一边走,一边用左手按摩。在

第二部

单杠上甩得太猛了,伤了手腕。天太热了,汗从浑身的毛孔里流出来。今年的夏天格外炎热,酷暑难耐。来到东面槐树下的时候,他掏出衣兜里的纸巾偷偷擦擦胸脯上的汗。

九点钟的时候,跳舞的人们陆续离去,只留下一些排练节目的人,据说要在八月初进行比赛,第一名要去北京参加比赛。定西城里各支队伍都在加紧训练。

操场里已经安静下来,吴丹青来到南边的舞场中。那几个初中生也离去了,张师傅站在那里准备锁门。他迎上前去,两人攀谈起来。

"这边的人不来跳舞了?"吴丹青试探着问。

"不知道是啥原因,散了。"张师傅歪戴着大檐帽。他爱理个光头,戴不稳帽子。

"里面好像有几个是农行系统的?"

"对,汪小华,还有那个,她叫什么来着?"张师傅也叫不上她的名字。

"站长刘姐是教师吗?"

"不是,她是退休干部,男人在市直部门当处长,现在也下来了。"

"王姐呢?衣着非常漂亮的那一个。"

"你是说那个跳广场舞的?她的舞跳得好,人并不漂亮,穿得也一般。"

"还有一个。"吴丹青继续追问,他要把几个主要人员搞清楚。

"你说的是姚姐吧,她是敬东厂的医生,敬东厂倒闭后,她也下岗了,开始领低保,退休好几年了。敬东厂倒闭后就来跳舞。"

"留长发的那个女人呢?"

"在大操场里,就刘姐、王姐和魏凤英她们三个好,常在一起,很多年了,老是黏在一块儿。留长发的那一个名字我也忘了,她是友谊村的失地农民,靠吃利息过活,他们的土地全部被征用了,这些天她也不见了。"

"土地卖了不少钱吧?"

"也不知道多少,有一大笔,几十万吧。但是下一辈怎么办?"

"现在的人哪还有管下一辈的?"

"农民没有土地总不是个办法,他们就是靠土地生存的。"

"西北角的那伙人跳了多长时间?"吴丹青转移了话题。

"几年了,年年比赛拿第一名。领头的叫刘容芳。这边的老是第二名,好多年都比不过她们。"

"两个女人斗舞斗得很凶。"

"也不见她们怎么斗呀!"

"你看不见,她们在暗中较劲儿。"

"北边的这伙人来得时间不长?"

"这里老换人。现在的这帮是体校陈老师介绍来的,原来在友谊广场跳,彼此打架,分裂出来的,她们中的大多数人在铁路上工作过。领头的我说不上名字。"

吴丹青点点头,思索了半天,又问:

"姜老师也不来了吗?"

"好多天不见了。"

"汪小华去别处跳了吗?那个小学教师呢?还有王小丽呢?"

"都不知道到去了哪里。"

"天要下雨了。"

吴丹青抬头一看,乌云从高处垂下来,把灯光压得喘不过气来,

第二部

树木静静的,草地上的水龙头哗哗地喷着水。闷热的气息笼罩着整个操场,笼罩着这座陇中之城。

"锁门了——"

张师傅拖长声音向对面的人影喊了一声,紧接着是第二声、第三声。逗留在操场里的人们开始向大门口走去。

今晚是第十五届欧洲杯决赛。决赛将在法兰西大球场打响,葡萄牙与东道主法国将进行一场恶战。吴丹青想回去早点休息,好在三点钟起来看足球比赛。

吴丹青无意识看了一眼夜幕下的那幢三十六的层商贸住宅楼,它就在大操场北面不远的地方。这栋楼已经封顶三年了,但至今没有装修完毕,每天只有几个工人在粉刷墙。在陇中这样的城市,房地产过剩了,开发商一夜暴富的时代已经成为过去。老百姓不会再盲目地抢购房子了,在尚未动工就先交房款,他们的口袋早被开发商掏空了。而腰缠万贯的大亨们在窥视着市场动态,与老百姓进行心理较量,算计着如何再捞一把。

"人要活得贱一些,尊贵了不行,娇惯了更不行,娇惯了的身体经受不了风雨的考验。"吴丹青胡思乱想着。他因骑自行车擦伤了屁股,走路也疼。

吴丹青低头往前走,消失在夜幕中。

第三部

一

算一算已经整整一年了,正是去年夏天最炎热的时候,吴丹青一脚踏进了舞场,结识了这些舞者。之前,他对这种活动是不屑的,眼里心里都没有。不是看不起她们,而是不了解,也不想去了解。这里广场舞兴起许多年了,但他没有正视过。

这一年来,吴丹青对跳舞只是略有所知,非常浮浅,停留在皮毛上。他想知道更多的东西,进一步了解他们,可是现在却跌入了低谷,分崩离析了。舞停了,没有音乐,没有人影,一片沉寂。

吴丹青有些悲伤,但这种没来由的悲伤使他更加迷茫,陷入痛苦之中。每当看到北面那伙人疯狂地跳舞,他心里就不是滋味。西北角那群妇女还在排练节目,举着气球,一个姿势就站几分钟。"她们真有耐力。"他生气地想。一个多月后,南面的舞场上那盏孤灯又亮起来了。天虽然黑了,但夜色亮晃晃的。现在是白昼最长的时候,开一盏灯也够了。不管怎么说,总算恢复了跳舞。

吴丹青并不急于走进舞场,那里只有四个中年妇女,个个都肥胖。她们三个向左,一个朝右,怎么也跳不到一块儿。这四个人,吴丹青一个也不认识。后来人慢慢多起来,有十多人了,勉强站成了一个圈。

蒋雪花却出乎意料地来了。她脸色红润,加上不变的发型,苗条的身材,再配上深蓝色的裤子和黄绿色的短袖,更显得迷人。在这些人当中,她像皇后般出众。

不多久,王小丽也来了。她的黄裤子非常宽松,白色短袖,后背靠近脖颈的地方依旧露出来,发型也没有变,还是烫过的短发,蓬松而热烈。吴丹青又转了一圈。操场里竖起不少招牌,民间足球争霸赛又要开始了,草坪上已经画出了白线。等他转过来时,发现王小丽身边多了一个人,她穿着白底蓝条纹的短袖,深蓝色的裤子,粉红色的皮鞋。她熟悉的身影使吴丹青的眼睛一亮,心里也一亮。

她是汪小华。她的头发还那么短,身材却消瘦了许多。许多天没有跳舞了,她的动作依旧那么熟练,手臂伸出去就像画家在作画,书法家在写字。汪小华的出现使吴丹青长长出了一口气,感到一种大病初愈后的轻松。他不由自主地走进舞场,但没有去跳舞,而是站在边上静静地观看。他欣赏着她们的舞姿、她们的身形,感到格外亲切和愉快。他的眼里噙满了泪水。

那个藏族老人脱离了北边的那群魔女,也回到南边来。老人还戴那顶白帽子,手里却少了那块红手帕。一切在慢慢恢复正常的秩序,吴丹青听见蒋雪花对身边的人说:"我这些天去那边排练节目,再没有来跳过舞,学会的都忘掉了。"

铁师傅也来了,他还看了吴丹青一眼,好像说:"快来跳舞呀,站在那里干什么?"他跟在蒋雪花后面,也迈开了舞步。但他没有跳到最后一曲就回去了。他的内心翻腾着,他多么希望白文娟也来。他们失联很长时间了。"什么是命运?"他想。"可能就是人与人和人与自然之间的某种契合。"

　　锅庄舞具有虔诚的力量与超然的愉悦,以及摆脱自我的信念。它充满灵魂的渴望与心身的安详,它的旋律将夜景上升为散绮般绚丽,人们感到的不仅是肉体的解放,也能感受到灵魂的释然,创造出诗意美的暧昧境界。优美的肢体、热切的眼神和内心的骚动渲染着梦幻般的氛围。旋律和舞姿使她们陶醉在自己的幻想中,这一刻离梦想最近,现实的负荷化为轻盈的羽毛,飞翔的感觉成为舞场中特有的魅力,迫不及待的心情使它的节奏越来越快。肉体飘逸于现实,灵魂飘逸于肉体,无意识的感觉使她们到达极致。梦想就是跃动、舞蹈和诗歌融合而成的羽毛,给现实插上飞翔的翅膀。每当音乐戛然而止的时候,有那么几秒,相当漫长的几秒(可不是一般意义上的时间概念)——她们带着眩晕、困惑与抵触的情绪慢慢回到现实中。

　　吴丹青以为一切要恢复正常了,这是他所期望的,但是很遗憾,第二天晚上,当他走进舞场的时候,连一个跳舞的人也没有,几个孩子在打篮球。他一边走圈一边等待,以为跳舞的人们会来,起码能像昨天晚上那样,能站成小小的一圈,可是到晚上九点多了,没有一个人来。

　　打篮球的孩子走了以后,来了四五个跳舞的,也不知她们是从哪里来的。陌生的面孔,粗糙的身影,生硬的腔调,她们刺眼地站在那里。她们把一个小小的录音机放在地上,就跳起锅庄舞来。

　　她们面朝北,吴丹青看到的只是她们的后背,以及她们扭来扭

第三部

去的屁股。北面是那群发狂的铁路女子,潮水般涌动着。除了那些熟悉的歌曲之外,今晚他们还特意播放西班牙斗牛曲,吴丹青的心被这一股股洪流冲荡着,他感到自己就要窒息了。

跳舞的人散去后,大操场里空空荡荡的。可是西北角的那伙人又移到足球场附近跳舞的地方,她们还在演那个排练了几个月的节目,似乎不到演出的那一天,永远也不会排练好的。

吴丹青干脆去看她们跳舞,这一个个从远处看起来美丽的女人,到跟前一看,却都已经五六十岁了,甚至还有七十岁的。她们一律是白裤子,红上衣,但今晚她们没有拿气球,举起的手做出拿着气球的样子。

她们播放的是《小苹果》,还异口同声,整齐地喊出其中的几个词。吴丹青定定地看着,把每一个女人都当作是舞女,然后用目光把她们一个个吞进心里去。

这样一个大男人站在对面,即使久经风雨的舞女也感到有些难为情,只跳了一遍,那个唯一穿着红裤子的大个子女人说:

"今晚就练到这里。"

她是这里的头儿,一声令下,大伙散了。吴丹青无趣地走出操场。他抬头看看天空,有几颗星星在远处闪动。风吹着那面国旗,一股股清凉的气息扑面而来,但他觉得风很凉,凉透心了。

操场的大门左侧,一个少年躺在地上,摆成"大"字形状。他身旁立着一个黑色书包,放着一个纸盒,里面有几张一元和五角的钞票。地上用粉笔写着一行字:我是一名孤儿,没有生活费,就要辍学,请好心的叔叔阿姨救救我。

吴丹青看一眼就过去了。这类事情他见得太多了,五花八门,真真假假,谁能说清呢?

跳锅庄舞的女人

那个独舞的女人,大概四十多岁吧。她的舞蹈动作过于夸张,用力过猛,吴丹青一点也不喜欢。她为什么要穿雪青的裤子呢?这与粉红色的上衣一点也不相配呀!白手套、红鞋,头发散披着,总之,他不喜欢她。

可是人家跳舞与他有何干系呢?吴丹青把目光转向北边那个舞场,他们跳完了舞,又分成了两组,一组排练节目,一组还跳广场舞。吴丹青很想走进排练节目的那一组,但他还是忍住了,站在那里看了好一会儿,悄然离开。他的内心充满了寂寥与忧伤,隐隐有一丝疼痛的感觉。

他来到友谊广场上,见一个凉棚底下有人在拍卖字画,就停下来观看。两个轻的女子不断从小房子里取出画来,一个中年男子在拍卖,介绍画的作者和画的特点。他说得口干舌燥,嗓子眼冒烟,但没有一幅被拍卖出去。

这些画都是"齐鲁画院"画家的作品,看起来都是些新手的作品,档次不高,价格在一百元至三百元之间。够便宜的了,但无人购买。

"有没有人出三百元?二百?一百?没人肯出钱,就说明不喜欢,那我就收起来了。"那个长发女子接过画,弯下腰,搁在自己的大腿上,迅速卷起来了。

"一块钱卖吗?"吴丹青身边的一个小男孩儿小声说。那个拍卖的没有听见。他说:"五十块不卖。"

又一幅画被展开,是一只狗。

"这是金犬图,有没有爱养狗的?有的话就该收购这幅画。这是真正的草原金犬。八百?有人要吗?六百?还没人要?五百,有人要吗?三百,三百也没人要?那就收起来。"

第三部

打开的另一幅画卷是红梅,画面突出的却是枝干,很粗,弯弯曲曲。"你们看这枝干多美!像不像一条龙,这里是龙头,那边是龙尾。这幅绝世的龙梅图是齐鲁画院一位五十多岁的老师画的,他的画很有前景。三千,两千,一千,有没有人自己肯出价?八百,有人要吗?没有人出价,看起看来不喜欢,那就收起来了。"

这样的拍卖场面吴丹青还是第一次见,他有点头晕,支持不住了。

"过了夜里三点就给在场的观众每人送一幅。"那个男子许愿说。

人们安静地坐着,像是要等下去的样子。吴丹青连气都喘不过来了,他哪里能等到凌晨三点,起身把凳子让给别人,离开了。

此后他许多天没有去大操场。

二

美国在波兰和罗马尼亚部署了"萨德"系统,现在又在韩国部署,中俄联合反对。解放军在东海大规模演习。里约热内卢热闹起来了,奥运会就要开幕了,但巴西的场馆还没有建好,运动员住进去后自己动手修理水龙头,放上晾衣架。

吴丹青走进大操场时,大屏幕上正是新闻联播。大操场南端的舞一直停到了八月初。因为下乡,吴丹青自己有好多天也不来大操场跳舞了。他一边走圈,一边看大屏幕上的新闻联播。

不一会儿,舞场上响起熟悉的音乐,魏凤英领着七八个人在跳广场舞。吴丹青看了一眼就把目光移开。那情景一看就让人失望和痛苦,他不想往舞场里多看一眼。

跳锅庄舞的女人

几个孩子在打篮球,有个男孩儿站在篮球架的铁皮底座上蹦跳,踩得铁皮哗哗作响,那声音格外刺耳。"怎么会是这样?"吴丹青生气地想。他走过舞场的时候就从跑道的外圈绕过去,眼睛尽量不往跳舞的那边看。

他们播放的是"……你是我的老婆,你是我的老公……"这首歌,不一阵又播放《西班牙斗牛曲》《芦笙恋歌》,领舞的是一位年轻的女子,姓邢,她替代了王姐的角色。这位女子是刘姐请来的,带来一套自己熟悉的广场舞。这套广场舞轻柔,节奏感很强,跳得过程中有时要停顿几秒钟。这就难为了黑牛,他不知道自己到底是转还是不转,愣在那里好像在抉择一件大事。

没有办法,吴丹青还是改变不了对他的蔑视。其实他在心里一次次提醒过自己,要尊重所有的人,哪怕他是个囚犯,在人格上一定要尊重他。但一走进舞场,一看到那个令人恶心的黑牛,他就无法克制自己,用最脏的词语来形容他。

黑牛还挺会选位置的,站在领舞者的身后,像一个粗糙不堪的陀螺被音乐的鞭子抽打着。领舞的邢老师穿红短袖、黑裤子、白球鞋,在昏暗的灯光下认真地领舞。吴丹青看了几次也没有看清她的面目。她教会这套广场舞就消失了。

至今,南边的这个舞场里还是一盏灯,另一盏坏了,是不是为了节电,吴丹青并不想弄明白它。他不关心这个。他还能看见几个熟悉的面孔,那个穿花裤子的女人,她是秦许。她曾经和王姐一起站在前排领舞,如今还站在第一排领舞。王姐不在了,但不过是为了保持这个位置而已,她不是愿意混迹在大众之中的那种人。加上魏凤英,领舞的现在是三个人。她也没有去参加广场舞比赛,一直留在舞场中,喜欢自由活动,但她是个难以接近的女人,身上总有一种

第三部

拒人千里之外的冷漠。她也不丑,也不漂亮,舞也跳得并不差,但缺少美感。

吴丹青的目光跳过了她,见戴白帽的那个藏族老人在队伍中,其余的人都没有看到。他想到了姜老师,许多天已经不见他的面了。他教的锅庄舞停止了,刘姐不再感兴趣。吴丹青环顾一眼舞场,再看一眼整个沸腾着的大操场,悄然离去。

吴丹青心里惦记着白文娟,可是白文娟在哪里呢?

炎热的天气,就是不跳舞也流汗不止。已经有半年时间没有下一滴雨了。持续的干旱还在蔓延,吞噬着已经奄奄一息的小草和庄稼,山上的树木正在一棵棵死去。陇中真是一块折磨生命的土地,他让所有的人都领略了什么叫苦难,什么叫煎熬。

吴丹青去汪小华的网点,但网点正在装修,没有看到她。

过了十多天,也就是第三十一届奥运会结束的那天晚上,吴丹青去大操场锻炼。他走不快了,脚踝骨没有劲儿,鞋子松了,那双穿了几年的凉鞋,也给不上劲儿。引体向上也拉不上去了,勉强能拉六七个。身体就是这样,一旦松懈下来就难以收拾。坚持之所以成为人的优秀品格的原因就在这里。

吴丹青不愿意向舞场里望一眼,但每当他走过去的时候还是忍不住扭过头去。领舞的秦许,她把长头发盘起来,在领了一阵舞之后喘息着站在跑道边上。"如果她的头发散开来,披在肩上会是什么样子?"他想。

秦许身材是端正的,手臂修长,动作协调灵敏。可她怎么也没有王姐好看。他又想起了王姐,不知她捡到的那个孩子怎么样了。

刘姐和魏凤英领舞,她们学得真快,十多天时间就学会了这套广场舞。这让吴丹青暗暗吃惊。女人天生是跳舞的料,她们对音乐

跳锅庄舞的女人

第三部

很敏感。吴丹青又走了一圈,他以为她们今晚还是不跳锅庄舞。但当他走过来的时候,排列整齐的队伍散成了一圈,开始跳锅庄舞,音乐是新的,在他听来一点也不美,乐曲一响吴丹青就失望了。他低下头,迈着大步从舞场边上走过去。

他的耳朵里容不下这些乱七八糟的东西,他们是从哪儿弄来的赝品,如同噪音,他一点儿都不喜欢。当音乐与心灵的渴望背离时,它就是噪音。当他再转过时,那曲舞结束了,换上了新曲,是《青海西宁锅庄舞81号舞曲》。

吴丹青从未登录过刘姐的QQ。为什么?他不明白。在这个世界上人其实最不理解的是自己,而非别人。别人是容易理解的,而自己则很复杂,捉摸不透。自身的矛盾使世界纷乱不堪。此刻,吴丹青的眼睛跟着心灵的脉冲扭向舞场。那绵密的音乐如同一根绳子系在他的心上,他不由自主被拽回去了。

看到蹲在地上更换音乐的是姜老师,他的眼前一亮,无限的喜悦像一朵激起的浪花在心头绽开。姜老师直起身来,他快步上前,急切地说:"姜老师好!怎么好长时间不见你了?你是去旅游吗?"

姜老师转过身来,把右手伸过来。他们握了握手。吴丹青依然很激动地问:"这么长时间你到哪里去了?"

"我在啊。前些日子到那边去排练锅庄舞,参加比赛。"

"那么现在该结束了吧?还是不见你!"

"结束了。我常来呀,只是天太热了,一跳舞就出汗,来了转一圈就回去了。"

吴丹青发现姜老师的短发白的越来越多了,就问:

"还没有退休吧?"

"没有,今年才五十四岁。"姜老师看一眼吴丹青,微微一笑。他邀请吴丹青,说:"咱们去跳舞吧。"

　　他们走进舞场,在熟悉而美妙的乐曲声中翩翩起舞。吴丹青小心翼翼地挤进里圈,踏着旋律伸出了手臂。

　　今晚约好了似的,那些熟悉的舞女们都来了:身材端正的蒋雪花、微微发胖的王小丽……腰总是展不开的周老师,但铁师傅没有来,尤玲玲和高继红,还有……

　　吴丹青很快就发现汪小华也在,她没有先前那么显眼了,总是隐藏自己,默默跳舞。这几个月里她是坚持最好的,来了就一个人悄悄跳舞,走时也默然无声。她夹杂在一群不会跳舞的人中间忍受着一种无形的煎熬,像一只落伍的孤雁夹杂在一群野鸭中,在苇草丛生的湖面上挣扎。

　　换了一曲新舞之后汪小华也不会跳,姜老师给她指点。再笨拙的女人,只要聪明的男人一点拨窍门就打开了,她很快就掌握了要领,与姜老师对舞。他们的对舞充满了幻想与浪漫,在神话般的灯光下,他们的身影在旋转,不像是现实存在,而是从岩画中浮出的一对变形精灵,带着原始的符号和标记,象形文字一般闪烁着迷人而质朴的光华。

　　天太热了。汪小华的短袖湿透了,裤子黏在腿上。她跳完舞之后,站在足球门那里一边纳凉、歇息,一边与一个吴丹青不认识的女人说话。

　　有几次,吴丹青想停下来接个话茬搭腔,但始终没有找到适当的话题。

　　姜老师的出现使这个气息奄奄的舞场很快恢复了生机,来这里跳舞的人们呼出了一口郁积在心头的长气。奇怪的是足球场西北面的那伙人不见了,连翘也来这里跳舞。足球场正北的这伙人也不

第三部

再像火车那样轰然作响,声音减下来了。

连翘穿黑裙子,花短袖,是江浙一带上好的产品。她的脸色还那么艳丽,可是脖子上有了掩饰不住的皱纹。生活的磨难在一点点消磨着她的容颜和青春。吴丹青不敢正视她,尽量避免和她一起跳舞,他们太熟悉了。她的美丽中有一种难以抵御的诱惑,他怕。"要是爱上她可就是不得了的事。"他警告自己,也提醒自己。她的诱惑力是男人们很难抵抗得住的。因而,每当他们相遇的时候,吴丹青就主动往后撤,与之保持一定的空间和距离。

刚开始的时候,吴丹青把蒋雪花错认成汪小华了。她着红短袖、蓝裤子,一头短发,个头跟汪小华差不多,让吴丹青浮想联翩。他心里明白她不是汪小华,偏偏把她想象成汪小华。这样的心理连他自己也不能理解。每次确信她不是汪小华后,他心中五味杂陈。这样的确认是在他认出了蒋雪花之后的事情,要是他不能确认她是蒋雪花,心里竟默默地祈祷她是汪小华。在别人看来非常简单的事情,到了吴丹青这里为什么就复杂了呢?

蒋雪花瘦,头发微翘;汪小华胖,头发自然,这是一目了然的,可就是分辨不出来,真是不可思议,吴丹青自己摇摇头,表示要在晚风的吹拂下解除心头的困惑。

王小丽的发型似乎永远不变,她的个子小了些,但脸方大,与蓬松的头发正好相配。不看她的身材,单看她的脸庞的确是美丽的,加上那双美丽的眼睛中荡漾着多么深邃的智慧和摄人心魄的美。吴丹青一直避免从正面看那双眼睛,怕自己的魂魄被它们勾去。她的鞋子是红色的,黑色的连衣裙抹去了身体的曲线,像一个年轻而害羞的孕妇,掩藏起内心的不安与骚动,掩藏身体的秘密。

"她的目光会不会洞穿自己并不纯粹的内心呢?"吴丹青惴惴不

安地想。

　　吴丹青舞场上的好朋友王胖子没有来,他的妻子也没有来。他们有很长时间没有联系了。王胖子足有一百八十多斤重,跳舞的时候浑身的赘肉在颤动,而妻子却那样娇小。他们是怎样睡觉的?这样想时,吴丹青偷偷一笑,谁也没有发现。

　　王胖子是唯一在跳舞时给吴丹青让位置的人。"他们夫妻不会出事吧?"他想。

　　姜老师一登场,人们心里的愉悦感就释放出来,他们尽情地享受欢乐。大都是中年人了,还能有多少好时光。金钱和名利对于他们已经失去了意义和诱惑,他们步入了淡定的人生,就是那一点爱慕的花朵也败落了,他们内心是一个秋天的湖泊,水温一天天在下降,栖息的候鸟也飞走了。

　　和过去一样,一群不会跳舞的女人跟在姜老师身后。黑牛在优美的舞姿和热烈的旋律中不知如何是好,他那笨重的身体、拙劣的舞技、迟钝的反应、贪婪的心思,在舞场中处处碰壁。他跟不上节奏,于是奋力追赶,一转身挡住了姜老师的去路,可是他没有想到,只要轻轻再转身就可以避免撞车,但他低着头,看都没有看姜老师一眼,只顾自己在那里折腾,好在姜老师一抬腿、一跨步就将他甩到后边去了。

　　"那头笨牛!"吴丹青每看到他的时候就在心里狠狠地咒骂一句,他抑制不住自己的爱憎,丝毫也不能宽容。"他就那个样,你能不能放他一马,网开一面?"他在心里又责备自己。

　　可以,但尤玲玲的账要算到谁身上?他简直就是个罪人。这样的人能够原谅吗?吴丹青一边跳舞一边这样胡思乱想。新来的人大都不会跳舞,吴丹青可以给她们当老师了。她们的手臂不时地与

第三部

他的相碰，每当身体接触时，舞女们就"嘿嘿"地笑起来。吴丹青心里的疙瘩慢慢散开了，气消了许多。

这天晚上，大伙一直跳到了九点半。看门的张老头歪着大檐帽拖长声音喊：

"锁门了——"

操场里的灯光熄灭了。

三

今晚来的人很多，但缺少汪小华。她不来，吴丹青心里还空落落的，好像眼前的这些人不过是木偶而已。

所喜的是实验三小的高继红老师来了。跟过去一样，仿佛没有发生那些事一样，她的舞姿依然轻柔飘逸，有点矫情和夸张。新舞她都不会，这使她有点尴尬。她想跟着姜老师学习，但迈出的腿一次次收回来了。看来她的内心充满了矛盾，还有看不见的阴影和伤痛在作怪。

她的裤子格外宽松，是一条土色的运动裤，脚上那双红鞋，但不知道是不是先前的那一双。她的发髻也像先前那样高高耸起，头扬得更高了。灯光落在眼镜上，无法看到她的眼睛。

吴丹青不时地看着她，想从她身上找到细微的变化，但他失败了，什么也未看到。她依然如故，充满自信。

"来了就好！"他嘀咕着，不再去看她。

"爱是一件痛苦的事，爱一个人真不容易。爱和情欲有着质的区别。"他不知为何这样想。

人一下子就来了这么多，围了四五圈，真是不可思议。来人中多了一个高个头的女人,足足高出吴丹青一头,她也是短发,身材魁梧,像个运动员。她一支舞也不会跳,跟在最外一圈的后面,微笑,非常自信地学习跳舞。

尤玲玲出现了,什么时候出现的,吴丹青没有发觉。她的那条绿裤子格外显眼,那款式那颜色仿佛就是专为她创造的。吴丹青爱看她的身材,线条分明,弧线优美。侧过去的时候她的脸也很好看。有一次,吴丹青忍耐不住自己,从正面看了一眼,觉得她鼻梁有些高,脸型有些窄,并不美丽。这给他的倾慕多少泼了一点凉水,"但身材多么好看呀!"人哪有完美无缺的! 此后,他就从侧面看她的脸,不再正视。那样的机会本来就不多。

黑牛肯定也发现了尤玲玲,但他难以靠近,人这么多,他不过是漩涡中的一片树叶被激流冲来荡去。他晕头转向地挣扎着,哪里还顾得上尤玲玲。

尤玲玲的脸上丝毫没有表情。

足球场北面的那伙人来了还不到三分之一,可能只有是四分之一。他们去哪里了? 而且来的这些为数不多的人还分成了两摊子。

吴丹青望着那个昨天还火爆的舞场,觉得难以理解。两派人播放的音乐有摇鼓的声音,鼓声惊天,可是跳舞的人没有几个。

南边的舞场里人满满的。气温骤然下降,穿短袖有点冷了,吴丹青还像往常一样穿着短袖,身上一阵阵发凉,双臂拢在胸前。他还在走圈,没有走进舞场,边走边想着眼前的情景。虽然有一年多的时间了,但他并不真正了解跳舞的人们,了解他们的组织形式、内部结构、心理状态。看似简单的事情,好像有深刻的内涵,只是他并不了解其中的奥秘而已。

汪小华来了。可是蒋雪花、王小丽、高老师又都没有来。汪小

第三部

华换上了红色的线衣和蓝色的长裤。合适的衣服在她丰满健壮的身子上勾勒出优美的线条,她的美是一种成熟的内敛的美,没有丝毫张扬却楚楚动人。

她的那件红线衣开领低,胸前有两条装饰性的带子,跳舞的时候总在晃动,有时还飘起来,像一簇青春的火焰闪动着迷人的光芒。

吴丹青记得清楚,昨天晚上汪小华还穿的是白色短袖,蓝色有白色线条的运动裤。那样的衣服也很合身,他觉得她穿上哪一种衣服都好看,都有气质。"她就是与众不同,个头高,舞跳得好,性格开朗,修养好,人品正。"他在心里罗列着她的好。这会儿黑牛在她身边,可是不敢靠近她,只是盲目地转动。汪小华跳自己的舞,不在乎身边是谁。她并未注意到身边有一个令人恶心的黑牛。涵养好的女人有一种无形的防线,邪恶是难以靠近的。

汪小华身上洋溢着青春的气息,它是活力,也是健康和新颖,从她身上能感觉到变化就是美的。他一次次想象着:"眼下的汪小华就是若干年后的舞女。"一想到白文娟,吴丹青的心就针扎一样痛。

魏凤英也换装了。她穿上了红线衣、蓝裤子。跳舞结束后往库房里放东西的时候,魏凤英走在吴丹青后面,他放好灯柱出来,正好与她在门口碰个照面。他看到她红润的脸庞、浑圆的肩膀和丰满的胸部。这是他第一次面对面地看她,虽然只是一两秒钟,但看清了她真实的面目。她很漂亮,也很平静。平日里他觉得她的脸虽然美丽,但总觉脸长了一点,脸色还有些黑,脸上缺少变化和表情。衣服也太紧,身体的线条毫无保留地暴露出来,性感过于明显。但今晚的相遇,使吴丹青以往的看法大打折扣。也许是他们相视的瞬间她微笑了一下的缘故。

没有跳到最后一曲汪小华就走了。这让吴丹青有些失落,只要她在,哪怕别人都不在,他也觉得踏实,但她一离开,吴丹青就觉得心里空寂。自从白文娟不来跳舞之后,吴丹青心里常常有这样的寂寥感,一个小小的事件也会引起他内心的动荡。

在吴丹青认识的人中有一个人很像白文娟,不过她比白文娟的身材端正些,也比白文娟更加美丽,尤其是她的眼睛,格外漂亮。她曾经是他的朋友,一度他对她抱有幻想,如今已经灰烬火灭了,"老死不相往来"。

他们是在去九寨沟旅游的时候认识的,那还是十年前。那时的他是那么年轻,那么经不住诱惑,那么热爱浪漫。后来,这段邂逅被现实击碎,他将她深埋心底,甚至连回忆不曾有过。但是自从遇上了白文娟,一切像是轮回。这世间没有不变的东西。"我爱的也许就是这一类型的女人,但为什么?"吴丹青自言自语,却不能做出合理的解释。

四

汪小华跳了一阵后不见了,每当跳兰大学生教的那支舞《快》时,她就会退出舞场。可能是由于活动量太大,也可能是因为大部人不会跳这个舞,人群极为混乱。

吴丹青见她退到灯下,过了一会儿再去看却没有看到,以为她回去了,或者去上厕所,也就不再去想。

吴丹青喜欢这支叫《快》的舞,他还是不熟练,尤其是到了转换的时候就接不上动作,被她们挤出来了。他只好站在草地边上望着舞场。黑牛最适合跳这个舞,因为他什么也不会,就在舞场里转圈子,见人们往前走,他使劲儿冲出几步。但大伙早已转身而去,他一

第三部

个人孤零零地留在舞场的中间。等他刚转过身往外走时,大伙又转回来了。他也不在乎这个,像孩子们玩瞎子摸象,有个年轻的女子见他跳得憨傻,竟忍不住"扑哧"笑出声来。

黑牛低着头,看了一眼身旁的那个年轻女子。她穿在身上的东西不多,个头不高,人却十分秀气。见黑牛看她就迅速而灵活地转过身去,迈开一大步,远远甩开了。黑牛舔一下厚厚的嘴唇,从沉重的眼皮下流出一道贪婪的目光。侧过身子,屁股对着她狠狠甩了几下,仿佛他有一条长长的尾巴。

吴丹青还想去跳,但右腿突然疼痛起来,他乖乖退出了舞场,站在草地边上。他发现不远处静静地站着一个人,望着足球场里的草坪。她穿着黄短袖,蓝色运动裤,白鞋,留着短头发。

"小汪!"他在心里喊了一声。

果然是她。在这伙人里,除了蒋雪花,没有人的身材这么端正。只是她比蒋雪花胖一些。她原来穿的是黄短袖,有几次他都以为是白色的。夜不观色呀。还有一件红色的皮肤衣放在灯柱那边的塑料布上。

吴丹青想过去问问"POS机"的事儿,一个亲戚娃娃正在做POS机的生意,要向他借钱,他不清楚是怎么回事,一直没有决定,借还是不借,犹豫着。他还想告诉她:那天他去大十字网点了,那里正在装修,不知装修好了没有。还是有话可说的,但他还是怕引起她的不快,没有过去。

吴丹青想:"十多年后白文娟就是汪小华现在这个样子,一定还很漂亮,也一定这样健康而富有活力;二十年后王小丽就是王姐的样子,瘦小了,单薄了,弱不禁风,但依旧有风采,气质更加高贵,待人更加宽厚。"他已经这么想过多次了。

汪小华那么专注地望着草地,有一股股清凉新鲜的气息从草地上吹过来。

《快》完了,汪小华又回到舞场里。

今晚,魏凤英也没有来。

连翘没有来。这些天她与远在无锡的女儿较劲儿,夜夜睡不着。国庆节亲家母要来定西,女儿提出了条件:"不要谈婚姻方面的事。"这怎么可能的呢?他们从重庆来就是为了这件事,不谈儿女的婚事干什么来了?

连翘女儿小红还在无锡"淘金"。重庆买房子是连翘早期给了二十万元,后来又追加了十万元,此次亲家母来还准备给十万元。前次去无锡,她给未来的女婿给了一千元,可是令她气愤的是她的女儿去了一趟重庆,亲家母一分钱也没有给。"这重庆人拿咱甘肃人当傻子!"

可是女儿不让连翘提自己的婚姻,是怕母亲"给男方施加压力",她处处都替男朋友着想,真是少见。不就是网上谈的吗,感情像经过战火考验,至于吗?更让连翘难以接受的是:女儿提出不见舅舅和姨母,将来结婚了也不当亲戚走。连翘为此与女儿在电话里争吵了很多遍,争吵激烈时双方都哭泣起来。最使她气愤的是自己的男人,他居然背着她接受了女儿如此苛刻的条件。

连翘不明白的是究竟是女儿想出的主意还是男方想出的主意。她整夜睡不着,出差时就在宾馆的房间里打电话、争吵、哭泣,失眠后走来走去。她生气最多的就是自己的女儿和丈夫。丈夫则在家里精心照料自己不省人事的父亲。老人不需要再捆绑了,已经下不了床。他伺候得很好,很干净。除了伺候父亲还不时地下楼看看象棋对弈。"就是不关心我。"她生气地想。

第三部

生活在继续，每个人在自己的轨道上运行着。

五

天上下着毛毛雨，今天是星期五，来跳舞的人不多。刘姐和魏凤英都在，跳了一阵广场舞之后，就开是跳锅庄舞。吴丹青在走圈，刚绕过南边的半圆，来到直线上就听到《三杯酒》的曲子响起来。他回头走向舞场。

这个舞是姜老师最近教的，吴丹青很喜欢这个曲子，更喜爱这个舞蹈。动作简单，但舞姿优美，主要是甩胳膊。

跳完这一曲，雨下大了。几个人穿上外衣走了，但大多数人坚持跳舞。吴丹青来到东面的槐树下，来来回回地走动，他还不想回去，想躲过这一阵雨再说。槐花落在地上，被人们任意踩踏，已经成了花浆，踩上去的时候，鞋子就被黏一下。

他想念白文娟，心里也下着毛毛雨。他现在有一个想法："只要她来跳舞，至少还能看见她，哪怕几天来一次也行。"爱就是一种难以碰撞的感觉，这种感觉不可能发生在别人身上，只能发生在特定的人物身上。这么多的女人，其中不乏美女，但像舞女那样的感觉是不会被复制的。他细数一次次相逢和错过的机会，责备着自己，心里难受起来。

吴丹青觉得自己连月亮也很久没有看见了，她不知流浪到了何处。此刻是圆的还是残缺的，是白月亮、黄月亮，还是蓝月亮？假如出现在天空里，有没有人仰望和叹息？有没有人为它再拍照？他疑心掉在地上的这些槐花就是月亮的碎片，月亮的骨头被无数的思念揉碎了，才一瓣瓣地落下来。

跳锅庄舞的女人

八月了,该是秋收的季节,可是今年大旱,陇中没有秋田可收,玉米刚刚出穗就被晒死了,洋芋只有鸡蛋那么大,最大的也不过像拳头大。脱贫的农民肯定又要返贫了。在这片土地上,最苦的还是农民,最穷的还是农民,最没有保障的还是农民。政府帮扶了这么多年,付出了很大代价,但贫困是个很顽固的东西,需要长期地努力,有什么办法呢?他胡思乱想着,似乎只有这样才能转移注意力,才能摆脱对舞女铭心刻骨的思念。

他心里一阵阵发痛,是想哭又哭不出来的那种感觉,憋闷的感觉,呼吸总是不够舒畅。他一连做了几个深呼吸,才安静下来。雨小了。北边的人早都跑光了,只有连翘带的那队人马还有几个在跳舞,她们在槐树下跳,那里是操场的直角处,树木稠密,枝叶繁茂,小雨是淋不湿她们的。

连翘睡觉的时间越来越少了,跳舞的时间更多了。晚上跳两三个小时,早晨还要跳两个小时。一个人没有事可干的时候,就打开手机,看上面的广场舞,一边观看一边学习。

"要是为了满足你的虚荣心,那我就订婚。"女儿那种咬牙启齿的声音响在耳边,她浑身的肌肉就抽搐一下,舞动的手臂停顿了半秒钟。她和女儿自小就不合拍,是自己的思想固执呢,还是女儿天生就是她的对头?他们父女老是拧成一股绳对付她,想到这里一股泪水涌出来,她转过身去,悄悄揩去。舞女们围成一个小圈子跳舞。

吴丹青又回到了舞场上,一个人默默地站在圈子外面跳舞,直到最后一曲。雨完全没有停下来的意思,冰凉的雨点打在他的胳膊上,肌肉反抗似的颤动一下。近来他的左腿也疼痛,贴了一片奇正藏药稍稍有些缓解,但还是在疼,里面"咔嚓嚓"地响着,像是破碎了的骨头茬子在彼此摩擦。他痛得咬牙切齿,脸也被扭曲了。

第三部

曲尽时人们急于回家，吴丹青见没有人收拾器材，走过去把一根灯柱拔下来握在右手里，还做了一个舞动的动作，是模仿了一下孙悟空的动作。左手提起灯柱的底座，送去器材室。

刘姐急急跑来，说："先不要放，等我把摩托车推出来，不然就推不出来了。"她的摩托车轻巧，是一辆红颜色的轻型电动摩托车。

吴丹青很多天不来跳舞了，一连八天都在下乡。今晚是八月十五的前一天，人不多，但姜老师在，舞场的秩序很好，人们精神抖擞地跳舞。姜老师身后跟着几个中老年妇女，她们对跳舞很感兴趣，也想跳好，像年轻人那样洒脱。

姜老师的手心始终是朝上的，角度是直的，手指略略弯曲。吴丹青发现他跳舞时胳臂腿子都伸不直，魅力在于动作准确、节奏与乐曲合拍，其动作好看是由于用力。他的每一个动作都不虚晃，而是踏踏实实，力气很足，充满阳刚之气。这样跳舞很费力，因而有一阵就随意跳，不那么投入。

吴丹青并未去里圈跳舞，只在东南角踏着节拍独舞。可是几个妇女挤过来了，他不得不转移到西南角。汪小华跳了一圈就脱去灰色的外衣，露出黑短袖，她修长的胳膊柔软地舞动着。在吴丹青眼里她不是在锻炼身体，而是展示女性之美。有位叫代薇的女诗人说过："写诗是舞蹈。"而汪小华跳舞则是写诗，充满了幻想与浪漫。黑色的裤子衬托出她美丽的长腿。这穿着裤子的双腿比那些只穿着短裤把白肉露在外面炫耀在大街上的美女们的腿子更好看。美是含蓄的、遮遮掩掩的、羞涩的，而非赤裸裸的、一丝不挂的。

"她的那双红舞鞋是不是一双魔鞋？"吴丹青想。

汪小华身边是穿黄裤子的王小丽，她们彼此映衬，相映生辉。

王小丽的头发新剪过，很精神。不过她的那双大眼睛因暴露太多而浅显了一些，深邃需要遮掩来修饰。一个人的坦诚往往就体现在那双眼睛上。

跳舞结束时他们一起往外走。吴丹青走在汪小华她们身后。她转过头来看了一眼，见身后只有他一个人，就迅速把手伸进裤腰，拉展装在裤腰里的短袖。她们低语着往前走，好像很久没见面似的。但汪小华不是那种高声大嗓的人，也不是那种低声细语的人。她说话时常常爱往后看一眼，仿佛在等待一个人，又像是怕有人偷听。

吴丹青看到汪小华走路时略带外八字，不像舞场上那么灵巧。"原来这样。"他想。他想从汪小华身上找到舞女的一些特征，可是他摇摇头，直到走出操场大门也没有找到一点完全相同的地方。

"舞女也许永远不来了。"他悲哀地想。他抬头看看月亮，其实今晚已经圆了。一辆白色小轿车从他身边急速驶过，他的心里一惊，神经绷紧了。他出了一口长气，前后看看，急步穿过马路。

舞场里只有九个人在广场舞。吴丹青走了五圈，每一圈过来就数一数跳舞的人。他做完引体向上，抢着胳膊朝舞场走去。跳舞的人里面没有一张熟悉的面孔，或许她们一直就在跳舞，只是他没有注意罢了。今天是八月十六，月亮格外圆，也格外明亮，不用电灯就可以跳舞了。这样的时刻多么美妙，可是不知舞女去了哪里？汪小华、王小丽她们去了哪里？也许去了老家，与亲人团聚。不，汪小华的家就在定西。唉！就连黑牛也不来了，余大宝也不见影子。刘姐穿着黑色短裙跑来跑去播放音乐。魏凤英在，她一身灰色，是紧身衣，浑身的线条被勾勒出来。她几乎变成一个姑娘了，长长的头发

第三部

披在背上,只在发根那里稍稍卡住一点,蓬松的黑发有节制地散开。她抬起脚时,吴丹青才看清她穿了一双白色厚底的休闲鞋。她和那个腰身总是展不直的男人在一起,他们还能搭对,别人都不行。

播放的还是那些老曲子,但会跳舞的人不多,中途又走了几个,所剩无几。人连一圈也站不满,舞场开了一个大口子。吴丹清还是站在远处自己跳,并不去弥补那个缺口。他在心里惦记着尤玲玲她们。"这些人都去了哪里?"他在心里抱怨着。

是呀,只有那个瘦瘦的男人高峰还在,他是唯一能把全部舞蹈跳下来的人,带着大伙跳。他使出浑身的力气跳舞,但无论如何就是没有姜老师的那份魅力。每个人都有自己的长处和短处,每个人都有自己的个性特征,别人是改变不了的,也难以效仿。

吴丹青很想看到那些熟悉的身影,即使不说话,即使不跳舞。他感到自己很孤独,欲哭无泪的那种感觉。北面那个舞场里连一个人影也没有,连翘也没有来。他想起以前的事情:连翘半夜起床,把睡在身边的男人惊醒了,他懵懵懂懂去上厕所,回来一看床上被收拾得一干二净,被子被折叠起来。他只好睡在沙发上。她去折叠女儿的被子,两人撕扯在一起,女儿哭喊着抱住被子不松手,连翘无奈,只好作罢。她在心里气愤地想:我睡不着觉,你们个个像猪一样,睡了个踏实,没心没肺的东西。从前连翘就是这样,闹腾得一家人不得安宁,不过近来她不那么折磨自己和家人了。婆婆去世后,公公不能下床了,不用捆住双腿,他动不了。她成了西北角那伙人的领舞者,穿上红衣服尽情地跳舞。吴丹青也想去那边跳舞,但又怕错过了白文娟,还是留在南边。

雨点冷冷地下起来,人们被它驱散了。

但那种少有的空虚使他难以待下去,吴丹青信步来到友谊广

跳锅庄舞的女人

场,乱糟糟的声音更使他有些烦躁。不过他还是来到西北角,那里还有人在跳舞。吴丹青熟悉的乐曲在响。走近了,他看见这块小小的地方挤满了跳舞的人,里外围了四圈。最外面的一圈里有一个人穿黑色短袖的女人,身材、舞姿和衣着完全像汪小华的,但他不敢确定她就是汪小华。

吴丹青站在一棵松树下,望着舞场中的人们。乐曲是熟悉的,但听起来还是觉得不够顺耳,总觉得少了点什么。但少了点什么呢?又说不清楚。他瞅定那个一身黑的女人,见她小心翼翼地摆动着腰身、手臂与脚腿,像一个乡野小姑娘进了大家贵族的门。人很多,这块地方靠里面虽然是广场的中心部分,但太小。上百人挤在这里跳舞,大家都很拘谨和收敛,不小心就会碰到别人。

领舞的是一个高个子女人,她就是黎花。黎花比汪小华还要高些,也比她瘦。站在舞女们面前,她鹤立鸡群,娴熟地舞动着手臂,别的人都看着她的手势跳舞,秩序井然。友谊广场的这帮人当中,年龄大都在四五十岁,相对年轻些,经济条件、文化素养好些,服饰也好些,所以她们怀有一种优越感,总是在寻找新奇与别致,总想与别人拉开距离。吴丹青扫视了一遍后发现那个一身缁衣的舞女就是汪小华。她身边还有一个穿红线衣的中年女子,正是蒋雪花。"原来她们都在这里!"吴丹青想。许多天不见她了,还以为她有什么事情或出远门。至于她们为何来到这里,吴丹青是不知道的。"管它呢,不要多想。"他在心里说。大家跳舞不过是为了锻炼身体调节心情而已,其余都是多余的。你就是搞清楚每一个人的来历也毫无用处。

看着汪小华拘谨的样子,吴丹青突然忧伤起来,在这样的环境里跳舞太让她受委屈了。他鼻子酸酸的,要流泪的样子,像是自己

第三部

受了委屈。汪小华轻轻摆动的手臂,稍稍抬了一下就落下去的脚,让吴丹青有一种说不出的难受。寄人篱下的感觉强烈侵袭着他。"要是白文娟来这里跳舞或去别的舞场跳舞,肯定也是这个样子吧!"他将眼前的汪小华幻化成舞女,她长长的手臂只有在举过头顶时才舒展开来,无垠的夜空才让她尽情释放青春的魅力。

汪小华她们为何要来这里?吴丹青百思不得其解,这些舞女们有许多秘密他不得而知,生活有它不透明的一面。突然,广场上的灯光全部熄灭了,除了路灯还亮着,其余都灭了。广场上一片昏暗,女人们开始穿衣服,拎包。汪小华扶起一辆倒在地上的白色自行车,她是骑车来的,又骑车回去,她住在欧康小区。王小丽拎着一个小包,昂首挺胸地从广场中间圆形喷泉那里走过。

刚刚跳舞的两个中年妇女走在吴丹青前面,"把自己这个圈子里的人管好就行了,不要把别处的人往来叫。"她们中的一个说。"那几个是大操场里的,那边地方宽敞,偏要来这边,挤死人了。"另一个附和说。她们议论的好像就是汪小华等人。"那边蚊子多,前几天把我的胳膊上咬了几个疙瘩,难受死了,你看还没有完全好。"她们中的一个是从大操场里来的,边走边议论。她们拐进一条小巷,身影很快就消失在夜色中。

吴丹青不忍心再看下去。头顶的月亮圆圆的,可是天气在变,洁白的月亮变成了昏黄的月亮,不一时就成了模糊的一团。

六

又过去了十多天,吴丹青下乡回来就去大操场里跳舞。可九月三十日晚上大操场里没有一个人,大门上锁了。友谊广场里还有跳舞的,黎花她们那个摊子上只有十多个人在跳舞,但她本人不在。吴丹青转了一大圈,没有什么发现,只有空虚和寂寥,他觉得百无聊赖。人们都去过国庆节了,有一部分回了老家。

十月一日他窝在家里看《宜昌保卫战》,二日晚才去大操场锻炼。大操场里跳锅庄舞的人还是不多,连一圈都站不满。吴丹青没有地方去,他想找一个跳得好的人跟上跳,但这样的人是找不到的,许多人都不会跳,还远不及自己。缺口那么大,他只好硬着头皮补上去。女人们少了,男人们更少了。"他们去了哪里?"吴丹青无声地发问,他老是惧怕空虚和孤独。"女人势利,还是男人势利?"他心里突然生出这样一个愚蠢而古怪的念头。

刘姐跳广场舞跳累了,站在音响旁休息。魏凤英也在,但她也显得力不从心,勉强跳舞。把舞跳成这个样子的只有她一人了,可是她缺乏信心,像霜煞了似的。没有观众的表演是悲哀的,人越少跳舞越没劲儿。新来的人是不会跳舞的,她们只是想跳舞而已,几个稍微会跳一点的想组成一个大圆圈,可是怎么也组织不起来。里面形成了一个漩涡中心,人越来越拧得紧,外面的还在往里面挤。完全乱了套,失去了秩序,没有头也没有尾,成了一群乌合之众。刘姐急得跑进圈里喊叫了几次,但还是没有人听她的话,也许是没有明白她的意思,也许是明白了,但不知道该怎么办。这一曲就这么乱糟糟地跳完了。人们向四面八方散去。

下一曲开始的时候,吴丹青发现他的旁边是葛嫂,吴丹青在她那里裱过几次画,算是老相识了,现在又是舞友。葛嫂为人友善,见了面总要打个招呼,临别时会暖暖地招招手。葛嫂在旧货市场里开画廊,卖字画,也装裱字画,空闲的时候也练写柳体。她刚刚五十出头,可两条腿子怎么也伸不直了,成了罗圈腿。

跳锅庄舞的女人

　　葛嫂有些发胖,加上那两条不听话的腿跳舞就格外费劲儿,她紧追慢赶还是落在别人后面,跟不上节奏。每当落在音乐后面时,她就省去一些动作。要是有一位跳得好的,吴丹青就能应付一阵子,可偏偏是葛嫂。他的右边是一大片可怕的空地,昏暗的灯光照在那里,像是照着吴丹青灵魂的一隅。他心里格外不安。吴丹青专心去跳舞,可是有些动作他已经变得陌生,等记起时别人已经跳过去了。葛嫂发现了他的纰漏,但她泥菩萨过河自身难保,顾不上多看一眼吴丹青。

　　《青海西宁锅庄舞81号》响了起来,这是吴丹青最喜爱的一曲。对舞的时候就与葛嫂面对面。她的头发烫过,蓬松妩媚,但被绾起来,两人格外友好。她的脸胖胖的,颜色红润,慈眉善目。吴丹青看她的时候,她就笑笑。眼前的这个女人突然变得格外年轻,变成了短发圆脸,一双美丽的大眼睛向他投来热切而鼓励的目光。这不是白文娟吗?吴丹青眼睛一亮,心头闪耀出一朵美丽的火花。他的内心和肌肤都燃烧起来,连冰冷的骨头也燃烧起来了。他的额头上沁出了汗粒,头有些眩晕,身子轻飘飘的,两只胳臂像打开的翅膀,飞起来。他的灵魂在飞,穿云过雾,在无垠的太空中遨游。

　　舞曲结束了。葛嫂盯着吴丹青的眼睛狠狠看了一眼。那目光像一束芒刺,更像飞来的利刃。吴丹青不知所措地退出舞场。

　　另一曲是《藏歌联唱》,刘姐也跳起来了,她给吴丹青示范,并以目示意。这些动作吴丹青是会跳的,可是不标准。刘姐这么一指点,他就流畅多了。九点刚过,他们就结束了。吴丹青把一根灯柱放进库房里,出来时碰上刘姐吃力地提着音响,他从她手里接过去,转身又走进库房。

　　"谢谢你!"刘姐说着就去推她的电动摩托车。

第三部

　　吴丹青从库房出来径直向大操场外走去。他来到友谊广场西边的舞场，站在一根灯柱后面观看这里的舞蹈者。第一眼看到的是汪小华，她一身红，上身是线衣，烫过的短发随着音乐的节奏在飘动。舞姿还有些拘束，但已经十分柔美。可喜的是这里的音乐和舞蹈跟大操场里一模一样。吴丹青感到非常亲切，即使不去跳舞也觉得舒畅和愉悦。然而他是局外人，与他们没有多大联系，心里生出一些敌意和冷漠。

　　汪小华身边是蒋雪花，也是一身红。紧接着是王小丽，黑色的上衣使她的腰身细了许多，但那条黄色的裤子无法掩饰她那肥硕的臀部和粗壮的大腿。吴丹青盯着她的黄裤子看了许久。之后，他才去看她的头发，比以前长了些，但还是那个造型，并无新奇的地方。他看不到她的眼睛，离得远了些。要是再近些，她们就会发现他。其实吴丹青最想看的是她的眼睛，可是盯着那条黄裤子看了那么久。姜老师在王小丽后面，对舞的时候他们就做伴。姜老师潇洒的动作与王小丽有些夸张的动作并不协调，但他们在彼此的配合中陶醉。这位锅庄舞教练的头顶上有一小片隐隐约约的稀薄的高地，吴丹青因站在高处才看清了。他还是一身灰衣服，白色休闲鞋。他的身后一连跟着四个中年男人。吴丹青承认这里的男人女人舞都跳得好，比大操场里的好多了。"比较整齐。"他对自己说。可是除此而外还有什么呢？这么狭小的地方，彼此拥挤着，有什么好？

　　令吴丹青不解和生气的是黑牛仍旧混迹在里面，不过他比大操场里时乖多了，舞技也有所提高，虽然还转圈圈，碰碰车，但有了刹车，不再那么粗鲁和恶心。黑牛在汪小华前面，因而碰不到别人身上。吴丹青的内心有些阴暗，他想起了那个大胡子的男人和他光亮的秃顶与墨镜，心里就刮过一股凉风。

跳锅庄舞的女人

他们在跳一支新舞,几个动作都来自吴丹青熟悉的那几个舞,像是新的创造,又像是从旧舞中选定了几个动作的组合。由于姜老师的带动,大伙都跳得卖力,看起来大方而优美。似曾相识的舞姿并不能吸引吴丹青,他始终没有走进舞场,他没有资格。

余大宝也在里面,这也是吴丹青不愿走进舞场的原因。他披着长发,穿着短裙和一双白网鞋,脸上擦着厚厚的胭脂,但胡子没有刮净,胡茬针尖一样冒出来。他听了汪小华的话脱去了高跟鞋,换成了休闲鞋。但他死活都不脱裙子。他那么想做一个女人,那么热爱女人的服饰,那么热爱女人的神态和动作。女人的气质已经被他模仿得差不多了。因为鞋子不再碍事,他的舞也跳得好多了,站在汪小华身边,他似乎对做一个女人更自信了。

余大宝身前是另一个吴丹青不熟悉的高个子女人。她的个头跟胡大宝一样高,头发也一样长,一样蓬松和美丽。奇怪的是她跟胡大宝的服饰一模一样,像是一起打扮梳妆过的姐妹。她的舞并不比汪小华跳得好,可是她是这里的老居民,资历比汪小华深,因而头抬得高高的。汪小华总是低着头,好像做错了什么?

吴丹青不愿继续看下去,不愿看王小丽和姜老师对舞,也不愿看汪小华那副低头的样子和蒋雪花弯不下去的腰身。今晚他们反复放一个曲子,跳一个舞。连他都厌烦了,可是他们却跳得津津有味,其乐融融。已经九点半了,广场要熄灯了。吴丹青没有看到尤玲玲,友谊广场上似乎也没有她的影子。她去了哪里?

广场东边是一伙跳交谊舞的人。那样的场合过于混乱和刺激,"尤玲玲是不会去的。"他想。不过他也说不准,"谁知道呢?"他悻悻离去。今晚小曲也没有唱,那些人是散伙了还是回老家去了?应该是国庆节回老家还没有回来。现在停唱还有些早,天气正是好的时

第三部

候,不热不冷。十月的定西正好,秋高气爽,蓝天白云,瓜果飘香,树叶开始发黄变红,风吹过就掉下一片。吴丹青的心像被什么揪住又松开。

国庆节后的第三天晚上,大操场里还相对安静。北边铁路局的那一拨人还没有来跳舞,连翘那一伙也没有人来。吴丹青知道她去全力招待从重庆来的亲家母。女儿和男友也从无锡赶来了。

刘姐这帮人倒是猛增了许多。虽然大多数人不会跳舞,但"来的都是客",舞女们彼此宽容地对待,没有人对不会跳舞的另眼相看。铁师傅来了,在跳舞的间隙他问吴丹青:

"你姓什么?"

"姓吴,叫吴丹青。"

"你应该先出左脚,"他示范了一下,补充说,"金银脚应该是这样。"

吴丹青明白是怎么回事了,但习惯了先出右腿,一下子还是没有改正过来。他心里热乎乎的,这是有人第一次矫正他的舞姿,心里充满了感激,信心陡增,于是对铁师傅说:"以后你多教我。"铁师傅连忙说:"咱们一起跳舞就是缘分,锻炼身体嘛。"

吴丹青第一次无所顾忌地站到了最里圈,他的胆子镇了,即使跳错也不那么害臊了。他的身后是几个年轻的舞女,吴丹青不在乎,全身心地投入到跳舞当中。两眼却不时地瞟一下铁师傅,看自己跳得对不对。有时他也看看对面的魏凤英,她不像前几天霜煞了似的无精打采,此刻正精神抖擞地跳舞。这帮人里面她的舞跳得最好,柔美的曲线随着舞姿在她身上从容自如地流淌,纷披的长发甩动着。吴丹青嗅到了一股淡淡的香水味,好像就是从她那边吹来的。

跳舞结束时,吴丹青把一根灯柱和底座搬进屋子,出来时在门口碰见铁师傅正提着音响进屋。"把音响给我,"吴丹青说,"不用了,我提进去。"

"有男人到底就好!"刘姐高兴地说。

从大操场里出来,吴丹青直奔友谊广场西北角。那里的人正跳得火热,但他没有看到姜老师,只有汪小华、蒋雪花、黑牛、余大宝和王小丽在里面。虽然汪小华跳得天衣无缝,但领舞的还是黎花。她的个头高,足以能当篮球运动员或排球运动员。"大概一米八二,比白文娟几乎要高出一些,比她瘦一点。"吴丹青给自己说,心里掠过一道忧伤的阴影。今晚这里跳舞的人不多,只勉强站满一圈。

黎花在大操场里也跳过舞,吴丹青记得,所以有些印象。她失地后在友谊小区打扫卫生,后来到收费室收费。在这一群女人中黎花非常突出,经常领舞不说,人也开朗,加上年龄大一点,来跳舞的人都非常尊重她。黎花身材高大,但女性特点鲜明,腰细,臀部肥硕,看起来非常秀气。她的脸有些黝黑,眼窝深,眉心有颗黑痣。她有时把头发束成一个"马尾巴",有时编成一个大辫子。她爱穿红上衣,裤子爱选深蓝色。黎花跳舞非常虔诚,从从容容,不慌不忙,动作舒缓,但是非常熟练,绝不会掉拍。她给人一种成熟的美和沉着的气质,能使人浮躁的心平静下来。

"吴主任你也来跳舞?"吴丹青转过身来,发现是就业服务中心的看门人杨春梅。她一见吴丹青脸就先红了,她个头只够到黎花的肩头,可是她不胖不瘦,结结实实。穿着一身蓝色的运动衣,白鞋。她居然也把头发披在肩上。对于杨春梅,吴丹青是熟悉的,她至今吃住在就业中心的那两间门房里,打扫卫生,收发报纸。吴丹青有时也去那里坐坐,没有开水的时候去那里沏一杯茶。杨春梅常常牙疼,捂着半个脸。她男人在南川卖煤,两个孩子都是她一手带大

第三部

的。一儿一女每天晚饭后在那个狭小的地方写作业,可都考上了名牌大学,如今一个在西安那边参加工作,一个在兰州工作。她闲下来了,也来锻炼身体。

　　杨春梅是怕吴丹青闹出笑话来,才喊了他一声。她发现吴丹青已经长时间地盯着黎花看了,那是不礼貌的。他们说了几句客气的话,就一起跳舞。还没有到结束的时候,汪小华就和蒋雪花一起拎着衣服走了。王小丽是什么时候溜掉的,吴丹青根本就没有发现。舞曲结束时,黑牛还在原地打了三个转转,不小心撞在余大宝身上。余大宝正在一旁收拾自己滑脱的短裙,被黑牛这么一撞,差点摔倒,骂骂咧咧地闪到边上去了。

　　友谊广场上的灯光熄灭了。吴丹青看见西天有一指头那么宽的一点月亮。他许久没有看到圆圆的月亮了,心里有说不出的难过。

　　白天骑自行车去了一趟单位,吴丹青的右腿就疼起来。跳舞的时候,他不得不一次次离开舞场,在篮球架那里去揉膝关节。他本来是想跟着铁师傅跳的,可他身后围着一堆人,只好在离他很远的地方跳舞。虽然人多,但里圈空开了一个大缺口,一大部分年纪大一点的女人都站在边上跳,她们不往圈里站。吴丹青就站在那个缺口里。他这么一站,另一个穿乳白色上衣、蓝裤子的年轻女子也补上来。她的个头略微有些小,可与她一起跳的女子是一位个头较高、个性恬淡的女人。她脸上堆满微笑,对舞的时候,她们紧密地配合。而吴丹青则是一个人,但他不在乎。他是男人,不计较这个。其实,他身后还有一个跟着跳舞的女人,只是她不会跳舞,在奋力学习。吴丹青还不能带她,因为他怕自己跳错。

跳锅庄舞的女人

第三部

　　这样一来,里圈的缺口就不大了。吴丹青早都注意到了,人群中有姜老师,只是他没有往日活跃,显得有些郁闷。"他怎么又回来了呢? 不去友谊广场了? 他简直就像一个走江湖的,忽东忽西,飘忽不定。他本来就是教舞的而非跳舞的嘛!"吴丹青心里嘀咕着。其中的缘由他是不明白的,他的行迹扑朔迷离。汪小华、蒋雪花和王小丽也在,她们三个连在一起。蒋雪花在缺口的那一边,吴丹青在缺口的这一边。"要是女人补上这个缺口多好! 遗憾的是她不在,"吴丹青想,"可是有什么关系呢?"跳了两曲无之后,姜老师不见了,他一般是不往到底里跳的,往往中途就走了,今天也不例外。

　　汪小华穿着灰色的运动衣,总是低着头,没有多少精神,颓败的样子让人有些怜惜。王小丽也穿着灰色的运动衣。她们是约定好了的。但蒋雪花依旧我行我素,穿着红线衣、蓝裤子,她的舞姿准确但缺乏活力。这几个人都是吴丹青跳舞的偶像,在心里很敬重她们。缺口越来越小了,吴丹青与蒋雪花连在一起了。她就在他身边。这个舞艺高超的女人,要是在平常,吴丹青会自动避开的,悄悄退到后面一圈去。他既不想妨碍她跳舞,也不想在她面前出丑。但今天他一点也不胆怯,一点也不想后退,坦然坚持在自己的位置上。甚至不会做的动作他也不看她的,而是看着对面铁师傅。看他怎样做,紧紧追赶着。奇怪,吴丹青做错的动作并不多。有一阵子,刘姐也在他的身后跳,像是有意在为他鼓劲加油。

　　吴丹青完全打消了羞怯和不安,那种躲躲闪闪的情景一去不复返了,他告别了往日的自己,也告别了一种精神的束缚,理所当然地成为这个圈子里的一员。他不再觉得自己那么笨拙,而是手脚灵活,转动自由。他索性脱掉白色的外衣,把它挂在足球门框的一个铁丝上,穿着白衬衣和套在上面的毛背心,挽起袖子跳舞,有力地甩着胳膊,踢着腿子。记住了铁师傅教他的"金银脚"。那个穿越的动作他走得很远,撇开了围在他身后的圈子,然后跟着音乐回到原位。

秩序恢复起来了。跳舞的人围成了一个大圈子,但还有一个小小的缺口。蒋雪花没有沿吴丹青的路线跳,她把圈子缩小了,创造出一个里圈,跳到前面去了,吴丹青被逼到了外圈。紧跟在她后面的汪小华、王小丽也跳过来了。她们又占据了主要的位置,成为这里的主导者。不久前的犹豫已经完全消失了,她们全身心地投入到舞蹈之中去了。汪小华脱去外衣,露出里面的红线衣。线衣的黑边似乎勒紧了她的腰身,突兀出腰部和臀部的曲线。她的动作越来越柔美,引人入胜,几乎和从前没有什么两样了。整个舞场中静悄悄的,只有整齐的脚步声在响。"还是她们跳得好!"吴丹青在心里对自己说。他内心的戒备也消失了,对她们的疏离变成了友善,不再计较过去,他长长出了一口气,不是为自己,倒像是为别人出的,而平复的却是他自己内心的波澜。

吴丹青全身心地投入到音乐与舞蹈中去了,跳最后一曲的时候汪小华她们就从舞场中心抓起衣服走了,但吴丹青坚持到了最后,并帮助刘姐她们收拾好东西才离开。

"她们怎么十多天没有来?"

"罢工了。"吴丹青听到身后有人在谈话。

七

看完一集电视剧《长征》到操场里时已经八点半了,只跳了三曲舞就结束了,吴丹青一看时间八点五十七分。

"怎么结束得这么早,还没过瘾?"有人在黑暗中问。

第三部

"已开始实行冬季作息时间,九点钟就得结束。你八点半来还跳什么舞?人家都是六点多来的。明晚早点来。"刘姐回答那个人的疑问,她的声音高,一旁的吴丹青也听明白了。"得早点来。"他在心里盘算着,可是这样一来新闻联播恐怕看不上了,这是他每天的必修课,或者刚看完就得动身。他是不跳广场舞的,少看一眼电视就能多锻炼一会儿身体。

吴丹青把一根灯柱放好后就往回走。他不想再去友谊广场,那里一定有汪小华她们,但他的双脚还是朝那边走去。只来了两个晚上,中间下了一场秋雨,她们又去友谊广场了。吴丹青的心里有一种连自己也说不清楚的滋味,是忧伤、悲哀,还是妒忌和失落?他真的说不清。他的内心已经被难以名状的烦恼和矛盾所堵塞,只是沉默地走路,神情有些麻木,脚步走过却感觉不到大地的存在和真实,但他警惕着来往的车辆,注视着闪闪发亮的车灯,往来的汽车从文化路上疾驰而过,消失在的拐角处。

音乐声和嘈杂声大了起来,人影憧憧,吴丹青已经来到友谊广场了。这里和往日没有什么两样,只是少了那帮唱戏的人,摆小摊的人也不多。可能是天气凉了的缘故吧。一拨又一拨的女人们扭动着腰身,有的手里还拿着红绸带或花扇子,说话声和爽朗的笑声不时地将音乐声淹没。吴丹青悄然从她们旁边走过去,来到西北面。有一个男人坐在条椅上,眼睛瞅着舞场。吴丹青在离他不远的地方停下脚步,侧身向舞场里望去。

这里灯火辉煌,女人们都穿着红衣服,只有汪小华穿着灰色运动裤。由于站得远,他看不清她们的面目,但能辨认出蒋雪花也在其中,没有看见王小丽和姜老师。余大宝在不在?黑牛在不在?他居然没有注意到!

跳锅庄舞的女人

她们跳一圈舞之后停下来,姚老师指挥大家分成两组,摆弄了一会儿之后,两排人向对面穿插,结果有几个人穿插错了,惹得大伙哈哈大笑。姚老师就去教导,指手画脚起来,有几个听着,但更多的人独自说着话。

坐在条椅上的男人起身走了,吴丹青觉得被孤立了,站着很不舒服,也不自在,于是他转身离去。"她们来这里也有道理。"吴丹青想。大操场那边改了作息时间,从六点钟开始活动,大多数人是办不到的。她们还在上班,下班就已经是六点钟了,还要回家做饭,饭后还有一大堆事情要做,完了才能来跳舞,最快也到七点半以后了。要是九点钟结束,能跳几支舞?大操场那边的人年龄较大,大都在五十多岁,虽然也有一些年轻的,但主力还是那些五十多岁的人,她们大都已经退休,有的是时间,有人五点多就已经来到操场了。而汪小华她们都是四十多岁的人,精力旺盛,喜欢跳锅庄舞,不喜欢跳广场舞。友谊广场一般都是九点半熄灯,时间充裕。何况人员中除了几个男人之外,几乎没有年龄过大的,也没有过小的,又都是工薪阶层的,彼此沟通容易,很快就融为一体了,何况还要排练节目,共同演出等。"所以,她们分离出来,加入到这支队伍中似乎是合理的。"吴丹青得出了自己的结论。

可是,吴丹青不能分离,不能背叛。过几天他又要去下乡了。"要是舞女在,她也会离开大操场吗?"他问自己。"她不会的。"走了几步后,吴丹青肯定地回答说。"可是有什么理由或合理的解释呢?"她究竟去了哪里?他悲伤起来。觉得背离和不背离都没有什么意义。"有什么意义呢?人不过是随波逐流而已。不过是在寻找自己的快乐而已,没有什么值得留恋和思念的。"

星期五的晚上人不多。汪小华她们又去友谊广场了。多日不见的高继红却又出现在舞场里。她还是那身打扮,穿一身蓝色运动服,夜幕下依然能看清她娇媚的身材和脸庞,眼镜下面一双机灵的小眼睛。

刘姐不知什么事情,搬出音响就在匆匆走了,跟谁也没有说一声。魏凤英在,但姜老师一次次地选择音乐。从下午开始就刮着风,天气很冷。吴丹青穿着呢子上衣,不过他忘了换鞋子,脚上还是那双红颜色的凉鞋。出门后才发现,又回去换上胶鞋。

天气一变冷来跳舞的人就少多了,一个大圈还没有站满。几个老年妇女则站在圈外缓慢地跳舞,艰难地跟着年轻人的脚步。年轻人的动作力度大,老年妇女就不断地给她们让地方,但又想学习她们的舞蹈技术,只好涌向前去,又不断地退到后面。

吴丹青跳了半圈,刚到西边的篮球架下,高继红就来了,插到他的前面。心虚的吴丹青觉得有一个跳得好的在前面心里就踏实了,他跟着高继红跳得从容自然。高继红跳舞依旧那么轻柔。吴丹青发觉她的动作异常连贯,前一个动作与后一个动作之间不会出现明显的停顿。每逢两个动作的衔接处,她就轻轻滑过去。她的动作是实与虚连接的线条。吴丹青不想跳舞了,只想看她怎样跳。这时姜老师播放了《青海西宁锅庄舞81号》,曲子一响,吴丹青就激动起来,每当听到这个曲子,他的心灵就不由自主地战栗。那些特殊组合的音符已经渗透他的骨子里,钙一样沉淀下来。这个锅庄舞先跑圈,然后伸开双臂急速转一圈,再前后甩臂,与身边的舞伴站在圈里圈外对舞,接下来又调换位置,又腰抬脚,面对面跳舞。吴丹青虽然会跳这个舞,但一直是自己一个人跳,很少有人和他对跳。他想起舞女曾和姜老师对舞过,那简直就是珠联璧合,完美无缺,撼天动地。吴丹青一想起那次他们对舞的情景心里就热起来,那才是真正的

跳锅庄舞的女人

第三部

美。但他心里酸酸的,悲哀的情绪即刻控制住了他的心。他没有和舞女对跳过,即使对跳也远远达不到他们的那个水平。

"往里转。"是高继红在提醒他。吴丹青赶紧转过去,他想舞女想得走神了。

"再转一圈,回到原位置!"高继红又提醒他。

跳完这支舞,吴丹青身上出了汗,他脱下蓝呢子上衣放到音响前的塑料布上,回到自己的位置上。可是高继红走进舞场中心,那里也堆放着大伙的衣服,她从里面拿起自己的衣服穿在身上。一股风突然向她吹来,还没有系上纽扣的衣襟被刮起来,她用右手按住,系好扣子。又一曲开始了,高继红却走向一个穿红衣服的年轻女人,插在她的身边。离吴丹青有四个人的位置,他的前面有一个中年妇女,不会跳,与前面的人拉开了一个人的距离,吴丹青想绕过她去,但她总是挡住他的去路。直到又一曲的中间,他才超过她。他前面只有一个人了,他又可以跟着高继红跳了,但舞曲结束了。

"休息吧!"姜老师喊了一声。吴丹青一看时间还不到九点,看来姜老师也没有信心跳了。"他为何没有去友谊广场呢?"吴丹青这样想着,把一根灯柱上的灯头取下来,交给身边一个戴白色遮阳帽的男人,自己去放灯柱。

他出来时操场里已经没有几个人了。风吹得高杆上的红旗"哗哗"地响着。他系上外衣的纽扣,向友谊广场那边走去。

八

汪小华她们几个去友谊广场了。姜老师没有来。大操场里无人领舞,只有铁师傅跳得好,大伙跟着他跳。不一会儿魏凤英也上场了,有他们俩领舞场面还能维持下去。周老师来得迟,插在吴丹青身边。虽然跳了一年多的舞,但吴丹青没有在他身边跳过舞。他认真地跟着他学习,可是跳了不到两曲,他就叹息一声走了。人本来就不多,走掉几个那个圆圈就空出一个豁口。

吴丹青继续跳舞,有两个女人跟在他身后跳舞,一步也不离开。他感到有一种压力,努力把动作做到位,细心倾听着音乐,也偷偷看着铁师傅的动作。魏凤英在他的对面,他也注意着她的动作。她比铁师傅跳得更从容些。

林秀梅来了,可是她不往圈里站,在篮球架那边独自跳了一阵就回去了。刘姐拿着一个蓝皮文件夹在收费,一个个地瞅,辨认着哪些交了,哪些未交。一个年轻的女孩儿主动去交费,刘姐高兴地说:"你刚来就交费。"把五块钱夹到文件夹里,在表册的空格处写下她的名字。见刘姐收费,吴丹青也掏出五元交到她手上。他们已经熟悉了,刘姐也不谦让就收下了。

连翘那拨人晚上不来了,只在早晨跳一阵。她穿一身白衣服,站在队伍前面带着大家跳舞。国庆期间他的女婿、亲家都来定西了,给女儿订了婚。她的娘家人都来了,事情办得比较圆满。

很奇怪,铁路局的那伙人也少了许多,还不到一半。就过了一个国庆节,人不知到哪去了?大操场里安静了许多。设在友谊广场里的那些露天啤酒屋也都撤掉了,人们又缩在屋里不出门了。田芬她们的人也少了,只勉强站了两排。但她们三个高个子的女人都在。服饰并不统一,可是她们三人都把外衣系在腰间。这种打扮纯粹是一种艺术,有迷人的魅力。她们都在一米八以上,三个女人站在前面,熟练地跳广场舞,过路的人都要停一停脚步,投来他们羡慕的目光。有几个男人经常坐在条椅上观赏,直到跳舞结束才离开,

第三部

天天如此。只要田芬她们跳舞，他们就在那里逗留。

大操场东边那个独舞的女人也不见了。她一个人跳了一年多。经常是一身红衣服，舞曲节奏快，热烈奔放。她跳舞就像一团火，她的激情在燃烧，几乎是一种自我陶醉式的疯狂，自娱而自虐。关于她的身世，吴丹青一点也说不上，也不愿意去打听。但他路过那里的时候总要多看几眼。

傻二娃这些天也在田芬她们那里跳舞。这孩子二十四岁了，从表面看不出有什么毛病，可他是个傻子。不过他脾气好，从不惹是生非，吃过晚饭就到外面来跳舞。附近的几个舞场他都去，至于在哪里待得久，没有人去注意。他不会跳一支舞，但对跳舞有特别有兴趣，音乐一响他就钻进人群中跳起来。他跟着别人跳，这样就永远落后半拍。女人们并不嫌弃他，男人们也不在乎，因为他不捣乱，只是傻笑着。傻二娃跳一阵就不见了，去了另一个舞场。他的家就在大操场北面的那个小巷中，母亲卖馒头，父亲整天在报社门前下象棋。小时候母亲走到哪就把他带到哪儿，长大了，他不爱在家里待了，母亲稍不注意他就跑出来了。好在他知道家在哪里，知道回家，不会跑到远处去。

吴丹青把刘姐给他的舞曲转存到自己的电脑上，打开播放，他要认识和熟悉这些曲子，了解歌词内容，不能就这么糊里糊涂地跟着别人跳。他看到《快》的词作者是一晨，曲作者是农里。但他对这个行业太陌生了，根本不知道他们的情况。《快》的歌词是这样写的：

"时光划破梦的清晨滴滴答答，街上行人开始喧闹叽叽喳喳。

推开熟睡的窗，开始繁忙，生活拉扯我的时光跌跌撞撞。一年一岁我的故事跌跌荡荡,当初那个理想并不是流浪,对错难讲也无需勉强。我只要让生命发光。快,抓住现在,用心去追寻想要的答案,快,勇敢去唱。就算我是一粒风中的尘埃。哎——呸——"

歌词稍稍有些急促感,但听曲子完全是另一种情景,读的感觉和唱的感觉是两个天地,听曲子又是一个天地,跟着舞曲跳舞则是另外一个境界。这三种境界中,感受最直接的还是舞蹈,因为在舞蹈中三种境界融合成了同一个境界,而且自己同时参与了这三种活动,他的身心全部投入进去了。

读起来很轻松的歌词,曲子却是那么急促,变成舞蹈就让人喘不过气来。旋律跟跑道一样规定了你的路线,而节奏规定了你的时间频率,跳舞是一种被迫性选择,一旦跟不上节奏,舞蹈者的内心就慌乱不堪。每个舞蹈动作就是现实的音符,它能调动人的思想、情感和个性,并以激情的方式把它们化为心灵的愉悦。"在歌词、音乐和舞蹈中,音乐是关键。歌词是把朦胧的情愫清晰化,形象化,音乐则是形象化的深入,使清晰的事物又变得朦胧,变得只有用听觉才能获取,然后用想象还原为形象。而这个过程在每个舞蹈者的心中产生的结果是完全不同的,所获得的美感和享受是完全不一样的。有人会感动得痛哭流涕,有人则哈哈大笑,有人根本就没有感觉到什么?"他想。

真正在舞蹈的时候,歌词已经不存在了,它融入到你的血液,音乐也像是鸟儿的羽毛,只拥有飞翔的使命。舞蹈者不是在跑、在跳,而是自己给自己插上翅膀自由飞翔,可以任意想象和联想,是对心身的彻底解放。每一个动作都是生命的一次绽放,是个性的展示,

第三部

是涵养的验证。舞蹈者是通过跳舞来展示和塑造自己的形象,并达到实现自我价值的目的。锅庄舞看起来是跳同一个舞,做同样的动作,但它包含和释放的信息是截然不同的。在舞蹈中,女人释放的情绪比男人的更为丰富。

吴丹青一边播放乐曲,一边试唱,但他缺少这方面的才能,哼了几嗓子,连自己都觉得难听,就撒手不唱了。他又查阅《吉祥舞》的资料,它的词曲作者都没有查到,但查到了歌词:

"云端上七彩祥云飘过温暖大地生晴日,幸福泉边的霞光,染透了绿波和牛羊。哎——哎——

善良的人们手中的灯光,点燃了幸福和吉祥,哎——哎——

唐古拉山上雪莲绽放,滋润大地百花香,纳木错湖边的格桑映透了湖水和家乡。哎——哎——

阿爸拉阿妈眼中的希望,盛满了祝福和吉祥。哎——哎——"

他知道自己唱不出来,就用心去感受。

吴丹青想:"锅庄舞是圆圈舞,也就是说他眼前这些跳舞的人们组成了一个圈子,加入其中的人们就是一个链接扣,这个形状看起来像是一个行进中的时钟,又像一个巨大的漩涡,在运动,在沸腾。除了健康的身心做动力之外,还有没有别的因素呢?有的,他肯定地回答。那么是什么因素呢?他望着舞女们,一个个地审视着,忘记了跳舞。'女人在男人心中永远是一个谜,要解开它真不容易。'"铁师跳过来了,手臂在他眼前一晃,吴丹青突然清醒过来,他意识到这样猜测舞女们是不轨的行为,他的脸唰一下红了。

九

寒流又一次袭来,北风呼呼地吹着,天气很冷。跳舞的人不多,圈子也小。但吴丹青一个人在西北角的圈外跳着。很多天不来,他的确忘了很多动作,在圈外跳就是不影响别人跳舞。

几曲下来,他觉得身上热了,脱下呢子外衣放到塑料布上去。汪小华、蒋雪花和王小丽三人正好转到那里。吴丹青准备好好跟着她们学舞,不料等他转过身来,她们三个离开舞场,朝大门口走去。吴丹青眼看着她们越走越远,眼看着她们出了操场大门,向友谊广场走去,他心里一下子凉透了。

舞圈出现了一个很大的缺口,撕扯着他的心,就像他身上的伤口一样,一种从未有过的疼痛侵袭着吴丹青。紧接着有两三个舞女也走了。剩下的人还继续跳舞,可是放了几支曲子,大伙都站着不动。这些人都不会跳,就连机灵的周师傅也站着不动,大家要求他带舞,"周师傅,你带我们大家跳吧?"周师傅举举手、抬抬腿,也无奈地停下来,羞赧地对大伙说:"这些旧舞我也忘了。"

又有几个女人离去了,还有两个女人沿着跑道去走圈。"结束吧!"不知谁喊了这么一句,大伙迅速散去。吴丹青感到有一种说不出的滋味,懊恼地将灯杆放倒,取下灯头,一手提着底座,一手拎着灯柱走向库房。

舞女很久不来跳舞了。吴丹青也不知道她的下落,他神情沮丧地离开舞场。"她永远不来了。"他自言自语道。

从上海来了一伙跳舞的,大操场里的许多人去友谊广场观看他

第三部

们跳舞。到底有什么神秘的东西？吴丹青也去友谊广场，看上海来的人怎样跳锅庄舞。

这天晚上，田芬他们全部穿藏族服装，女人们的腰似乎都细了，男人的腰则粗壮了，牦牛般健壮。那些舞女们穿上跳舞的服装好看多了，复制出雪域高原的情景。舞场上五彩缤纷，绚丽多姿，令人目不暇接。吴丹青一直在寻找田芬、黎花和麦香，可一个也没有找到，统一的服装迷惑了他的眼睛。

汪小华脱掉那件绿色外衣，穿着黑线衣跳舞。铁师傅把外衣系在腰里跳。他和汪小华在一起。"难怪大操场里没有人了，都到这边来了，"吴丹青想，"人喜爱的是热闹和新奇，也爱凑热闹。在各种诱惑面前，人首先失去的是信念，继而丧失了自信。"吴丹青看了一阵觉得无趣，悻悻离开了。"没有什么新颖的东西，不过是那套服装起了哗众取宠的作用。锅庄舞是我们西部的、甘南的，上海人难道比甘南人跳得还好？"

他回去打开电脑，查看《三杯酒》的歌词：

"来来来，将烧酒捧高高，我祝福你顺风照心愿，咱的情虽然值得留恋，请你饮下不生烦恼。来来来，我的第一杯酒祝你圆满，第二杯鼓励你，通过任何难关，第三杯等你成功凯旋，才来继续举杯痛饮。"

这支明快、热烈、纯朴的曲子太优美了。动作简练，是他最早学会的锅庄舞之一。

吴丹青一面回忆舞场上的画面：田芬用脚尖跳舞，而汪小华则用脚后跟跳。田芬跳得仿佛很慢，其实一点也不落后于节奏。汪小

跳锅庄舞的女人

华跳得仿佛很快,其实刚刚赶上节奏。从汪小华的动作更能感觉到白文娟的存在。吴丹青不止一次地想:"再过若干年,白文娟也就是汪小华这个样子。"

吴丹青又联想到:大操场里的跑道像五线谱,围成圈的舞女们就像一个个音符,她们被一双无形的手指弹奏着,发出的声音又变成了乐曲。他自己也像一个音符,时而被月光的手指弹奏,时而被灯光的手指弹奏。

他觉得白文娟的手伸出去就一定能抓住什么?或者是白云,被她轻轻撕下一块,作为哈达,虔诚地捧在双手中。或者是摘取一点星光,点亮在一个人心头。舞女的动作中包含着蓝天的高远与深邃,包含着高原海子的澄澈与透明;融入太多的高原风物,一片宁静的雪域,一条蜿蜒的小河,一群迁徙的藏羚羊,一簇拥挤在一起的牦牛,一只翱翔的雄鹰,它的翅膀已化解了曾经的风暴,祥和的气息笼罩了整个舞场和夜晚。除了音乐和整齐的脚步声,舞场里极为安静,舞女们生怕咳嗽一声就会破坏了这里的气氛。

吴丹青觉得舞女们不是在跳舞,而是在五线谱上自由滑动,她们的肢体画出了无数优美的曲线,那些曲线又变成了一个个活跃的音符,发出生命的颤音。身后的草地也静悄悄的,无数的小草也在倾听和观赏,陶醉在舞女们的温馨之中。闪烁的灯光和远处的星星组成一个巨大的共鸣器,整个夜空处在微醉的状态下。

吴丹青完全忘记自己也是一个舞蹈者,而是一个被挑在弓弦上的音符,随着按下又松开的手指跃动着。这里的每一个人都是一个音符,都被手指按下和松开。她们的肉体和骨骼都化为无形的羽毛飞到高处,只有灵魂在舞蹈。

吴丹青觉得自己就是舞女手指上的那条丝绸般的白云,被她甩着,舒展开来,又糅合在一起。"原来一个人的灵魂也能翩然起舞。一个人的肉体和骨骼也可以暂时离开那生锈的躯体,羽毛般的飞翔。""原来……"他畅想着……

吴丹青从网上查阅到,《三杯酒》的另一个版本,词曲及演唱都是小洲。这小洲是何人?他一无所知。"隔行如隔山。"他叹道。可是他发现,《三杯酒》的这个版本歌词太长,居然有九十二行。太长了,于是吴丹青删改起来:

"今天敬你三杯酒
以后往事不回首
第一杯酒敬回忆
第二杯酒敬给你
第三杯酒敬给他
这三杯酒已喝下
酒里有酸甜苦辣
对你的爱放不下
最后只能成牵挂
喝完三杯我放弃
就让爱随风而逸"

删改完,他又想象和联想:假如白文娟穿上热情的藏装,会是什么样子呢?红裙子、白上衣、红靴子,腰身一定细了许多,头上戴个花环,她的短发也就不会飘起来了。"是的,这样一定很美!"

白文娟的长袖甩过来了,他感觉到长袖触到了他的脸上,是丝绸的那种柔软。一股清凉的电流经过他的全身,他像一株带露的小草,轻轻地晃动了一下。她的长袖飞动起来,云一样高高飘起,散开,出现一片蓝天和蓝天上的白云。吴丹青从未见过这样美丽的天空和云彩,这样的天空和云彩应该只有西藏才能看到,别的地方是看不到的。他并未去过西藏,只是听人说过。想象和传说结合在一起,吴丹青的内心更加空阔,更加虚无缥缈。

　　白文娟的两只袖子轻柔的飘动着,像两条河流舒展开来。轻波细语,浪花飞溅。她转身就像河水转弯,在大地上勾画出一道优美的弧线。她小跑的时候正像河水遇到陡峭的河床,飞出一连串的浪花,并发出轻微的歌声。白文娟转身是从不犹豫的,即使有些生疏,她也能及时更改和跟进。她的双臂有力地打开又迅速合上,正像一只鹰在白雪皑皑的峡谷中飞行。起伏的不仅是鹰的翅膀,更是流水湍急的峡谷,高耸的雪山和碧蓝的天空。是鹰,不会是别的,没有别的事物能够带动整座高原的腾飞。这么想时吴丹青的内心波动起来,他无法把这股想象的激情平息下去,内心像汹涌的江海,澎湃不已。他的眼前是白雪覆盖而发蓝的山脉,是像金子一样闪光的原野,是藏羚羊竖起的双角。蓝天、白云、雪山、草地和羊群织就成一幅美丽的画卷,在缓缓地流动。富丽堂皇的色彩汇聚成一股激流,拍打着他的胸腔。接着那些雪飞动起来,而那些云又燃烧起来。从偏西的方向投来一束束光芒,照亮丰富而变幻着的世界。他陶醉在这种忘我的境界里,不存在的美激荡着他的心灵。除了冈仁波齐神山,没有别的地方可以让他入迷和失魂。他虔诚地闭上了眼睛。

　　吴丹青已经完全忘记了自己的存在,站在草地边上发愣。《三杯酒》的乐曲还在播放中,舞女们也陶醉在自己的舞蹈和别人的舞蹈里。白文娟到哪个位置了他并不清楚,他眼前一片模糊,似乎每个在此跳舞的人都是舞女,她们一样美,一样让夜晚动情。事实上他的眼睛早已失去了效力,看不见东西了。所见之物都是心看见的,心替代了眼睛的功能。洁白和深蓝织就出一个纯粹而神秘的世界,那是一个剥去了外衣只剩下灵魂的世界。舞女有节奏的舞姿正在一点点揭开它的秘密和神奇。吴丹青怕高原反应而没有去过西藏,此时西藏的风光却一一从他心头流过:佛塔一样的冈底斯山、雄伟的布达拉宫,以及雅鲁藏布江、纳木错湖、珠穆朗玛峰、羊卓雍措、大昭寺、贡嘎山、巴松措。布达拉宫是什么样子呢?照片他当然见过,可是实际情况呢?但他不希望布达拉宫是电视上常见的那样,应该是什么样呢?对了,他想起来了,张仃画里的那个才是他心目中的布达拉。白文娟一定也喜欢那个。他想入非非。金黄与朱红代表着他内心的庄严,这种庄严是建立在一个白雪的基座上。整个雪域高擎着这个神圣的殿堂,就像他的整个身心高擎着白文娟一样。"布达拉宫——文成公主。"吴丹青不出声地自言自语着。晨光中的布达拉宫过于丰富和瑰丽,但如果要他选择,他还是更喜欢夜幕降临时的它。霞光尚未落尽,灯光就要亮起来。那是一种难以企及的境界,只有在这里他才能看到金子建立起来的信仰。他感觉到的布达拉宫是漂动的,白云托起它的沉重,雪花托起它的神灵。它在仰慕者心里漂移着,又稳稳地坐在雪山之巅,这就是神圣与庄严、崇高与恢宏。

他听人讲过的纳木错湖在这个时候出现在他的眼前,夕阳在远处的山峰上堆积着金子,那是他从未见过的辉煌。堆积起来的金子还在燃烧,在自我净化。近处的山脉蓝得发亮,只有山顶上有些白光。湖水上则覆着一层雪,但即使这样仍然掩盖不住湖冰的蓝。它们头裹积雪露出自己的色彩。吴丹青想象着她们在冰雪的湖面上舞蹈,盛大而庄严。锅庄舞只有在雪山与海子的怀抱里才具有震撼

第三部

心灵的魅力。乐曲在雪山与湖水中沐浴过,它们纯粹得就像飘舞的雪花与纳木错湖里的冰块。他把灯火辉煌的市景看作那些夕光中的雪山,把足球场想象成纳木错湖,而把舞女们想象成一只只天鹅。他想象着珠穆朗玛峰上的雪景,如云、似海,还是像别的什么样子? 去过那里的人太少了。他听说,去过西藏的人回来以后对生命的意义和人生的目的就有了不同的看法。都说西藏很美,可是怎样一个美法,没有人能够准确地说出来。他又想羊卓雍措可能更接近于他所理解的境界。那里有雪山、海子、草原、牛羊,碧蓝的湖水中倒映着雪山、发黄的草地,这时你难以把蓝天和湖水分清,它们是同一种颜色。

忽然,他又想到了可可西里。它不属于西藏了,但那是同一块高原。那里也该是秋天吧? 大地流金,藏羚羊举着高高的锥角在洒满金子的大地上奔跑。它们奔跑的姿态被人们模仿下来,编制成锅庄舞。它们的蹄音也被那些有音乐天赋的人收集起来,组合成一首首藏曲。可可西里已被冰雪覆盖,但它露出青草与花朵,成为牛羊的家园。它的美更带有生命的气息与情感的元素。这里还有河流的动感,远远看去夕阳下的河流就像舞女手中甩动的哈达和长袖——雪域高原的纯粹与虔诚在舞蹈中演变成了热情与奔放。吴丹青意识到他们并没有跳出锅庄舞的神韵,而只是表象而已。姜老师与舞女、汪小华他们的舞蹈接近于那种神韵。田芬是虔诚有余而神力不足。

吴丹青听不见舞场中的乐曲了。此刻回响在他耳畔的不再是锅庄舞曲,而是李娜演唱的《青藏高原》。他的内心已经是波浪滚滚,满含热泪。他不知道白文娟会不会唱这首歌,爱不爱这首歌。他设想她要是第一次看到可可西里奔跑的藏羚羊会是什么样的情景。如果她也在湖畔的草地上奔跑,也像那只羔羊一样美吗?

有一个巴掌压在吴丹青的肩头,他惊得回头一看,是铁师傅,他说:"你出什么神,跳舞。"

吴丹青又仿佛回到了舞场中。

刘姐开始播放《快》,这是他们近来的结束曲:"时光划破梦的清晨滴滴答答,街上行人开始喧闹叽叽喳喳……"

白文娟不会跳这个舞,吴丹青知道。

十

气温骤然下降。大操场里没有人,大门锁着。三个人影正经过这里匆匆朝友谊广场走去。吴丹青看见他们走在商场的台阶上。一个女人穿着蓝色上衣,把手统在自己的袖口里,略略弯着腰。另一个女人则穿着红色小棉袄。中间的男人留着平头,一身灰色。他们是姜老师、汪小华和蒋雪花。他们在寒风中行走的声色有些仓皇。不到舞场中,没有音乐相伴,他们显得过于普通。

2017年的第一天,来大操场跳舞的人陡增,约有六七十人。这些天人一直很少,有时不足十人。刘姐唯恐散伙了,尽情笼络他们。那几个老头还照常来,他们不跳广场舞,先在操场里走几圈,直到锅庄舞开始才去跳。吴丹青下了十多天乡,又回到舞场上。刘姐他们教了新舞,他不会,所以还是站在外圈跟着学习。

今晚尤玲玲来了。吴丹青走圈的时候就看见了。吴丹青膝关节有些疼,可能是早上爬西岩山的缘故。走了两圈也去跳了两曲广场舞。人渐渐多起来,周老师也来了,他几个月都没有出现了,不知他去了哪里?除了姜老师,他是这里男人中跳得最好的之一。可惜

第三部

瘦小的身材不能充分展示舞蹈的美。黑牛也来了，他依旧跌跌撞撞、蹒跚趔趄，头重脚轻，像一株风中的向日葵。

吴丹青发现有一个短发的女人，一身深灰色的装束，上衣是夹克，束紧腰身。她的右脚轻轻抬起来，脚后跟在地上一点，"是小汪！"吴丹青心里一喜，但又即刻冷静下来。有两个月时间她去友谊广场那边跳舞，蒋雪花、王小丽、姜老师、黑牛、余大宝、葛嫂也去那边了。元旦的前几天，上面来了一个环境监察组，发现友谊广场极为混乱，噪音太大，关闭了那里的舞场，闹哄哄的友谊广场才安静下来。汪小华在家里待了几天，待不住了，又来大操场里跳舞。她和尤玲玲在一起，认真仔细地跳舞。尤玲玲的舞跳得不错，可是和汪小华在一起，就相形见绌，手腕和脚腕都不够灵巧，身材总是直直的，还略略往后仰。而汪小华的身体总是往前弯着一些。她可能是有些难为情，心里不踏实。

奇怪的是，吴丹青在看到她的瞬间内心的烟雾就迅速散去，冰雪融化了。这些天他常常想到汪小华，还去友谊广场寻找她们几个。每次去了看到她们跟着田芬那边的人跳舞，心里就堵得慌，有一股气窝在心口，想吐出来，却怎么也吐不出来。难受。他一个人默默地离开。每次想到她，吴丹青就生出一股冷冰冰的敌意，仇视她们的背叛和逃逸。可是，今晚当她出现在大操场的舞场里，这闷气就散去了。那只是瞬间的事情，他没有任何准备和措施。他在跳舞的时候，不时地看看对面安静跳舞的汪小华，心里平静下来，有一种如释重负的感觉。他不去想她的回归是暂时的，也许那边的禁令一解除，她们又走了。轻松就是愉悦的本质。可是，他也自问："这一切跟你有什么关系呢？不过是自作多情、自我安慰罢了，重属空洞的幻想而已。"

跳锅庄舞的女人

　　几天前吴丹青去大十字农行网点取钱,发现那里已改为自动取款,汪小华她们的营业点搬到汽车站那边了。他也不知道她是否还在那个营业点上班。

　　对面铁路局那伙人也不来了,连翘她们也不来跳舞了。看来这次督查动了真格。可是,吴丹青知道,督查组一走,一切又要恢复往常。汪小华还会去那边的。前一段时间听人说兰州的公交车免费,汽车也限号,分为单双号。吴丹青去甘报社办事,一上公交车就往里走,女司机大声说:"刷卡!"他被吓了一跳,说:"不是说免费吗?""不免了。"女司机的语气缓和下来。他从羽绒服的兜里摸出一块钱投进币箱。女司机看着前方,并没有监督他怎样投钱。那是一块硬币,"哐啷"响了一声。

　　跳舞结束时,汪小华不见了,她走得很快,尤玲玲却没有走。她拿着一根灯柱走进储藏室。她穿一件紫色的长羽绒服,裤子是红色的西裤,脚上是一双红皮鞋,格外显眼。她一开口就笑,满脸挂着笑容。放好东西,几个人站在弯曲狭窄的走廊里。刘姐要推摩托车,正把一只胳膊伸进袖筒里。吴丹青仔细看了尤玲玲一眼,见她的发型没有变,还是原先的老样子,烫得弯弯曲曲,扎成一束。她原来是一张标准的瓜子脸,但鼻梁有些高。她是美丽的,身材苗条,身上没有一点赘肉。

　　吴丹青从里面走出来,来到操场上。他透一口气,寒冷使空气变得清爽。尤玲玲也来到操里与高峰说着话,开玩笑。

　　高峰和尤玲玲并肩向大门口走去,吴丹青加快步伐追上他们,"跳惯了,不出来浑身不自在,身体也会发胖,体质会下降。"吴丹青看一眼尤玲玲说。

　　"肚子胀,不跳舞肚子就胀。"她解释说。她把手按在腹部,似乎

第三部

要证明肚子还在胀。来这里跳舞的人身体或多或少都有些毛病,不然是不来操场上跳舞的。人的惰性只有在逼迫的时候才能有所改变。刘姐怕胖,也的确无事可干。她提前退休了,闲在家里难受,憋得慌,怕生出病来。连翘失眠,吴丹青关节疼,葛嫂腿疼,王小丽脖子疼……都有些毛病,没有毛病的人是坚持不下去的。

"玲玲好几个月不来了。"吴丹青说。"她去出差了。"走在身边的高峰说,他知道得多。

友谊广场停了十多天的舞又开始跳了。不过,音乐的声音小多了。看来检查过去了。吴丹青路过这里的时候,特意拐向田芬她们的舞场去看,果然她们在跳。田芬穿腰间系着一件艳丽的衣服,漂亮极了。黎花穿着橘红色的马甲。吴丹青看一眼就着迷了,站在花园后面不动。不过田芬可能看见他了。他觉得她们非常高雅,而大操场的人朴素一些,就这么一点差别,却让吴丹青心里格外不舒服,就像叫花子见了阔佬。他叹息一声,吸一口气又慢慢吐出来。

刚开始,田芬、黎花和麦香三人在前面领舞,麦香跳舞的次数最少,有时写稿子就不来了。几个高个子美女站在那里本身就是一道靓丽的风景,不跳舞就十分好看,一跳舞千娇百媚、风情万千,吸引来众多的目光。过路的人们都会停下匆匆的脚步,看看她们跳舞。人的肢体只有变成艺术的时候才最好看。相比较而言,黎花的舞姿沉稳、优雅;田芬瘦些,性格调皮活泼些,因而舞姿潇洒;麦香年轻,还像个窈窕淑女,身材最好看,动作敏捷,腰总是直的,弯不下去。田芬烫过的长发,瀑布般飞泻。从发型上看:黎花很多时候将头发扎成一束,田芬梳成辫子,麦香的短发勉强扎成一个刷子。从服饰来看:黎花上红下蓝,田芬服饰华丽,麦香爱白也爱红。跳起舞来,黎花虽然动作平缓,但霸气十足,能镇住全场;田芬熟练而夸张,反映出内心的渴望与炽烈;麦香则昂首挺胸,洒脱而率性,不在乎动作的准确性,只表达内心的喜悦。像麦香这样跳锅庄的人不多,大多数人都弯着腰,但她只在需要弯腰的时候略微弯一弯,但头还是尽量抬起来。吴丹青觉得这样也很好,舞姿并不难看,而是另一种风格的美。

吴丹青看了一阵,又来到大操场里跳自己的舞。"光看人家跳舞有什么意义呢?"他有些妒忌。这些天刘姐不知去干啥了,秦许给大家放曲子,但她完全是一副病恹恹的样子,跳不上一圈就溜到圈外去休息。近来,秦许剪短了头发,并烫成卷发,看起来很精神。看不出她脸上的病容,但她带领大家跳完广场操就用完了力量,勉强为大家服务,也勉强陪大伙跳舞。

今晚汪小华没有来跳舞。吴丹青多么希望她能来大操场里跳舞,可是自新年的第二天晚上来过之后,她就未出现过。这些天他一直把汪小华的舞姿和尤玲玲的比较。一个轻柔熟练,游刃有余,随心所欲,一个动作短促,简捷硬朗。那天晚上没有一个人理睬汪小华。从开始到结束,她周围没有一个人。往日她身边总有朋友,后面总跟着几个学舞的人。她的影子映在红色的塑胶地上,他觉得那移动变幻的黑影跟壁画和马家窑彩陶上的图案相仿。可见古人在数千年前就喜爱舞蹈。他盯着她的影子凝视了很久,直到消失。大家又踏着舞曲转了一圈。也许汪小华尝到了被孤立的苦头。不知怎的,吴丹青心里总惦记着这件事,总有一种说不出的况味儿,胸口堵得慌,总替她抱打不平。

尤玲玲穿一件浅蓝色的西裤,上衣还是那件深灰色的羽绒服。大操场这个舞场里就她一个是吴丹青最熟悉的身影了。她跳舞的动作还是那么短促、干练、不拖泥带水,腰杆直直的,不像汪小华的

第三部

轻柔绵软,总觉得她在触摸和抚慰伤口,而这伤口就长在吴丹青身上。穿着西裤,尤玲玲的身材就明显的分为两部分,上身紧凑,而腰以下自然松弛,和日常生活中的装束没有两样了。他看到了她的另一面,另一种装束,另一种美。可是,吴丹青希望她具有夜晚应有的美,也就是适合舞场上的美。尤玲玲有时有点孩子气,这使吴丹青更喜爱她。

跳完舞,往库房里放东西的时候,吴丹青走在前面,他放好东西转身时尤玲玲正好走进来,他接过她手里的灯具放在倒扣的台球案子上。她看了他一眼,那双明媚的眼睛闪动了一下。他们在往操场外面走,高峰和老顾在说尤玲玲的裤子,她弯下腰去,扯着裤子给他们解释:"这裤子已经买来两年多了,没有穿过几天。"

老顾是外地人,吴丹青没有听清他嘴里嘀咕了一句什么。

到门口,他们就分手了。吴丹青却拐到友谊广场上来,他要看看汪小华是不是在这里跳舞。他多么希望在这里看到她。她真的不在。吴丹青看着田芬跳了一圈就离开了。

从渭源回到定西,吴丹青就直接去大操场,走完圈去跳舞。这是春节后的第一次跳舞。他把包放在塑料布上,与领舞的刘姐打个招呼,走进舞场。人很多。有一位穿红裙子的女人跳得不错。她就是新来的小陈。今年刚刚二十九岁,但她的一个孩子上小学,一个孩子上幼儿园。她在友谊广场对面的北城巷租了一间房子,领着两个孩子上学,男人在乡下种地。还养着两头牛,三十只羊。小陈身体单薄,个头不高,但非常精干。上身常常穿红衣服,裤子是深色的,或蓝或青,但鞋子只有两种颜色,要么是白色运动鞋,要么是红色皮鞋。她虽然学得迟,但一学就会。她已经成了这里的领舞者。

年前友谊广场就跳《吉祥甘南》。春节过后,大操场里也开始跳这支舞。它的音乐美,舞蹈也美。吴丹青很爱这支舞曲和它的舞蹈。田芬她们开始跳的时候,吴丹青就去看过数次,想着也要学会。大操场里也开始跳这支舞了,刘姐给大伙教。可是吴丹青经常下乡,人家都学会了,他还没有会。周老师告诉他在百度上去寻找,"只要打上吉祥甘南"几个字,就自动能找到。吴丹青尝试了一下,果然如此。他看了好几遍,看会了,可是一上场还是不行,"脚来腿不来。"他叹息说,"还是要练习。"不实践,光看人家跳是不行的。跟着她们跳就会了。魏凤英也不会这个舞。小陈倒是会,她的舞蹈动作也准确,跟上她学轻松,但她年轻美貌,吴丹青跟在她后面觉得不舒服。

铁师傅不知是什么时候学会的,这个舞更让他精神抖擞,在舞场上大放异彩。吴丹青却觉得跳这个舞动作还是柔和一点好。魏凤英已经穿得很薄,窈窕的身材完全暴露出来。"她身体的曲线就是分明,也很美。"吴丹青偶尔看一眼她,觉得很愉悦。

一直跳到九点,张师喊着要关门,大伙才散。刘姐对几个女人说:"明晚来跳舞。"

走出大操场,吴丹青来到友谊广场上,发现这里人也少。黎花、蒋雪花、汪小华都不在。田芬脖子上系着白纱巾,长长地垂下来。她跳舞时总弯着腰,弯得很低。她弯下腰跳舞就更像藏族妇女,锅庄舞的特点更加突出。田芬的舞姿实在太美了,从容优雅,洒脱而有节制。臂长、腿长,跳舞就是好看,何况她的脚手都很灵巧。有时双手捏着纱巾的两头,把它搭在背上跳,更是妙不可言。吴丹青一看就着迷了,不愿走开。可是这么看人家跳舞有些不礼貌,他依依不舍地离开。

第三部

吴丹青和刘姐对舞。他先是有些胆怯,但后来就大了。他不是不会跳,而是踏不准节奏,不是多一步,就是少一步。这样总是跟不上趟。"一二三四。"刘姐喊着口令,他心里镇定了许多。"你把手伸过来,靠近一点,你离我这样远,我怎么够得着你的手。"刘姐不断发出指令。是有些费劲,但他俩总算第一次配合着跳完了《吉祥甘南》。吴丹青的信心陡增。

刘姐的手很小,她捏着他的手。看来刘姐干了不少家务,她的手粗,不那么绵软。跳舞一年多了,这是第一次和一个陌生的女人手拉手,吴丹青有些情不自禁。这一曲下来,大多数人都长长出气,发出叹息声。吴丹青平常是不爱出汗的,但这一回他觉得身上湿湿的。他把领口往开分了分,"噗"地吹口长气,退出舞圈,站到一边歇息。

下一曲又开始了,尤玲玲转到了吴丹青前面,她的动作突然中断了,赶紧弥补,可是刚赶上又停了一次。她在生吴丹青的气,不是,是在生自己的气。与他有何干系呢?

吴丹青欣赏着她的舞姿,见她连连出错,心里也紧张起来,转而他又胡思乱想起来:"相比之下,魏凤英的动作更为轻巧,汪小华的则更为曼妙,尤玲玲的干练利落,小陈是爆发性的,白文娟呢?有些猛。"很多天没有见白文娟了,吴丹青这么一想心里难过起来。他完全忘掉了眼前的情景,尤玲玲转到草坪那边去了,完全从他眼里消失。"这些舞白文娟都没有学,学起来费劲,不过她聪明伶俐,真正学起来也不难。"他想。

尤玲玲戴上眼镜,并不好看,脸上更纷乱了。从侧面看,她的脸型很美,下巴尖尖的,鼻梁高高的,蓬松的烫发拢着脸庞,格外美丽。可是戴上眼镜后,柔和的秩序被打破了。她却说:"我把人看清楚了,以前都是模糊的,戴上眼镜之后,看谁都清清楚楚,脸上的颜色鲜艳了。"

吴丹青心里一紧,有几次他都是望着圈子对面的尤玲玲跳舞,"这下糟了,她一定看清自己了。"

跳完舞,尤玲玲也不去卸灯了,在一旁站着,吴丹青取下灯,放到库房去。他回来时不见尤玲玲了,以为她走了。他往外走,来到双杠那边,见尤玲玲两只手扶着双杠,他不由自主地走过去。她回头看了他一眼,"上。"他说。"上不去。"她说。吴丹青想说:"你给我拿着包,我上。"但他把手里的包挂在双杠上,轻轻一跃就上去了。本想做几个动作,但他想起一件事情,迅速从双杠跳下来,提起包向大门外走去。她疑惑地望着他。

十一

"吴叔叔你好,你说年过了以后,帮助我找一个活干,你手中有没有?你手中有了,就联系一个活,我和母亲去干。叔叔,我一家人坐在那里很困苦,出去挣点钱,盖房子,散散心。好,叔叔再见。"

韩正龙给吴丹青发来短信。吴丹青一边跳舞,一边看了手机上的短信,心里觉得麻烦,这孩子的病和这一家人的生活真让他担忧。他心不在焉地跳舞,想着刘家湾山梁上呼呼吼叫的风。哪里一定还很冷。

歇息的时候高峰在尤玲玲的肩上重重拍了一下,她回头看了一眼,并无异常反应。高峰仔细打量着她,常常动手动脚。但看得出,尤玲玲并不爱他。

"吴叔叔我去干活,妈妈看着我就行了。"短信又来了,吴丹青只得退出舞场给他回信,"等你病好后可以试试。"他本身就是头里面

第三部

的病,不能再刺激他。

"叔叔,乡镇上的哪些小地方,乡镇上给我们不给?不给了,你帮助我们贷点款,人家有一院房子,帮我们买下。叔叔,我还有两样药完了,叔叔好,再见。"

不几分钟,又来一条发短信:"叔叔,我给你发短信,你烦吗?"

吴丹青回复说:"不烦,只要你的身体好。"

"那就好,叔叔。你找干的活和乡镇联系的那些地方,一定要做到,千万不要说空,叔叔好,再见。"

韩正龙的这则短信,让吴丹青生气了。吴丹青没有理会,他想:"这孩子听别人的话,不把治病放在心上,而是一味要房子。这一方面暂时办不到,一方面不符合实际。对他来讲治病是第一位的。"

可是他的病会好吗?吴丹青问自己。定西市医院的庞大夫讲,这类病很难看好,"我们的能力也是有限的。"庞大夫是神经内科权威,人瘦成了一把骨头。她的工作太忙了,自己的孩子也有病。前些天见她身体垮得厉害,医院决定让她休假,去海南岛休息了半个月。刚回来不久就给韩正龙看病。那次她检查得非常详细,开了两个月的药,"吃完了再来复查。"她说。可是药早吃完了,他们不来复查,打电话一问,回答说没有人领,孙淑梅找不见路。就这么远一点距离,他们也来不了,却发短信要找工作。那个身体连自己都支撑不起,还能干工作吗?韩正龙心里很急。"这孩子命苦。"吴丹青想。人一出生,命运就注定了。"刚呱呱落地就被加上许多符号,所有有形和无形的符号,都是为了剥夺你的权利,以适应某种观念。"他又发狠地想出这么一句野性十足的话。

"阳光才是我们最值得信赖的光明。"他在心里说,"时代的需要就是你的舞台。"

跳锅庄舞的女人

"一代人有一代人的信仰,一个时代也有一个时代的明星。每一个人只能活在属于他的时代里。他的无选择就是最好的选择。"

雪后天气很冷。

今晚尤玲玲穿黄色的羽绒服,下面是枣红色的毛衣,黑色紧身裤,她还戴着口罩。跳到中间时有几次她忘记动作,突然停下来。当吴丹青站到圈内跳的时候,她才安静下来。他们在圈子的对面,他看了她几次,虽然距离远,她难以分辨他的目光究竟有什么异样,但她似乎感觉到它是专注的、炽烈的。她虽然在跳舞,但动作毫无力度。尤玲玲很想跟吴丹青说几句话,他感觉到了。"她是美丽的,"吴丹青想,"戴着口罩更美。人哪有完美无缺的?"他替她解释,其实是在安慰自己。可是吴丹青心里只有白文娟,别的人虽然使他动摇,但不会改变他的意志。

"白文娟很久很久没有来跳舞了,也许永远不会来了! 永远!"吴丹青悲伤起来,又从舞圈里退出来,无精打采地站在人群后面。

"美是客观的,"他想,"但如果没有主观的灵动,欣赏活动就难以完成。在美的欣赏过程中,心灵的愉悦是最强有力的,爱是美的极点,它能推动欣赏活动一次次深入,掀起情感的波澜,最后完成从感官到心灵的共鸣。这一复杂漫长的过程中,爱始终是一种推动力,没有爱的冲动,美就是静止的。对美的事物你可以不爱,可以漠视、冷淡或疏远,但绝对不可以亵渎,更不能破坏和践踏,否则就是对美的犯罪。对美的热爱就是对生命最高规格的尊重,是对生活的真诚。"

吴丹青的思想已经完全处于混乱状态。近来他胡思乱想的时候更多了,他觉得自己的意识会有一天要崩溃。他很害怕。八十六岁的姑母死于带状疱疹,头上、肩膀上有规则地出现了类似于金嗓

第三部

子喉片那样大的疱疹,疼得姑母一声声叫喊。他去看望的时候,姑母浑身就颤抖起来,连自言自语的声音都在颤抖。他安慰说:"姑姑,我姑父已经去世多年,他一个人在那边太孤单了,肩膀疼是他在叫你,你就去吧,不要怕。"这也叫安慰?末了觉得自己说得不好,又说"姑姑你安心养病,按时吃药,过几天就会好的。"这不是犯浑吗?

吴丹青头顶的那个高速巡警又把小汽车开进了草地,吴丹青感到非常愤怒,他在心里警告他:"人不能把自己降低到非人的标准,却趾高气扬地活着,这叫无耻。"他写了一个纸条贴到车门上,在车上放了一袋子垃圾表示抗议。他觉得周围有许多类似于这个警察的人。吴丹青认为这是社会的不幸和悲哀。"用什么办法来教育这些道德流氓呢?他们自私、狭隘、爱占小便宜、随心所欲,除了把自己不当人外,也把别人不当人看。"这个城市怎么会好起来?占的、抢的、偷的、夺的、破坏的都有,它们成为一个地方的顽疾。人性中恶的一面、弱的一面、劣的一面都在发展,还要发展下去,简直叫人绝望。吴丹青完全忘记是在舞场里,忘记自己在跳舞。尤玲玲从远处望着他,以为他有病了。她担心吴丹青有神经病,或者痴呆症,"但他还不到得痴呆症的年龄,"她想,"那就是神经质。"

"佛的金身,人的衣身。人的衣裳,马的鞍。"吴丹青又从心里冒出这么一句没头没脑的话。"心里有鬼难做人。"他又自言自语道。不注意的人还以为他在跳舞,实际上他的心思早已不在舞场里了。到哪里去了,连他自己也说不清楚。

美国电影《恺撒》和电视连续剧《大秦帝国之崛起》告诉他战争就是给非法的杀人找个合法的理由。一部人类史其实就是一部战争史。只有爱情是在极其残酷的战争环境里给人安慰。他回忆着不久前看的一部外国电影和国内的一部电视连续剧,"人民只有在战争的间隙里才能享受短暂的和平,中华人民共和国成立六十多年了。"他想。在中国能有这么长时间的和平也是奇迹。

我们心身受到了多少欺凌和煎熬?但痛苦毕竟会成为过去,唯有自责和遗憾折磨人们苦难的心灵。"作家不过是在探讨一种可能而已,是思维的逻辑,不是生活的逻辑。预见代表了人的最高智慧,"

丁宁:"不留遗憾。"

李晓霞:"对手就是自己。韧劲儿强。勇敢,承认自己输了,坦然。"

刘诗雯:"纠结。痛苦使记忆更深些,有压力,又有渴望。"

这会儿,吴丹青又想到一次乒乓球比赛后记者对三位女冠军的采访。

十二

尤玲玲穿一件红色外套,蓝裤子,红鞋。可是这么一打扮,吴丹青觉得她个头明显小了。就在吴丹青一边跳舞一边欣赏尤玲玲服装的时候,韩正龙又给他发来了短信:

其一:"叔叔你好。新农村有一院房屋卖,你能帮我们贷一点款吗?你的恩我是忘不得的,我们做亲戚吧。"

其二:"叔叔你好,我是让你帮我贷款买房屋,就是让共产党帮助,扶贫我一点,我这里急,等待不了。两三年害病,我到中铺去,离开这里,我的病就会好的。叔叔你就帮一下吧,再见。"

吴丹青极不喜欢这样的口气,没有回短信。

可是韩正龙见他不回复,越发急了,连连发短信:

一、"叔叔你好:你就帮助一下我们吧,我这里实在住不下去了,我今天取药,洞口往下没有雨雪,我们这里下大雪,你让共产党帮助

第三部

我们贷点钱吧,让我买那套房子吧,你能帮上,我就等待,帮不上,我就不指望你了,叔叔再见,回。"

二、"叔叔:你帮上帮不上这件事? 帮不上。我们就再想别的办法。"

三、"叔:回,回,回。"

看了这三则短信,吴丹青更生气了,哪有这样逼人的? 这也不像一个孩子的口气,尽管韩正刚三十岁了,但他还是个孩子。国家扶贫也是有一定政策界限的,他帮助他们也是出于人道和同情。"一定是大人教的,是不是他那个不久前被撤销了村支书职务的舅舅出的主意?"吴丹青想。不过一想他是个可怜的孩子,他的心又软了。他回了短信:"这问题以后再说,现在不具备条件。你们有别的办法就用别的办法。"

他继续跳舞。

四月初的这些日子不好过,暖气停放了,天却阴了。

尤玲玲昨天晚上没有来,今晚来了。她还是穿着红上衣,蓝裤子,红鞋。吴丹青白天去通渭什川乡的山坡村,去两户贫困户家里。他们的日子过得还好,一家跑车,拉运东西,一家贩菜。贩菜这家女主人没有念过一天书,但会算账。

吴丹青站到圈里认真跳舞。他看着魏凤英的动作,基本能跟着跳了,心里大大减少了负担。有一曲他就在尤玲玲旁边,使她有些不安。但吴丹青沉浸在舞蹈之中,"要学会这些舞蹈。"他提醒自己。铁师在他的另一边,但不知为什么? 结束时他叹息一声,走到对面去了。吴丹青心里掠过一丝阴影,但很快就过去了。他又照着魏凤英的样子跳舞。她现在是名副其实的舞后,她一停,全场就都

第三部

停了,没有再超过她的人。秦许早没有力气了,站在一旁歇息。

他们今晚跳了几曲旧的,所以好多人不会跳。吴丹青倒是知道一点,虽然也不熟练,但还有一个模糊的影响。旧曲一响,吴丹青又想起白文娟来,心里悲伤起来。回想着舞女的动作和舞姿,漫游在另一种境界之中。忘记了周围的存在,只看着魏凤英一人跳舞。

结束后,吴丹青又来到友谊广场。这里还有几个舞场在跳舞。田芬她们的音响压得很低,声音好似如雨夹雪落地即化。相反,他们旁边的那几个年轻女子的音响声音很大。蒋雪花一身红,吴丹青觉得她的身材没有先前那么端正了,她的舞姿平淡无奇,亦无力度。田芬一身黑,她在外圈跳。表面看她和蒋雪花跳舞没有多少区别,但她长长的腿子琴弦般地颤动着,手臂也是,这使她的舞姿增添了难以想象的魅力。她的腿因为长没有蒋雪花的直,微微弯曲,像弓一样,充满了美的动感。但她臀部小,身体的曲线流淌到那里显得有些瘦和折。

"友谊广场的锅庄舞更接近于本真,藏文化的气息浓厚,而大操场里的则要淡些,虽然主要的舞蹈是同一个人教的,但是氛围不一样,效果也就不一样。吴丹青低头品味着。

吴丹青觉得锅庄舞曲异常深情,而舞蹈非常虔诚,每一个舞蹈都似乎包含着佛教的因素:善良和宽广。

这些天,刘姐一开始就放《快》。每当这个时候,吴丹青就想起以前的情景:"哎——戛——"歌曲和歌手的演唱给跳舞的人们造成紧张的局面,这首曲子要八分钟时间,是他们所跳舞蹈中最有力的一曲,也是男人唱到底的一曲。曲子分三节,舞蹈也是三段。但三节之间衔接紧密,浑然一体,天衣无缝。在整个舞蹈过程中,没有喘息的机会,这一曲跳下来,人人都要出一身汗,都要"哎呀"叫几声。

男人们跳得过瘾，女人则支持不住，有一半退到场外，三三两两聊天。汪小华跳不下来，别看她的身体结实，但她往往中途而退，站在草地边上歇息。姜老师不跳这个曲子，本来不是他教的，耗力过多，他不跳。魏凤英跳，但很不用力，只是做做手势，勉强能认出来她跳的是什么舞。秦许干脆不上阵，她本来在跳广场舞的时候是领舞，现在又跳这么激烈的舞曲，吃不消。刘姐大多数时候也不跳。吴丹青学会这个舞了，他开始跳也有些头晕，旋转的时候觉得脑子在壳里转动，而且总是落在身体后面，因而被扭疼了。所以他不敢跳得过猛，很柔和地，小心翼翼地跳。但他慢慢习惯了，头不晕了，脑子的转动和身体基本一致了，所以放得开了，几乎能和铁师傅相媲美了。他身后也居然有新来的年轻女人跟着学。吴丹青平常以走为主，从未出过汗。但跳舞常常出汗，尤其跳《快》每次必定出汗。农历三月初了，天气忽冷忽热，很多人已经脱去呢子大衣，吴丹青还穿着呢子短大衣，但跳不上一圈就去脱衣服。脊背上有了汗，浑身就不自在起来。

　　刘姐放完《快》，又播放旧曲子，学得已经很多了，前面跳会的舞连她自己也忘了。她想出一个办法，从头开始，轮流一遍。《快》和《吉祥甘南》两支曲子分别放在开头和结尾。《吉祥甘南》需要十五分钟，大家跳起来觉得很过瘾，所以经常跳。所有的曲子没有一首是他不爱的。吴丹青觉得每首曲子都能给他带来身心的愉悦，每首曲子都有动人的力量。这些曲子不仅触动了他的心灵，也带走了他的灵魂。它化成了乐曲，随着旋律飞翔，遨游在天地之间，那是一个无边无际的世界，虽然看不见，但他能感觉到，它纯粹到无以复述的程度。肉身已经失去原有的意义，四肢被点化为生命的线段与弧度，运动只有化为舞蹈才能与之翱翔，否则就是一具毫无用处的尸体。

第三部

吴丹青想象着《吉祥甘南》所描绘的情景：高高的雪山之下，青青的牧场上牛羊野花一样绽放，牧女骑在马背上奔驰；阳光照射在佛塔的尖顶上，虔诚的藏人在转动经纶；夜幕降临的时候，草地上燃起了篝火，男人用大碗喝酒，女人们手拉手跳起了锅庄。

锅庄舞再现的是草原生活的美景，是雪域高原的雄奇与壮丽。他想一定是词作者贡巴扎西和贡老怀着敬意和感激把美的感受和发现表现出来，创作出歌词。同样曲作者班玛在见到他们创作的歌词时，发现它正好印证了自己内心的那份美好的情愫，两种感悟在彼此撞击、融合和摩擦中闪现出火化，它在班玛的灵魂深处演变成一场大火，这便是他创作的音乐。歌手桑丹尖错和勒毛措则是从歌曲本身去领悟雪域之美，并把自己的虔诚用旋律和音色表现出来，渗透了他们的寄托与向往。格桑又在音乐的基础上借助草原上飞翔和奔跑的动作，借助河流和风云的变幻，以及牧人生活的情景和他们的梦想编出舞蹈。至此，一个激动人心的创作才趋于成熟和完美。它汇聚了众多的心愿和祝福，也汇聚了众多的向往与期待，把千年的期盼化为一杯美酒，化为这个锅庄舞。

吴丹青觉得跳舞的人是最大的受益者，他们享受词语之美、音乐之美和舞蹈之美，是心灵美的综合体。歌词之美已不是单独的存在，而是一字一词化成了音乐，它附身于音乐的符号。歌词为音乐的前进打开道路之后就隐身其中，而舞蹈又把这些隐身部分展示出来，赋予它们肢体的动感。音乐是舞蹈的向导，舞蹈则把音乐从听觉转化为视觉，让难以捉摸的音乐变为具体可感的形象。

舞蹈者从中获得的东西并不一样，有着千差万别的感受。姜老师感受到的是雄鹰的翱翔，铁师傅获得的是骏马的奔驰。当舞曲进入到快板时，吴丹青发现铁师傅往往就发狂起来，像一只雄狮在追

跳锅庄舞的女人

捕一只奔跑的羚羊,爆发出雄性的狂躁与凶猛,几乎到了要撕扯什么的程度。他转身和踢腿或跨步的时候,总是扑向身边的女人,表现出要把她们抓在手中的强烈欲望。每逢这时,温柔的舞女们就静静地舞蹈,动作更加妩媚娇艳。如果是王小丽在他身边,那双美丽的大眼睛就会变得更加深不可测,铁师傅就会变成整个舞场中的霸主。但要是魏凤英在他身边,他就会安静许多,因为她的动作是娴熟不乱的,面对威胁和挑战从容不迫。魏凤英蹉步、跺脚从来是不出声的,疾如闪电,轻如柳絮。如果是两人对舞,铁师傅只有被她牵着鼻子走的权利。她的稳健迫使铁师傅大大收敛舞蹈中的野性。

这几天天气一暖和,魏凤英的服饰马上变了:她外面穿了一件浅色长马褂。跳舞的时候没有系纽扣,敞开胸襟,转身的时候马褂的襟子就飘起来。给人翩翩欲飞动感,这个时候的魏凤英神采飞扬,就更加迷人。在所有来这里跳舞的女人中,她身体的线条最为鲜明,也最柔和。

近来,小陈凭借年轻获得了人们的青睐。她的舞姿比魏凤英的要洒脱些,踏步有力、跨腿幅度大,甩手挥臂都矫健有力,红短裙在旋转中像翻腾的浪花。

吴丹青的目光扫视了一圈没有发现白文娟的身影,就安心跳起舞来。他不再跟在别人身后跳舞了,胆怯和自卑已经完全消除,也敢拉着女人们的手和她们对舞。他跳舞更加专心,不胡思乱想。《吉祥甘南》第一部中有对舞,预备动作是两人对望,虽然他的目光不直视对方,但也不躲避与慌乱。"把右手举高点。"高继红说。她一身蓝色运动服,戴着金边眼镜,烫过的头发扎成一束。她的鞋子是红的,这样的服饰使她更加娇媚。高继红脸上没有明显的皱纹,两颊红润,非常美丽。吴丹青在她面前就显得"高大魁梧"。《吉祥甘南》第

第三部

二部分《家乡颂歌》中有一个拉着手趋步辗转的动作,高继红把左手平伸过来,吴丹青伸出右手,轻轻拉住她的手。他没有握住她的手,而是只捏住两根指头。高继红戴着黑手套,吴丹青戴着白色线手套,但他能感到她的体温、她的温柔与平静。

乐曲一响,舞女们的形象就出现在吴丹青的脑海里,那些被埋藏很深的记忆就浮现出来。她们优美的舞姿就会舞动起来,使他的渴望变为现实。不管她们是否在场,只要是她们做过的动作,舞过的姿态都会再次打动他的心。在《草原锅庄》中,他看到汪小华一开一合的双手,那种灵巧和柔软像柳丝垂拂在湖面上。她的脚步高高抬起,可是落地时却没有一点声音,即使踩在他的心上也不会疼痛。

这天晚上,又是这样开始的,那个男高音又把人们带进了雪域高原,他洪亮的声音穿过人们疲惫的心灵,振奋起他们的精神。"啊——呀啦——"歌手用藏语演唱,铿锵有力,那鼓音一下一下落在吴丹青的脊背上,他觉得自己的骨头里发出一种应和的声音,人们已经在作准备。吴丹青先摆动起手臂来,他快了两个节奏。看见对面的魏凤英还没有动,又放下手臂,而就在他手臂刚垂下的时候,他看见魏凤英的手臂升起来了,他赶紧又举起来。尤玲玲是女人中唯一不漏掉这一曲的人,她从不躲避,也不歇息。她的动作干练有力,跳得高、甩得开、转得快,那手臂像舞动的剑,唰唰地闪动着,把夜色和灯光劈开。吴丹青想停下来看她跳舞,可是后面的人追得紧,难以脱身。

接下来是吉祥舞,铁师傅的臂甩得很有力,吴丹青照着他的样子甩了几下,肩膀疼起来了。接下来是草原锅庄舞,是个男女混合的曲子,开始舞女们一个跟着一个往前走,左右臂一开一合翻卷着,波浪般美丽。男女歌手尽量把声音调高,打击乐急促而快乐,激励

— 243 —

着人们往前走。

每首曲子响起时,吴丹青就在大脑里搜索起来,确定是那首曲子,该怎样舞蹈。还好,他已经能区分开绝大多数曲子了,能判明是哪些舞蹈了。他现在唯一的缺陷就是不知道同样一个动作,该做几遍才转换到下一个动作上去。这本来就是凭借音乐就能办到的,可他只能跟着别人跳,非常被动。因而手忙脚乱,不是提前转换就是滞后,他必须望着对面的秦许或魏凤英。秦许似乎没有说过话,态度严肃,也有那么几分骄矜。有一次,吴丹青没有看清楚是她,就斗胆在其身边跳起舞来。他那笨拙的动作、慌乱的情绪影响到了秦许,她悄然退出舞场,站在一旁歇息。的确就她的舞蹈动作准确,尤其是对节奏的把握,别人手忙脚乱时,她却按部就班,稳如泰山,从容不迫。她偶尔也会出现一次失误,就急刹车,停下来,很自然地掩饰过去。许多人没有发现这小小的瑕疵,即使有人发现了,也一定是认为自己错了,或者是由于别人影响了她。很多时候秦许都穿红上衣,蓝色运动裤,有时也穿一双红色休闲鞋。近六十岁了,她显得格外年轻。她并不瘦,但线条不够鲜明,胸部已经很平坦,也很平静。动作虽然没有差错,但吴丹青总觉得还是少了点什么。在夜色笼罩的灯光下看人的脸色是困难的,只有看看身材,一个人的身材就是她的美的载体,她的动作就是传导给人们的心情。秦许把自己的情绪控制到无缝插针的地步。大多数时候,秦许跳到还有一两曲的时候就走了。有时一个人悄然离去,有时身边跟着一个人。吴丹青望着她远去的背影,略微向两边撇开的双腿,充满了敬意。她是什么人?吴丹青一点也不知道。

在这些曲子和舞蹈中,吴丹青还是热爱那首叫《三杯酒》的曲子和那支舞蹈。这首曲子中的笛音非常鲜明,那清脆的笛音带给他一片湛蓝的天空、一片青青的草原和一朵朵吉祥的白云。还给他带来什么呢?一匹奔驰的骏马,一条蜿蜒的河流,一个美丽的藏女,一场热烈的篝火晚会。曲子一响,他的浑身就有一股清爽的感觉,四肢变得有了力量。吴丹青最喜爱歌女放开嗓子吼一声,那声音从肺腑里发出来,攒足了力气,但不是直接冲出嗓子,而是在那里稍稍旋转一下,然后在舌尖上逗留片刻才唱出来。虽然这首歌是男女二重唱,但男声只是伴唱,女声为主。过渡的时候笛音特别响亮,而当女声歌唱的时候,笛音就悄然隐退,仿佛在遥远的山谷里吹奏。它不像是在伴奏,而是在唤醒千山万壑。吴丹青觉得"无论笛音还是歌女的嗓音都像是在海子中沐浴过了,一尘不染,有着雪山的洁白和晶莹。""真是美极了!"有次他居然脱口而出,被始终注意他的尤玲玲听见了,转过身来看了他一眼。吴丹青赶紧闭上嘴巴跳舞。这个舞动作简单,是吴丹青最早学会的一支锅庄舞,也记得牢,没有忘记过。他非常热爱它,就是在此之前,只要播放这首舞曲,他就兴奋起来,站到队伍中去。每一次甩手都像是在做扩胸运动,痛快淋漓,愉快至极。自汪小华她们转场到友谊广场后,会跳这个舞蹈的人就只有秦许、魏凤英、刘姐、尤玲玲、铁师、高峰了,就是聪明伶俐的小陈也不会跳,不过她很快就学会了。

十三

定西新城区出现了一棵参天大树,是一棵云杉,有七层楼那么高。吴丹青兴奋起来,可是当他走近它的时候才发现是棵铁树,"假的。"他生气地想。可是又一想,这么大一棵树需要多少年时间才能长成参天大树?这新城区建成才短短几年的时间,有棵假的总比没有的好。他的内心充满矛盾。他又想起昨天晚上沿着西环路往前走,在一个就要竣工的办公大楼前,有位警察在向他招手示意,他一时没有明白过来,以为走错路了,或者闯入了禁区。他停下脚步,环顾四周,没发现自己有违章的行为,建筑工地上一片寂静,只有一盏灯在楼顶上亮着。脚手架和塔吊都已拆去,施工已经进入给院子里铺设地砖的阶段,这是刚刚开始施工时就肃立在此处的一个塑料警察,跟真人的比例一模一样,夜幕下吴丹青一时反应不过来,惊出一身冷汗,还以为自己违反交通规则了。"又是假的!"他想。世上怎么就这么多的假东西?面对他们,人往往开始信以为真,心里发憷,等缓过神来,就开始生气。因为每次出现此类情景他总是大吃一惊,过后心还在颤抖。

近来,吴丹青发现这样一个奇怪的现象:干某项工作并在其中担任主要角色的都不是干这项工作的料,没有进过师范学校的人站在讲台上讲课,没有学过哲学的人在滔滔不绝地讲解历史,门卫摇身一变成了警察,分不清五脏六腑位置的人在给人治病,科技特派员当风水先生,牧羊人成了农业专家,农机厂的下岗职工在造装甲车,开三轮车压死自己老婆的人办起了航校培养飞行员,一个痴呆傻子成了著名影星,如此等等,他能列举出一大堆例子来。"是的,还有很多很多!唯有我自己没有找准位置,没有出息,没有作为。"他明显感到自己是一个多余的人、无足轻重的人、可有可无的人。他渐渐地绝望起来,这样活下去有什么意义呢?他对自己的人生产生了怀疑。他觉得自己就是那位假警察,就是那棵假树。他有过在某某位置上大干一番的想法,他也想成为那里的主角,但他不是那块料,"人人都有这个想法,只是有些人实现了,更多的人没有实现罢了。"

第三部

"他们是怎么实现的？这就是诀窍，是秘密。"吴丹青一片迷茫，内心空虚到了极点。

省上有人来南部一个县调研。这位和蔼的副处长考察完毕后准备经定西回兰州，但天色已晚，在定西要住宿一夜。这些事吴丹青是不知道的，接电话的也不是他，安排接待的更与他无关。吃晚饭的时候，吴丹青拿着一个洋瓷缸子往餐厅走，迎面碰上秘书科纪科长。"处长在小餐厅叫你，快去。"他说。秘书科长身高不足一米六，宽度却绰绰有余。他的眼睛本来好好的，比一点五还好，可是他戴了一副近视眼镜。他自己说有一百八十度，有人悄悄告诉他，纪科长根本没有近视，那是做样子给人看，主要是给处长看："写材料把眼睛写坏了。"可能没有度数，谁知道呢？吴丹青有次偷偷戴着试了一下，果然没有度数。吴丹青不是那种爱说闲话的人，他把这事没有向任何人说过半个字，可是纪科长似乎知道了。

吴丹青走进小餐厅，发现单位的主要人物都在，桌上是吃剩的三个小菜和三个空碗，他心里泛起嘀咕来："郝处长叫我有事？"

"谁让你这样安排的。"吴丹青还没有明白是怎么回事，郝处长手中的筷子已经被掷到餐桌上，一根筷子"咔嚓"一声被折断了；另一根高高跳起来，落在桌上又滚到地上。处长练写毛笔字，手上功夫很深。吴丹青惊慌失措地看了一眼，醒过神来，处长暴风疾雨般把他臭骂一顿，唾沫飞溅到他脸上，最后他听到："去把宾馆经理叫来！"

究竟骂了些什么话，吴丹青并没有听清楚，只是感到耳朵嗡嗡响，血往上涌。他的脸和脖子都红透了，心哗哗地颤动。原来省上那位官员被安排到二部去住了，吃饭时也没有让处长去陪。按照惯例省上来的人是要住在定西宾馆的。恰巧这几天联合国粮农组织的官员来定西考察,已经住了几天。定西宾馆没有房间,尤其套间无法腾出来。

宾馆经理听后飞速赶过去,并当即腾了套间。那位领导说:"住哪里都一样,不必换了。"可是处长亲自提上他的包包,把他拥上车,他们去了定西宾馆。

事后,郝处长弄明白了,这事与吴丹青无关,并托人向他道歉。吴丹青本来就糊里糊涂,处长一道歉更糊涂了。这件事发生后,吴丹青闷闷不乐,不和单位的人说话了,纪科长倒是很关心他,有下乡的任务就分给他,让他到下面转转心情就会舒畅些。另外下乡还有一百元的补助,他没有职务工资,下乡次数多了也算是一种补偿。但吴丹青是个少言寡语的人,心里有什么也不往外说,对纪科长的关心不说一句感谢的话。他得了抑郁症。

吴丹青已经不能控制自己的思想,常常说出一些古里古怪的话,和疯子的思想没有多少差异,他对人说:"哲学家就是意识美的发现者!只有对人类充满爱,才能体会到美的存在。世界的魅力源于一个人对它的一片痴情。美是客观的,但欣赏者对美的偏爱具有很大的选择性,它决定了美的价值。"吴丹青说给单位的同事,还把这些疯话发到博客上,引起人们的非议。连纪科长看他的眼神有些奇怪了。

相对而言,姜老师的舞蹈有些女性化,虽然矫健,但缺少野性的美,他的动作非常规范。而周老师的几乎女性化了,他本来就矮小,虽然动作也准确,速度快,反应灵敏,就是缺少力量。这帮混在舞女中间的男人,能跳好舞的寥寥无几,周老师算比较好的一个。今晚,周老师紧挨着魏凤英跳舞,俩人肩并肩虽然差不多一样高,但怎么看她都比他大。

第三部

　　吴丹青已经能够应付这里的场面了,他不会再躲到圈外缩手缩脚地跳舞了,从头到尾他能跳到底。但他自己明白"舞跳得还是不行"。没有主动性、动作不准确、见陌生女人就害羞,他在努力克服这些障碍,努力培育自己的大心脏。要在舞场里从容自如,首要的还是要跳好舞。尤玲玲一连几天都不来跳舞了。刘姐既要领舞,又要播放音乐,在舞场上来回穿梭,舞跳得不多,加上年龄也大一点,体力有时不支。她们几个能坚持跳到最后的只有魏凤英。

　　今晚,魏凤英格外跳得起劲。吴丹青发现她并不瘦,身体其实很结实,肌肤丰腴,只是身上没有赘肉而已。她穿红色紧身裤,黑色羊绒衫,胸前装饰着一大片银色的饰片,闪动着。吴丹青放弃自己的位置,跟在魏凤英和周老师身后,站在第二圈的位置上跟着他们跳舞。"我不过是会跳个大概。"他想矫正自己不规则的舞姿。"不能就这么混下去。"他又提醒自己。魏凤英发现吴丹青跟在她身后,一点也不慌张,十分镇定地跳舞,把动作做得更为规范。有时也偶尔看他一眼。她纷披的长发在背上甩动着。吴丹青看清楚了,那纷披的长发不是完全解放的,而是被一个卡子卡住了一点,因而在舞蹈时不会散乱,也不会像小陈的长发那样飘起来。

　　大屏幕上播放的是朴槿惠被关进监狱的事情,吴丹青斜看了一眼,想到"萨德"又收回了目光,继续跟着魏凤英跳舞,她转身时胸前的银光让他眼花缭乱。

　　近来吴丹青常常产生种种幻觉:对一种事物的热爱就是对另一种事物的排斥,它还会产生敌意和嫉妒。他记得一位哲人说过:"你所爱的就是有价值的东西,没有价值就没有意义。"这些含义不明的话反映出他内心的杂乱和矛盾。他的心率跳动缓慢,是不是也影响到了他正常的思维与判断?

"忍耐是中国人唯一有效的武器,谁一旦丢了这个武器,气数也就尽了。"这些断断续续的思想证明他的思维丧失了规律。

高峰跳得喘不过气来,眼前金花乱飞,脸都涨红了,咳了半天,才咳出一口痰来,头一偏啐在地上,又发现啐在塑胶地上觉得不妥,用鞋底擦了一下。与高峰隔着两个人就是吴丹青,前面的人都看见高峰吐的痰了,厌恶地瞥一眼转过去了。吴丹青没有看见他吐在地上的痰,恰好踩上去,身子一斜滑倒在地上。

吴丹青头部受伤,被大伙送进隔壁的市第二人民医院急诊室。主治大夫是一个胖乎乎的女大夫,她戴着眼镜,见吴丹青半昏迷的状态先深吸了一口气,迅速开了检验单,做完各种检查,最后被确诊为:轻微脑震荡并有少许淤血。吴丹青办了住院手续,却没有住进病房,那里哭喊声刺耳,这脑震荡需要安静,就在门诊部治疗了十天出院了。

他的头从小就受过伤。一次是从场院里去背草,在捆麦草的时候,为了把绳子拉紧,吴丹青站在草捆上拉绳子,不料绳子断了,他从草捆上翻下来,重重地摔在地上,当时就昏过去了。但他很快又醒过来,休息片刻又接上绳子,捆好草背回家去。很幸运,场院是土地,没有造成重创。他也不知道去卫生室检查一下,村里有赤脚大夫,但他没有去看医生。

第二次是在机关大院里。那天下了大雪,处长号召机关人员去扫雪,并请来报社和电台记者摄像、拍照,吴丹青扫得正起劲,秘书科纪科长跑过来捅了他一下,示意他躲一躲,原来他挡在处长前面,秃顶的郝处长正弯腰扫雪。吴丹青明白过来,急忙躲避,却被雪滑倒,头撞在刚扫过雪的水泥地上,"咔嚓"一声。他想这下完蛋了,头一定成几块了,躺了几秒钟,他用手摸摸头,以为是一片模糊的鲜血,却好好的,连个泡也没有鼓起。纪科长把他扶起来,但他的思维慢慢地出现异常。

另一次,是他走在友谊广场上。吴丹青一向走路快,不留神被一个施工后留下的铁桩绊倒在地,直直地趴在地上,手掌被擦破了,额头也被磕碰了一下。他自己迅速爬起来,拍拍身上的土,回头一看是井盖上伸出的半截钢筋,有二寸长,指头那么粗。看着绊倒他的钢筋,吴丹青只想哭,不是手掌疼痛难忍,而是有一种说不清的羞辱。在人来人往的地方,这些施工的人怎么就这样将钢筋头留在外面呢?他眼里虽然满含泪水,心在哭,但他没有哭出声来。

他这一生受伤最多的地方就是头和手。

几次头部受伤虽然不是很重,但似乎留下了后遗症,近来他的头脑总是发昏,神志不清,表现出反常的状态:恐惧和混乱。他越来越爱胡思乱想,也常常觉得有人谋害他,还常常想到死亡,不止一次地选择死的地点和方式。最后的抉择是:跳海。

今晚的大屏幕上又出现了朴槿惠被关进监狱的画面。吴丹青看了一眼垂头丧气的朴槿惠又继续跳舞。他的对面是魏凤英。今晚她格外靓丽。

"哲学是理性思维的拐杖。"他冒出这么一句没头没脑的话。

吴丹青想起来了,开始的时候,他对魏凤英有些怕,直到一年后的有一次,吴丹青去跳舞,手里提着一捆大葱,来不及放到住处去,就直接提到大操场里。跳完舞,他去放器材,回来时见魏凤英正拎着大葱吆喝:"谁的葱?"

"我的。"吴丹青说。

"我正要分给大伙呢?"

"那好!"

她把葱递过来。"谢谢!"吴丹青说。

"不客气。"

此后吴丹青很敬重她,不再那么隔膜。对这个舞场来说,她非常珍贵。大伙往回走,灯熄灭了之后,看不清楚了。但不看人,他也能分出她们各自的声音。吴丹青的听力极好。

尤玲玲几天晚上没有来。不,她已经有两个星期没有来了。吴丹青看不见她心里又点着急,不时地朝操场大门口看一眼,但什么也看不见。他有些悲伤,内心感到一丝凄凉,觉得自己太无能了:没有才能,没有资产,没有背景,相貌平平,只拥有一个小人物的悲哀和无奈。"我们所拥有的都是这个时代给予的,要好好珍惜。"他又从另一面提醒自己。

吴丹青二十四岁参加工作,今年三十九岁了,他的梦想还那么遥远,就连婚姻问题也没有解决。在父母的催促下,他谈过好几个,还请过媒人,但都没有谈成。"没有碰上合适的。"他这样给人解释。对关系自己命运和前途的两个大问题,一个也没有解决好。十多年就这样一晃过去了,以往并没有明显的感觉,自从跳锅庄以来,他觉得自己很失败,心里有些恐慌和不安。

十四

友谊广场跳锅庄舞的人越来越多,上百人聚集在那么狭小的地方,拥挤不堪,但人们还往那里涌。姜老师精神抖擞,也多了几分威严,他的表情严肃,完全是驾驭复杂局势而又得心应手的那种气势。他在这里的威信已经确立起来,掌控着整个局面。不跳舞的时候,他的双手叉在腰间细心观察着舞场里的运行和变化。

第三部

姜老师的衣着还是那么简单，牛仔裤、灰上衣，白蓝相间的休闲鞋。头发依旧短短的，既显得精神，又抹去了白发的苍茫。他的身材并不端正，这正好适合跳锅庄舞。他跳舞并不多，主要是示范，起个带头作用，带动大伙跳舞。在他的强力影响下，友谊广场上的锅庄舞进入鼎盛时期。吴丹青想："人可能喜欢热闹，越热闹的地方越爱去。城市可能就是这样形成和发展起来的。但连跳锅庄舞这样的小事件也包含在内吗？"人很容易形成聚集效应，对爱抱团的中国人来说更是如此。人相拥挤，跳舞的人根本迈不开脚步，一个个趋之若鹜，装腔作势，他们的舞姿没有丝毫观赏价值。但舞女和舞男们陶醉在鼎沸的气氛之中，如此而已，别无情趣。拥挤和热闹使组织者和参与者心花怒放，而真正享受到舞蹈和音乐快乐的人寥寥无几。他们享受的是包括自己在内酝酿成的人气，还有浓烈的气味、噪音和由此而产生的氛围。至于最主要的因素——健康、和谐与美好，考虑到的人很少。他们只是在一种心理攀比中兜售晚饭后这段美好的时光。他们盲目地参与，正好反映他们内心的落寞与无助，孤独和寂寥正蚕食着他们的心灵。

有一点引起吴丹青的思考："后来者为何蓬勃旺盛而最初者反而容易衰落？"这不仅在舞场上演绎，而是带有普遍性的规律。友谊广场上的锅庄舞是从大操场里分出去的，它的发展却远远超过了它的本体，是什么力量起到了推波助澜的作用？

尤玲玲也去了友谊广场，这引起大操场里"朝野"的震动，因为她是唯一一个最早参与到这里来的舞女，也是坚持时间最长又最后一个离开的人。人们私下里在议论这件事，最关心的是高峰，"他也去了友谊广场？"他小声问小陈。

"是的，"小陈回答说，"本来这里没有人带舞，跳得很乱。"她蹲在地上系鞋带,今晚她穿的是一双系鞋带的红皮鞋。

吴丹青对这件事有自己的看法,尤玲玲去友谊广场,不是没有人领舞,她就可以领舞,为何逃走?是由于内心的那个小虫子在爬动,以及其感情的依赖性所决定的。别人走之后,她本来的心思加重了。她似乎在寻求新的东西,是什么呢?这才是关键。

"没有爱情,你的美貌也枉然。"吴丹青又开始胡思乱想。他难以把心思集中到一点上,舞女们把他的心也搅乱了。短短两年时间,他神魂颠倒,不能自已。

友谊广场这边吸引力与日俱增,人们寻找头人要求加入,但也有许多人直接站到队伍当中跳舞,不给任何人打招呼。吴丹青跳完舞,经过友谊广场的时候免不了要朝锅庄舞舞场望一眼,这几天他格外注意这里的动静,有时站在场外观看。田芬还和过去一样,脱去冬装身材更加消瘦,看起来也就更加苗条。她的服饰颜色没有多大变化,还是以金黄和枣红为主,一个人服饰的选择也有边际性。那件外套系在腰间,看来像一件简易的裙子,衬托出她弯得很低的腰身。她变化最大的是把散开的头发梳成了一根长辫子。头发染成金黄色,尖尖的下巴和尖尖的鼻子在金色的映衬下像个法国女郎,与她的黄皮肤相映成趣。她跳舞时腿子也像从前那样弯着。人太多了,一个紧跟一个,她的腿伸不开,手臂也扬不起。胸前的纱巾无精打采地垂着,无法体现锅庄舞奔腾的气势和无拘无束的特征。她小心翼翼地跳舞,否则就和别人碰到一起了。好在她手脚灵活,熟悉舞蹈,因而从容不迫,在人群中舞蹈也轻松自如。

大多数从大操场过来的人进不了第一圈,很多人在第二圈。只有蒋雪花过来得最早,站在里圈跳。她一身黑,衣服紧贴在笔直的身上。这里跳的舞她都是十分熟悉的,只要音乐一响,她不用思考,

第三部

跟着节奏就能翩翩起舞。仔细瞧瞧就发现她的舞蹈动作朴实无华，典雅秀丽，兼有田芬的优雅和汪小华的温柔。汪小华有时在外，有时在内。尤玲玲第一次来就插在最里圈。

吃过晚饭，吴丹青没有看完新闻联播就来到友谊广场。天阴着，要下雨的样子，天色已经暗下来。友谊广场的中心是圆形的，上面有喷泉，它比周围高处两个台阶，一帮青年已经开始跳他们年轻的舞蹈。但居于两块绿地之间的锅庄舞场还是空的，人们还没有来。一个衣着很旧、光着头的老头靠在一根灯柱蹲着。他是来跳舞的，但音响还没有拿出来，他就把自行车靠在绿地边的矮墙上，自己蹲在地上等待。

"你也是来跳舞的？"吴丹青试探着问他。

"是的。"他看一眼吴丹青回答说。

"你跳几年里了？"

"好几年了。"

"是个老锅庄人。"吴丹青想。他抬头看一眼老头身后的灯柱，发现舞场的四角都有，是球形组合灯。还有两根方形灯柱，上面是圆柱形的白罩灯。柱子上是喷绘广告，内容是"四川老火锅"。整个友谊广场的中心地带还有四根高大的灯柱竖立着，每个上面都有鸟翅一样打开的两盏灯，但西南那根灯柱上的一盏灯坏了，很长时间没有亮了。舞场铺着白色瓷砖，被蓝色线条分成九块，它们是正方形的，边长四米，每个正方形中间是一个圆形图案，周围是黄色瓷砖，整个舞场就由这九个圆圈组成。

舞场很光滑，被人们踩得次数太多了。七点半了，吴丹青见没有人跳舞就在广场上转悠起来。可还没有走上几步远，就听到音乐响起来，回头一看，舞场中已有两个人在活动。他赶紧往回走，那两个人把音响放在台阶旁边,已经跳起舞来。一个大个子的中年妇女还在调节音量,她是黎花。那个年轻的女子已经跳起广场舞来。她很年轻,穿着粉红色的上衣、蓝裤子、白底蓝帮的休闲鞋。她就是麦香,头发扎成一束。麦香的身材苗条,可以说有些单薄,高高的个头,端端的身材,脸方小,鼻子眼睛非常秀气。

音乐刚一响,麦香就挥动手臂,跳起舞来,几乎和走路一样。吴丹青看她跳舞,她并不在乎,回头看了他一眼,继续跳舞。这时这个舞场的另一位主人来了,她穿着红灰相间的上衣,酒红色西裤,手里拿着一个小本子。吴丹青走过说:"大姐,我能在你们这里跳舞吗?"

"还有什么能不能的,你尽管来跳。"她看一眼吴丹青说。

"我不会跳舞。"吴丹青胆怯地说,他想这里的人们都跳得好,人家会嫌弃他。

"你来跳就会了。"她鼓励说。

"那我先交钱,多少?"

"你新来就不用交了,跳一段时间再说。"

"我还是先交钱。"吴丹青把五块钱递到她手中。

"你叫什么名字?"

吴丹青不愿说出自己的真实姓名,就说:"你不要记账,收钱就行。"

"那不行,还要公布账目。"

"我叫欧阳江河。"吴丹青说。他在瞬间记起的就是这个名字。

"是个好名字。"她夸了一句。眼前的这个负责人就是刘姐原来的搭档姚姐,她和刘姐几乎一样高,但要胖些,黑色短发,圆脸,眉毛长,明眸皓齿,脸色黑些。她性情温和,待人宽厚。有人叫她姚姐,也有人叫她姚站长。这时麦香走过来,把十五块钱交到姚姐手上。他

第三部

们已经非常熟悉,姚姐没有说什么,接过钱。麦香回到舞场中。人陆续来了,田芬也来了。她一来就和麦香站在前排领舞。麦香穿白色的羊毛衫,脖子上系着红纱巾。

吴丹青站在第二排跳,他觉得离麦香太近了,就移动到第三排。几个年纪大一点的妇女也来了,站在吴丹青的前后左右。他已经没有退路,尽管心里虚得慌,还是硬着头皮跳。广场舞比锅庄舞更难跳,动作虽然简单,但一个舞曲就跳两三分钟,完了就得换新舞。吴丹青可没有跳过广场舞,手忙脚乱,晕头转向。

麦香动作自然,从容自如,看得出她自己也很满意。"她的手脚并不怎么利索。"吴丹青想。可是跳了几曲之后,他发现,凡是到转身的时候,她长长的双臂简直跟闪电一样快。他两眼死死盯着,但就是没有看清楚她是怎样转过去的。她的特点是手腕伸直了不弯曲,腰也是直的,就是跳锅庄舞她的腰也很少弯曲,即使要做弯腰的动作,也只是做个弯曲的样子。

田芬穿一件非常华丽的外套,红裤子。她看了一眼身后陌生的吴丹青,开始动作不自然,有时还看麦香怎么跳的,矫正自己。吴丹青知道她还在热身阶段,果然后面就熟练了。不过吴丹青觉得她的动作还是没有麦香那么有闪电式的魅力。她也不像原来他看到的那么瘦。"或许是这一年发生的变化吧,"他想。

吴丹青只是在舞场上看看田芬,但从未与她说过话,也未有过近距离接触,不了解她的身世,更不了解她的内心世界。事实上跳舞的这个群体他都不了解,他们彼此的接触仅限于晚饭后的这一个多小时。他很想走进她们丰富的内心世界,但这是一件很难的事。与舞女们存在的隔膜也是吴丹青忧郁的原因之一。

田芬、黎花、麦香,她们舞蹈的样子是完全不同的,给人的感觉也不一样。吴丹青早就比较过一次了,此刻看着她们跳舞又在心里比较起来:黎花安静,田芬优美,麦香潇洒;黎花爱用脚尖,田芬爱用脚后跟,麦香常使平脚;黎花和田芬始终在里圈,麦香却不在乎跳舞的位置,总是把好位置让给别人;从锅庄舞的特征看,黎花的舞蹈传统些,田芬的更标准一些,麦香的舞蹈有现代舞的成分;从表情上看,黎花沉稳,田芬严肃,麦香天真烂漫。跳广场舞的时候,她们三人就站在最前面领舞,到跳锅庄舞的时候才分散开来。她们的情绪感染着整个舞场,自始至终洋溢着热烈的气氛。走进舞场的人从不倦怠,总是信心十足。除姜老师之外,黎花的影响力也很大。

吴丹青跳几曲之后就停下来,歇口气,天气热。他发现田芬和黎花两人的脸相很相似,像姊妹两个,鼻子和眼睛都很紧凑。黎花的眼窝更深些,鼻子更尖些,非常美丽,像个外籍女郎。

八点十分的时候,姜老师他们来了。要跳锅庄舞了,他把曲子换过来。有人嚷着把音响挪到中间去。蒋雪花还没有跳舞就把外衣脱了,露出黑羊毛衫。她一身黑。

锅庄舞一开始,吴丹青在麦香身边,他们被挤在东北角,跳到第三曲的时候,麦香突围出去了,运动到西南角,与留在原地的吴丹青形成对角线。吴丹青不时看一眼她粉红色的身影。王小丽脱去上衣,露出黑毛衣,而裤子是橘黄色的。她还是过去那个老样子,肥硕的臀部,考究的发型。在吴丹青注视她的时候,她早早就发现了他。大操场的时候,她本来跳得很熟练,现在更是炉火纯青,游刃有余。

吴丹青平静地望着一张张熟悉和陌生的面孔,内心却是倒海翻江。他到友谊广场来跳舞并不是自己的心愿,他要做引体向上,锻炼心脏,而这里只能跳广场舞,跳锅庄舞,没有单杠。再说大操场的环境好,刘姐她们人好,跳舞的时间比较科学,结束时不累人。他到

第三部

这里来是为了一个人：舞女。是否在这里能碰见她呢？

吴丹青有十多天没有见过尤玲玲了。原以为她出差来了，自听到小陈和高峰的对话，并在路上碰见她之后，吴丹青才确定尤玲玲就在友谊广场上，加入了这个群体。他心里很不是滋味，难过了几天，最终决定到友谊广场来。"难道这也叫人往高处走，水往低处流吗？"这件事吴丹青一直耿耿于怀，不能释然。

此刻，尤玲玲就在里圈跳舞，有几次转到吴丹青眼前，很显然她发现了他。但他们彼此都没有打招呼，也没有给一个眼神。吴丹青的肚子里有一股怨气时时作怪，他不愿跟她打招呼，但要让她看见。那意思是说："我也能来。"

尤玲玲穿着黑色毛衣，墨绿色的裤子，但摘去了眼镜。她的发型还是老样子。这一切吴丹青已经熟悉了，铭记在心里。她有一个动作没有跳对，姜老师过去给她指正。可能尤玲玲是被他们叫来的。"但这不能成为她背叛的理由。"他想，不能原谅。吴丹青用了很重的词语来评判尤玲玲的离异。"就叫离异吧，没有更合适的词语。"他在心里狠狠地想。他几乎要追上去问她为什么，但他又一想：大部分人是出于本能并顺其本能生活的，理性生活的人很少，按照个性化生活的人更少，你不能怪她，人人都是如此。"可是她就不能有个例外吗？"这么想时他有些悲伤。吴丹青感到无可奈何，这个世界充满无奈。"可怜的人类，他们的欲望比天高、比海深。欲望曾拯救过他们，也将彻底毁灭他们。"

一阵风吹来，天空飘下一些细细的雨丝。但大伙跳舞的劲头还很足，不愿离去，接着跳，姜老师继续给大伙放曲子。九点十分了，有两个年龄大一点的妇女拿起衣服离开了舞场。结束时，吴丹青迅速离开舞场，他的内心还没有平静下来。

跳锅庄舞的女人

麦香自失地以后就被县文化馆聘请为文学创作员，散文写得很好。她每月只有一千八百元的薪水，"三险一金"也由自己缴纳。可是她非常珍惜这份工作，不仅创作丰盈，而且大大小小的事情都抢着干，只要馆里分配给她的任务，都能按时保质保量地完成。吴丹青第一次碰见麦香是在去新城区的8路公交车上，她坐在他前面的座位上。最近一段时间，她被借调到市文联上班，帮助编辑杂志《黄土地》。

麦香的头发从左边靠前的地方分开，向不同的方向流去，又归于脑后，用黑色的皮筋扎成一个刷子。有两绺头发没有被扎进去，左边的从耳朵上垂下，右边的垂在面颊上，一低头就挡住视线，她不时地向后甩甩。麦香穿灰白色的上衣，领子竖起来。领上有褶皱，是一件半新旧的长外套。她侧眼向窗外看的时候，吴丹青看见她左面的半个脸庞不白，也不红润，稍稍有点黝黑，但被脂粉遮盖住了，不那么明显。她的脸跟她的身材一样，少了点丰腴，显得有些瘦削。麦香没有使用香水，吴丹青一点也没有嗅到。

公交车在离统办大楼不远的地方停下来，上班的人们匆匆下了车，向大楼涌去。大家都要赶时间，按时上班。平日里，麦香第一个下车，迈着碎步走在最前面。吴丹青在后面追不上，她腿长，身子轻盈，节奏很快。走几步，她就甩甩垂至眼前的头发。早先她的头发还是齐耳短发，走路时就飘起来，闪动着，一起一伏，那姿态真美。吴丹青常常走在后面，有意无意地欣赏着。

一次，麦香进了电梯，电梯的门在关上的瞬间，吴丹青也冲进去了，站到她的身后。她向一边挪了挪，像是在躲避，又像是在留出一些空间。

电梯里四面都装着镜子，他们彼此都能清楚地看到对方。吴丹

第三部

青看着她的眼睛,她的脸,她端正的身材。她的眼睛并不大,是一双秀气的小眼睛,鼻梁也不高,眉毛细细的,露在外面的一切都很节俭,描述起来也省去了许多笔墨。虽然是镜子里的人,但吴丹青不能直视,那里还有许多人的脸,彼此都看着,可谓众目睽睽,其实谁也没有直视。

此后,吴丹青就注意上了麦香,有时还在心里描绘她。他打听到麦香还不到三十五岁,生有一个儿子,男人脸上有许多麻子,在中华路中学教书。吴丹青和她碰面的次数多,但没有打过招呼。常常在公交车上见面,她偶尔回头看他一眼,和看其他人一样,没有特别的含义。可是看得多了,就有了一种特殊的感觉,要是某一天见不到她,吴丹青心里空落落的,像丢了件贵重物品,却不知道究竟丢了什么,丢在什么地方了。坐车时,只要遇见她,他就要坐在离她最近的地方。如果他先上了车,她走在后面,也一定在离他最近的地方坐下来。万一没有座位的时候,就站在离她最近的地方。

有一次,她身边的位置空着,吴丹青犹豫片刻才坐下。表面上,他们谁也不说话,端端正正地坐着,可他的心怦怦乱跳,难以平静下来。麦香非常安静,脸朝外望着,听不到她的呼吸。

在二十多分钟的路程里,谁也没有说一句话,也没有彼此看一眼。提前一站,她就站在门口了。吴丹青望着她远去的背影,把心放下来,它好像就一直卡在嗓子眼里。她走了不远扭过头来向后看了一眼,又转身匆匆地消失在街道拐弯的地方。一次次,他的眺望就这样被她带走了;一次次,她的目光被留下来。他想着她飘起的头发、快步走路的姿态,以及不时甩一下头发的样子。她右手拿着一个精致的小夹子,老是抱在胸前,手甩不起来。她苗条的身材深深吸引着路人的目光,那件灰白色的呢子短大衣穿在身上太合身了,大衣上的线条舒畅地流淌着,勾勒出美妙动人的曲线。

有一次,吴丹青坐在她身后的座位上,她突然转了一下头,仿佛要说句什么话,但又迅速地转回去了。她的脸色依然是平静的。至今吴丹青没有见过她的微笑,也看不出有多严肃,那是一种敬而远之的感觉。不过有一次她笑了,那是落在后面的几个人同时冲进电梯的时候,她已安然地站在里面。吴丹青是最后一个,跑得气喘吁吁,当他冲进电梯站在她面前的时候,她笑了。她的微笑很甜,像一朵绽放的丁香,迷人而芬芳。他在心里浮想联翩。

麦香是从什么开始跳舞的?吴丹青并不太清楚,可能是和黎花一起来的。此刻,吴丹青来友谊广场跳舞,就站在麦香她们身后,觉得有些不好意思。因为在这个圈子里,他俩毕竟是碰面最多的人,他的舞跳得太糟,尤其广场舞跳得更糟。他觉得自己在跳舞方面太没有才能了,非常笨拙。早在上学的时候他就常常学不好体操,老向同学们请教。体育老师无奈地指定了一个女同学带他们几个脚腿不灵活的男生学习体操,反复练习后才勉强给了六十分。

麦香跳舞跟她走路一样,急速,动作异常敏捷,和黎花正好相配。吴丹青在后面根本追不上。她腿长,身子轻盈,节奏明快,跳几步就甩甩垂至额前的头发。早先她的头发还是齐耳短发,跳舞时就飘起来,闪动着,一起一伏,那姿态真美。后来她的头发长长了,扎起来。吴丹青跳着跳着就忘记了自己在干什么,欣赏起她的舞蹈和头发来,也常常回想着当初他们邂逅的情景,他还写成了一段回忆:

  已经入冬了,但天气不很冷,恰恰相反,比几天前还暖和。统办楼前的迎春开花了,惹来许多观看的人。可是我很担心,这时开花无异于自杀,寒流会滚滚而来的,怎么会

第三部

饶过它们呢？那些稚嫩的肌肤是经不起风刀霜剑侵袭的。

探春开花的第五天，也就是星期二早晨，我上车后尚有一个座位，麦香上来后没有座位了，我很想给她让座位，但犹豫了一下，站起来的人又坐下了。她就在我身边。我的意图其实她已经看出来了，她向我微笑了一下，表示感谢。八点整的这趟公交特别拥挤。

这天下午，我有事去四楼，经过北边一间办公楼的时候，看到麦香正坐在办公桌前，对着电脑修改材料。她只穿着一件白色的毛衣，那毛衣有点长，裹住她浑圆的臀部。她窈窕的身材更鲜明地流露在外面，虽然只是匆匆一眼，但我看得着迷了，被这位少妇的美丽迷住了。我在她的门口多待了几秒钟，才迟迟离开。麦香并没有发现我。

半个月了，我没有见过麦香，有时想起她。我想起曾在公交车上，她就站在我的旁边，用手指梳理着从右边掉下来的那绺头发。它们一直垂到她的下巴上。她那么专注地梳理着，经过鼻梁，再到下巴。一边梳理一边抬起眼皮查看，陶醉在梳理中，她仿佛忘记了我的存在，以及那么多人的存在。

有一天，我在站牌下等车。麦香也来了，那个经常出现在她身边的矮个子男人在她身后边。上车的时候，那个男人先上去了，而她落在后面，她像是在等我。我落在了最后。后面有三个空着的座位，麦香和那个矮个子男人坐在一起。我在后一排的座位上，看到他们嘀咕的时候耳鬓厮磨，心里顿时凉了，头也微微作痛，闭上眼睛。

星期天，纪科长安排了一个材料，我去单位加班。下

跳锅庄舞的女人

午六点走出办公室,公交车上没有一个人,我走到后面坐下。见不发车,我又站起来,一手抓着扶手,等待着。突然麦香匆匆走来,上了车,向后扫视一眼,走到后面来,面对着我站了三秒钟,我像是看着她,又像是没有看见她,痴痴发呆。她生气地转身坐下。

事实是我开始没有完全认出来她,因为她戴着口罩,穿这种红羽绒服的年轻女人太多了,远处根本分不清楚。后来我认出她来了,又不知所措,傻站着。我不是那种见机行事的人,反应往往很迟钝。再说彼此从未说过一句话,所有的话都是眼睛说的,用嘴怎样说?另外,我觉得自己正在陷入一种危险的境地。她生气地坐在那里,一次也没有回头。下车时她径直地走了。

这一夜,我失眠了,接下来的许多夜晚都一样,心里有愧。很长时间,我再没有见过麦香。猜想她又回原单位去上班了,几个月后我发现她仍在市文联上班。我经过侦察发现她从西环路那边坐车。我心里明白是怎么回事了。这之后不久的一个下午,在电梯口我碰见了麦香,她一闪身进了电梯,等我追赶过去时,电梯门已经关上了。我不死心地又按了一下按钮。哗啦一下门开了,只开到一半,我就冲进去了。

里面就她一个人,我望了她一眼,两人禁不住笑了。我笑出了声,她笑得弯了一下腰。我俩和解了。她脸上红晕荡漾着喜悦和幸福,异常美丽。她手里拿着一份文件。

"你拿的是什么?"我问。

"一篇报告文学。"她把稿子举到我眼前。

第三部

"最近我也要去下乡调研。"我并不看她手中的报告文学,心里想着上午纪科长的安排,给她透露自己的消息。

我俩"重归于好"。

麦香又在市党校门口等车了,我见到她的次数多了,心里踏实了。只要她看见我在场,总要用目光安慰和鼓励。我陷入了一种渴望和思念之中。一连几天看不见她,我心里就空虚得可怕,像是一个煤矿,能燃烧的煤被挖空了,那里只有寒冷。

前一周星期五的中午,我正要过斑马线,麦香走来了。她戴着口罩,但当她发现我的时候立即摘去了口罩,向我走来。我先开口:

"你怎么到这边来了,要去哪里?"

"刚办了一件事,我过斑马线啊!"

她也要去上班,绿灯亮的时候,我们一起穿过斑马线。她走走停停,我也走走停停,步伐跟跳舞一样。她停下的时候,我差一点伸手拉住她的臂,怕她出问题,回头看了几次。

"下午要去监狱。"她说。

"去哪里干什么?"我有些不解。

"采访。"

此后,整整十一个星期我没有见到她,心里完全凉了。我不再去想她。

2017年4月7日中午,我与麦香在餐厅相见。她一身黑衣,头发长了,扎起来了。

"今天你也来上灶?"我先问。

"是的。单位要加班。你也上灶?"麦香马上侧过脸来微笑着回答。没有想好别的话,只好用同样的话回答,表示关切。

"我中午一般不回去,都上灶。"我的回答并不顺畅。我说的是实情。人们排队取菜,不好再说什么。我取了菜站在一边,等待她取菜。但我发现那个矮个男人也在。从未见过他上灶,今天他来了。我本想和她一起吃饭的,可是现在看来是不行了。我只好去找老朋友接待办的马科长,他一口兰州话,当过兵,知道的事情很多。我们边吃边聊。

我在他对面坐下来。但我不时地向麦香那边望一眼。我非常想看她。她一个人在最边上靠墙坐着,不动神色地吃饭。后来有一个男人去她那里,在她对面坐下来。好像也是文联的人。

我先吃完了,等待马科长,眼睛却往那边看。麦香还在低头吃饭,她吃完了,迈着惯有的快步走出去了,从我身边经过的时候,没有看一眼。矮个子吃完后,他们走出餐厅。向西走去。

我从定西湖那边转回来,在电梯口向外一看,发现麦香在楼外的草坪上,与那个矮个子男人面对面说话。我一转身钻进电梯。

十五

吴丹青回想:最早分离出去的是姚姐。她是临潭人,会跳锅庄舞,早先一直负责排练节目。那时候大操场里的人去友谊广场排练

第三部

节目,节目演完又回到大操场跳舞。她们另起炉灶并不是偶然的。更早的时候,友谊广场跳广场舞的是税务局长的家人领头。那位退休了的局长常来给妻子拿器材。可是那位局长夫人突然腰腿疼,住进了医院,不能跳舞了,更不能领头了。也就在这个空当上姚姐她们过去了,后来田芬、王小丽她们过去了,再后来过去的是姜老师和蒋雪花,不久汪小华也过去了,接着是葛嫂。其他的人心不安了,开始动摇。

"究竟有什么好处呢?"吴丹青一遍遍自问。"从本质上看,友谊广场那边更休闲些,大操场里则有些匆忙,像完任务似的。刚到九点,张师傅就会催促。近来他受伤了,他的老婆子催促,这让人们心里非常不舒服。其他方面大操场都要比友谊广场好多了。关键是人气。"去了又来的是铁师傅,藏族老人。余大宝到友谊广场来后不久就失踪了,舞场里没有人再见到他。黑牛来回飘忽,有时在友谊广场上,有时在大操场里。对于他们的转移,吴丹青心里总是纠结着,有一种说不清的况味。他不希望他们走,自己坚守着,但他的内心一天天被掏空了,因而是悲哀的。有一次他去汪小华所在的那个网点,但她不在,刚进门那个大个子的大堂经理就迎过来了,"好长时间不见你了。"她说。

"是的,你们搬了地方,太远了,又不顺路。"他说着扫视了一眼柜台后面,没有看见汪小华,心里酸酸的,又闲聊几句就出来了。他的心里慌得厉害,像丢了魂似的。

大操场里人越来越少,最多时也就二十几个人,少的时候只有十多个。小陈最年轻,最灵活,但许多舞她都不会跳。她最耀眼的还是那双白短靴,在灯光下格外鲜亮。可是这一点光亮并不能使吴丹青的心灵得到多少安慰。他想去一趟老家临洮,却坐错了车,去

— 267 —

了夏河。虽然是高速,但还是走了整一天,他住在县武装部宾馆里。这一夜是他近来睡觉最好的一夜,连个浅浅的睡梦也没有,像小时候睡在母亲的怀抱里。第二天一大早,在宾馆里吃了一顿免费早餐就去拉卜楞寺。夏河县城两边都是高高的山峰,河谷十分有限,各种建筑拥挤在一起。这个小小的县城是非常热闹与繁华的。游人如织,来这里旅游的外国人也不少。浓浓的佛教气息弥漫在大夏河源头,在街道上就能看到穿红衣服的喇嘛。夏河县城里卖的一种馍馍非常好吃,是装在铁盒子里烤熟的。在这里面食做得这样好真是出人意料。吴丹青在一个卖馍馍的小摊旁边观赏了一阵,并买了一小块品尝着。

拉卜楞寺不远,出城过一座桥就到。吴丹青被雄伟的建筑吸引住了,辉煌的金顶使他格外兴奋。"装饰原来这样华丽。"他叹息说。他在大经堂、铜铸弥勒佛、舍利塔等群落之间转悠,并看了能煮四头牛的铜锅,还有五尺长的象牙。他在昏暗的酥油灯下观赏了一个个神情肃穆的活佛、盘腿静坐的喇嘛。吴丹青第一次看磕长头的,这使他非常震撼。他从未见过这样虔诚的人。看着那些趴在地上铺开自己身体的人,他的心哗啦啦地颤动。过去他很少接触佛教,也没有到过规模如此宏大的寺院,以及如此善良的信教者。他来到舍利塔下,慢慢观看和体验,按逆时针方向走着,迎面碰上一个背着孩子的年轻女子,她在拜佛转经,按顺时针方向行走。她穿着藏服,梳着长辫,脸色黑红,很像白文娟。见吴丹青正在看她,就送来一个让人舒心的微笑。好像在说:无碍。他们碰见几次,每次她都微笑一下。她的腰身正是田芬跳舞的那个姿态,弯下去,何况背上还有一个小孩。这就是锅庄舞真正的舞者,雪域高原的女子。当她再次微笑的时候,吴丹青"扑通"一声趴在地上,为她磕了一个长头。不过

第三部

他太笨拙了,右手的手掌被擦伤了,疼得他咧了一下嘴。他不会这些礼仪,从未做过这些动作。

下午,他乘车赶到合作,住在九色鹿宾馆五楼。晚上到市中心广场上去。天色变了,吴丹青感觉到身上有些冷,高原的风并不猛烈,但穿透力极强。风带来一阵小雨,很快就过去了。广场中心有一座牦牛的石雕,它的四周有许多跳锅庄舞的群体。吴丹青来到离喷泉近的一摊,人们正在翩翩起舞。跳舞的还是以中老年人为主,女人们穿着藏服,但男人们服装比较杂,有休闲装,也有西装。人员成分复杂,有藏族,也有汉族、回族和羌族。"这里是多民族聚居区,人员自然就杂,但他们能和睦相处,是锅庄舞把他们维系在一起了。"他想。真正的藏女,真正的藏服。合作的女人腰身细,身材又高,非常漂亮。她们一伸手一走步就是优美的舞姿,优美动人。合作是一座诗意的高原之城。夜晚虽然有些冷,但人们的心是热的。吴丹青也很想跳一曲,可是他们的舞蹈太好了,已经紧紧吸引住了他,让他身心陶醉了,哪还有心思去跳舞!

吴丹青在心里对比着:哪个像刘姐,哪个像魏凤英,哪个像汪小华,哪个是王小丽,哪个是田芬,哪个像白文娟,哪个像尤玲玲,哪个像高继红,哪个像黎花,哪个像麦香,哪个像连翘……但这里面绝对没有黑牛和余大宝,舞女们跳得很安静,非常优雅。吴丹青看得入了迷,直到散场才回到九色鹿宾馆。

第二天,他去了玛曲。这里的黄河就叫玛曲。县城所在地叫卓格尼玛滩,离黄河只有三点五公里。吴丹青在玛曲一连住了两个晚上。头一天跟着一个小型旅游团来到县牧场所在地。穿行在草原上的路很好走,是柏油路,黑得发亮。维修道路的是一些藏族妇女,她们挥动着铁锹和洋镐,腰弯得很低,正像舞女跳舞的时候那样。

第三部

玛曲这地方很特殊,很少见到树木,除了天空就是大地。蓝天上只有寥寥无几的白云,大地上则丰富多了:有河流、草地、帐篷、牧女、牛羊、海子、飞鸟,还有帐篷里升起的炊烟。往远处看,天和地好像连在一起了。那些骑马的牧女像是在大地上奔驰,也像是在天上奔驰。

吴丹青跟随他们来到牧场,来旅游的人要骑马拍照,有的胆战心惊地趴在马背上,有的没有爬上去就掉下来了,有的吓得在马背上高喊救命,也有个别大胆的,骑着牧马在草地上奔跑了一圈。吴丹青从小就是放牛娃,骑马不在话下,他跃上马背,在马的屁股上拍了一巴掌,它就轻轻奔跑起来。转回时,他把自己的手机给了一个年轻的游客,他骑在马上拍了一张照片,就悄悄溜到海子那边去。

一群灰白色的鸟儿聚集在哪里,飞翔、捕食、鸣叫,很自在。见吴丹青走过来,它们慌乱起来,大声鸣叫,互相提醒。有一只大鸟向吴丹青反复冲刺,要啄他的脸。吴丹青仓皇躲避、后退,拼命赶着这个陌生的不速之客,最后它飞到海子的另一边去了。"草原是多么迷人。"吴丹青想着。他不知道是鸟儿们害怕了,还是有意把海子让出来,叫他这个陌生人好好看看它们的领地。

旅游的人们要走了,那个伏在草地上打电话的牧女起身接住缰绳,跳上马背,向草原深处跑去。吴丹青一直目送她到天边。这一天他过得非常愉快,美丽的草原使他忘记了烦恼,迷茫的内心也清晰了许多。

第二天,他去了格萨尔王的发祥地,它离县城不远,只要半个小时的路程。听导游讲解格萨尔王的传奇故事:

"格萨尔王是藏族传说中的神灵和英雄,他叫觉如,从小就非常勇敢,也很善良,部落里的人都很爱戴他。后来,觉如按天神的指示离开了领地,和母亲来到黄河边一个叫玉隆的地方,他用法力消灭了危害牲畜的地鼠恶魔,杀死了抢劫商人的强盗,帮商人夺回了被抢的财物。他修建一座宫殿,保佑这里的人民。

有一年,领地下大雪,积雪越来越厚,就连山顶上的树,也只能望见树梢了,部落的人们非常焦急。要是继续在这里住下去,人畜恐怕都难存活,必须马上寻找新的迁徙之地。

他们发现了一个叫玉隆的地方,山坡上墨绿,草尖上开着美丽的花朵,但不知这块地方的主人是谁。如果未经允许就随意迁来,可能会引起战争。他们去向觉如请求。

这时,迎面走来商人的马队。好汉们连忙上前问道:"好人们,你们这里的主人是谁?要借地方,该和谁商量?"商人们说:"这个地方名叫玉隆,主人叫觉如,他不是凡人,是鬼神的君王,神威无限。你们要借这地方,应该向觉如王请求。"觉如了解了领地受灾的情况,高兴地答应了他们移居的请求。

十二月初十这天,部落的人马来到了玉隆。觉如公平地分配了领地,每一个首领都得到了自己的领地,但觉如和母亲仍旧住在自己的小帐篷里。"

晚饭后,吴丹青独自一人又来到"黄河九曲第一湾"的地方,迎着晚风向上游和下游眺望。落日刚刚沉下去,天空里有一些彩云,蓝色的黄河透迤而来,草原的绿蒙上一层更深的颜色,大自然的光亮已开始变得黯淡,它肃穆而静谧。穿行在草原上的黄河与兰州见到的黄河是完全不同的,她舒展而自由,辽远而广阔,是天地之间最优美的抒情。白文娟在跳锅庄舞时连续的弯腰和扭动正是这样的曲线,魏凤英的体形正是这样柔美,黎花伸长的手臂旋转时勾画出的弧线正像此时的黄河把自己描绘在草地上,落日的那片辉煌正是田芬喜爱的那种色彩,河水的蓝正是汪小华毛衣的那种颜色,它们美极了。黄河是女性的,它柔美至极,动人至极。黄河有时是舞女纤细的腰身,有时是她挥动的手臂,有时是她细长的双腿,是她的明目,她的皓齿,她的脖颈,她的胸脯,是她怦然跳动的心律。是小陈系在脖子上的纱巾。"黎花要是解开长发不就是这个样子吗?就像奔腾而来的黄河水?"王小丽那双深情的目光,这一切都像是黄河赐予她们每个人的灵感。她们是一群黄河的女儿。她们的肤色、头发、眼睛、语言和心灵无不打上黄河的印痕。乳汁般的黄河哺育着这片大地之上的万物,包括诗和音乐、绘画和舞蹈。黄河的旋律就是锅庄舞的旋律,吉祥甘南的旋律。

天色越来越暗,草地模糊了,大地更加苍茫,一颗又一颗的星星从草地上跃起。吴丹青眼前的石碑字迹看不清楚了,他张开双臂紧紧拥抱着那块竖立起来的石头,把脸贴在"黄河九曲第一湾"的文字上,难以抑制的泪水簌簌流下来,沿着字迹往下流淌,他轻轻啜泣,直到深夜才回到宾馆。

第二天吴丹青起得很迟,吃过中午饭才动身离开宾馆,乘上去合作的班车,准备回定西,可是到尕海他又下了车,独自一人来到尕海边上,凝神静望。他看见水边有一只白天鹅,扬起脖子向他这边张望,翅膀扇动了一下。"分明是在呼唤我。"他想。吴丹青就朝那边走过去。

跳锅庄舞的女人

跟着天鹅步入尕海中,他往前,天鹅也往前,无论吴丹青怎样努力也追不上它,他们之间始终保持着五六米的距离。他的衣服很快被湖水浸透。湖水温热,他感到非常舒服,水已经淹到他的脖子上了,像一只猫爪在挠。吴丹青觉得痒痒的,好玩,稀奇。他没有回头看一眼,一直在往前走。他的眼前除了那只白天鹅什么也没有了,漫无边际的是一色的蓝。他已经分不清哪儿是天空,哪儿是湖水,湖水轻轻地涌着,有时涌进他的嘴里,他愉快地吐出来,奋力向前。泽泥在他的趾缝里滑动,吱吱响,身体与水波的摩擦也发出声音。"简直像乐曲一样。"他在心里说。但究竟是《吉祥甘南》《三杯酒》《快》,还是《青海西宁锅庄舞81号》?他分不清楚。

吴丹青是会游泳的,完全能够游回去。不知怎么搞的,他完全忘记了自己的水性,没有划动手臂,两条胳膊平放在水面上,让身体保持平衡,继续往前走。

突然吴丹青听到"嘎嘎"的叫声,一群灰色的鸟儿从他头顶飞过,其中有一只俯冲下来,扑到他身边,那张开的喙分明是要啄他的脸。他吓得用双手护住自己的头,群鸟飞去了,水面上空又平静下来。"啊!"他不由自主地叹息一声,抬头仰望,发现太阳已经偏西,他所处的位置离岸很远了。岸边那些简陋的建筑物模糊不清。就在这时,那只白天鹅又出现在他眼前,爪子已经触及到了水面。它缓缓地滑翔,吴丹青甚至看清了它明亮的眸子,这让他大吃一惊,它的眸子里含着眼泪。他低了一下头,鼻子里进了水,一连打了几个喷嚏,把脖子扬起来,酸痛的感觉从鼻梁上向上扩展开来,很快它就演变成了一行眼泪,从眼角流出来。

不知为什么,吴丹青觉得浑身有些疲乏,他很想休息一下,最好是睡一觉。可是他身在尕海中,去哪里休息呢?如果回到岸上,就

第三部

躺在青青的草地上，那一定很美。午后了，草地上聚集了许多的热量，暖烘烘的，多美。他这么想着，眼前的水波动荡起来，似乎起风了。微微晃动的水波就像是悠扬的锅庄舞曲，蓝蓝的水纹就像舞女们的衣褶。对了，汪小华爱穿蓝色衣服，戴眼镜的高继红也爱穿蓝色的衣服。"田芬爱系一条蓝色的纱巾，跳舞时就垂在胸前，黎花的纱巾飘动在背上。"他想。

吴丹青用湿湿的手背擦了一下眼角的泪水，他觉得有无数的泪水正往外涌。那只白天鹅又紧贴着湖面出现在他眼前。"这不是舞女吗？是她，白文娟。"吴丹青惊恐地睁大了眼睛，向她招手。水珠从他挥动的手臂上滴落，在阳光的反射下像一粒粒珍珠飞溅。他眼花了，眼前的事物模糊不清。"这一定是舞女。"他喃喃自语，"你看她的圆脸，她的短发，她修长的手臂，她柔软的腰身……"

他向她举手招呼，那含在眼中的泪水像被打开闸门的湖水涌出来，滚滚而下。他向她走去，脚下一滑，吴丹青掉进水底的一个深谷中，伸出水面的双手像要抓住什么，却什么也没抓住，手臂一晃不见了，水面上溅起几朵浪花，被分开的水波迅速合在一起，"咕嘟嘟"冒出几个水泡，波纹慢慢晃动，散开，消失。

在短暂的惊悸之后，尕海又平静下来。从云后射出一缕阳光，照着碧波粼粼的水面，银色的光斑不断地闪动着。

那只白天鹅回过头来，在吴丹青沉下去的水面上旋转了三圈。此刻，正好有一群白天鹅从海子上空飞过，它鸣叫一声，向北追赶而去。

2017.4.7